대통령의 염장이

대통령의 염장이

1판 1쇄 발행 2022. 2. 10.
1판 4쇄 발행 2024. 3. 29.

지은이 유재철

발행인 박강휘
편집 태호 디자인 이경희
발행처 김영사
등록 1979년 5월 17일(제406-2003-036호)
주소 경기도 파주시 문발로 197(문발동) 우편번호 10881
전화 마케팅부 031)955-3100, 편집부 031)955-3200 | 팩스 031)955-3111

값은 뒤표지에 있습니다.
ISBN 978-89-349-6233-5 03810

홈페이지 www.gimmyoung.com   블로그 blog.naver.com/gybook
인스타그램 instagram.com/gimmyoung   이메일 bestbook@gimmyoung.com

좋은 독자가 좋은 책을 만듭니다.
김영사는 독자 여러분의 의견에 항상 귀 기울이고 있습니다.

대통령의 염장이

대한민국 장례명장이 어루만진 삶의 끝과 시작

유재철 지음

김영사

사람은 한번 태어나면 언젠가는 죽는다.
산파가 산도産道를 열어 이 세상으로 잘 이끌어주는 사람이듯
나는 세상 인연 매듭지어 저세상으로 잘 보내드리는 사람이다.

사람은 알몸으로 태어나서 옷 한 벌은 건져간다.
엄마가 사랑으로 지은 배냇저고리를 처음 입혀주듯
나는 정성으로 목욕시켜 마지막 수의를 입혀드린다.

태어날 때 자신은 울지만 주위 사람은 웃고
죽을 때 주위 사람은 울지만 자신은 웃는
그런 사람이 행복한 삶을 산 사람이라고 한다.

세상에 태어날 것을 걱정하는 아기가 없듯
세상을 떠날 것을 걱정하는 이가 없길 바란다.
내 이야기가 당신의 삶에 보탬이 되길 바란다.

2부 웰다잉 안내자

1 장례지도사란 직업

2 망자와 대면하는 시간

3 준비하는 죽음

들어가며

나는 산 사람과 약속을 잘 잡지 않는다.

약속 중에도 나를 찾는 전화가 오면, 자리를 박차고 나온다.

나는 사람이 죽으면 언제든 달려가야 하는 장례지도사이기 때문이다.

근 30년의 세월 동안 이 일을 해오면서, 수많은 죽음을 만났다. 그 중에는 서거하신 전직 대통령 여섯 분이 있어, 나는 '대통령의 염장이'로 알려지게 되었다. 하지만 평범한 사람이건 유명한 사람이건 염습에는 차이가 없다. 중요한 건 배경이 아니라 고인이다. 고인을 생전 모습처럼 모시면 그걸로 충분하다. 고인이 누구든 마음을 다해 염을 하는 게 내 일이다.

'염습殮襲'은 고인을 마지막으로 목욕시키고 깨끗한 옷을 입혀 관에 모시는 일이다. 장례지도사가 하는 일 중에서 가장 상징적이고 중요한 절차다. 이 때문에 장례지도사를 '염장이'라 부르기도 한다. 장례지도사는 고인의 염습 외에도 매장이나 화장, 묘소 조성, 봉안 등 장례 전반의 일을 진행하고, 유족을 위해 장례 관련 행정적인 일 처리를 돕는다. 산소 개장과 이장, 그리고 유족과 상담하여 고인의 삶이 잘 드러나도록 장례식을 기획하는 일, 가족의 황망함을 최소화하여 고인과 잘 이별하고 일상으로 복귀할 수 있도록 돕는 일 등을 한다.

염습을 포함한 모든 장례 의식은 그 사람의 인생을 잘 갈무리해 드리는 일이자 떠나보내는 사람들의 마음을 위로하는 일이다. 그 일이 얼마나 중요한지 잘 알기에, 온 마음을 쏟게 되고 그 결과에 적잖은 보람을 느낀다. 이렇듯 자긍심을 갖고 이 일을 해오다 보니, 시간이 가면 갈수록 알고 싶은 것이 많아졌다. 그래서 배움이 있는 곳이면, 늘 몸과 마음을 바쳐 뛰어들었다. 처음 장례 일을 배우고 나서 2년 동안, 전국 각지를 돌아다니며 지역에서 유명하다는 장의사들을 찾아다녔고, 이젠 나름 잘 안다고 생각했던 나를 매섭게 꾸짖던 스님들을 찾아가 가르침을 받았다. 또 영가님이 맺어준 소중한 인연으로 동국대학교 장례문화학과에서 석사과정을 밟았고, 동방문화대학원대학교에서 '국가장'으로 박사학위를 받았다. 또 무엇부터 배워야 할지 모를 때 마구잡이로 배우러 다닌 과정이 너무 힘들었기에, 장례업계에 종사하는 많은 분이 체계적으로 공부할 수 있도록 대학에서 장례 비즈니스 아카데미(F.B.A) 1년 과정을 만들어 직접 강의하기도 했다.

내가 이 일을 시작할 때만 해도, 장례업은 우리 사회에서 그다지 대접받는 직업이 아니었다. 삶이 있으면 죽음이 있기 마련이고 자신 또한 언젠가 시신으로 남을 것은 너무도 자명한데, 많은 사람은 죽음을 자신의 일로 받아들이지 못하고 기피하기에만 급급했다. 이러한 기피와 부정에서 파생된 혐오적인 인식 때문에, 장례업에 종사하는 사람을 하대하는 시선이 지배적이었다. 그런 시선이 두려워서만은 아니었지만, 나도 이 일을 시작했을 때 한동안 가족에게조차 비밀로 했다. 누가 무슨 일을 하냐고 물으면, '행사 기획'하는 일을 한다고 둘러댔다(거짓말은 아니다). 내가 살아가는 이유가 될 정도로 이 일을 사랑하는 사람으로서, 무척 답답하고 안타까운 현실이었다. 이는 내가 묵묵히 지고 가야 할 몫이었고, 점차 바꿔가야 할 숙제였다.

현재에는 죽음과 장례에 대한 인식이 눈에 띄게 많이 바뀌었다. 물론 사회적 편견이 완전히 없어진 것은 아니지만, TV나 인터넷에서 죽음과 장례를 다루는 프로그램이나 콘텐츠들이 늘어나면서 예전보다 죽음을 친숙하게 여기는 듯하다. 또 많은 대학에 상·장례 관련 학과들이 개설되면서, 이제 이를 전문적으로 배울 수 있는 여건도 조성되었다. 이제 장례지도사는 젊은 층이 선호하는 전문직 중의 하나가 되었다고 한다. 그래서인지 예전과 다르게 현장에서 젊은 장례지도사를 제법 많이 볼 수 있다.

서른여섯의 젊은 나이에 이 일을 시작하여 예순이 넘을 때까지 근 30여 년간 수천 분의 마지막 길을 배웅해드렸다. 내일 무너져도 전혀 이상할 것 없어 보이는 허름한 집에서 사는 가난한 사람부터 집의 규모가 가늠조차 안 될 정도로 대궐 같은 집에서 사는 재벌까지, 타국 만 리에서 와서 차별과 소외를 당하며 살아가던 이주노동자부터 전 국민에게 선망과 질시를 동시에 받아가며 한 나라를 이끈 대통령까지 수많은 죽음을 만났다. 모두 한 줌의 흙으로 돌아간다 하더라도, 세상에 사연 없는 사람, 아픔 없는 사연이 어디 있으랴. 비록 색깔은 저마다 다르지만, 내가 보내드린 모든 분의 삶과 죽음에는 결코 가볍지 않은 무게가 있었다. 늘 그 무게와 마주하며 살다 보니, 하루하루를 허투루 보낼 수 없게 된다. 고인을 고이 보내드릴 때마다, 아이러니하게도 참된 삶이란 무엇인지 가르침을 받고 있다. 지금 이 순간을 지혜롭고 아름답게 살아가는 방식을 배우고 있다.

좋은 인연들로 장례업계에 발을 들이고 나서, 나름대로 고인 중심의 장례문화를 만들기 위해 노력해왔다. 그 과정에서 실수한 것도 있고, 나름 내 자신이 대견스럽게 느끼는 것도 있다. 어쨌든 이 모든 노력이 우리나라 장례문화에 조금이나마 보탬이 되었으면 하는 바람에서, 염장이 30년 차에 그동안 해왔던 고민들과 시도들을 정리해보았다. 다만 이 책에 담긴 많은 고인과 유족에게 누가 되지 않기를 바랄 뿐이다.

수천 가지 죽음의 얼굴

———

1부

1 —— 잊지 못할 장례식

장모님을 위한 애도식

장례를 치르는 유족의 모습은 몇 가지 부류로 나뉜다. '원래 장례는 이렇게 치르나 보다' 하고 장례지도사가 이끄는 대로 따르는 부류, 전통 예법 운운하며 갖가지 형식을 하나하나 따지는 부류, 최근엔 의미 있고 색다른 이벤트를 준비하는 부류도 생겼다. 요즘은 전통 예법을 따지는 사람이 그리 많지는 않다. 집안에 장례를 여러 번 치러본 경험이 있는 어르신이 계실 경우, 그런 일이 종종 생긴다.

현재 대부분의 장례식은 장례식장이나 상조회사에서 시키는 대로 치러진다. 경황이 없는 유족의 처지에서는 장례식을 가장 원만하게 치르는 방법이다. 장례는 일생에 치를 일이 몇 번 없으니, 절차나 예법이 생소할 수밖에 없다. 조문객이 많아 손님치레로 바쁘거나 손님을 모시지 못할 정도로 슬픔에 빠지면, 더욱더 장례 절차를 유족이 직접 챙기기 어렵다. 이런 이유로 장례지도사가 장례 진행을 도맡곤 한다. 그러다 보니 대부분의 장례식이 비슷비슷한 모습이다. 누구를 위한 장례식인지 모를 절차들이 중구난방 섞여 있다. 전통이라고 하기에 애매한 절차들도 전통인 양 치러진다.

30년 가까이 장례지도사로 일하며 오늘날 뿌리내린 현재의 장례문화에 안타까움을 느낀다. 고인의 인생은 모두 다른데, 고인을 모시는 방식은 비슷비슷하다. 내용은 사라지고 형식만 남아 있는 형국이다. 조문객에게 장례식은 어떻게 기억될까? 이번 달 조위금이 총 얼마 나갔는지 가계부에 기록하는 것으로 모든 장례식을 뭉뚱그려 기억하지는 않을까?

전통 절차를 고집하는 것도 그렇다. 시대가 변함에 따라 변형되어 진정한 전통 방식이 남아 있을까 싶은데도, 마치 그것이 전통이고 전통을 따르는 것만이 고인에 대한 예우라는 듯, 아직도 낡은 사고방식이 장례문화를 지배하기도 한다. 형식과 절차도 중요하지만, 장례식에서 가장 중요한 것은 고인을 기억하는 진실한 마음이 아닐까? 정신과 마음이 깃든 새로운 장례문화가 필요하다.

2014년에 장모님께서 돌아가셨다. 장모님의 장례식은 공장에서 찍어낸 듯한 형식으로 치르고 싶지 않았다. 가족회의를 열어 애도식을 기획했다. 발인 전날 저녁 8시, 장례식장에서 애도식을 열 예정이니, 조문을 원하시면 그 시간에 맞춰 오면 좋겠다는 내용을 부고에 첨부했다. 그동안 장례문화를 바꾸고 싶은 생각에 선배들 장례에도 몇 차례 자문을 하고 진행도 했지만, 집안 일로는 처음이었다. 몇 날 몇 시에 애도식이 열린다는 소식은 조문객들에게도 갑작스럽고 낯설게 느껴졌을 것이다.

가족과 지인이 모인 애도식에서 아내가 어머니의 약력을 읊었다. 한 여인의 길고 사연 많은 일생이 순식간에 스쳐 지나가는 시간이었다. 마냥 크게만 느껴졌던 '엄마'에게도 세상 때 묻지 않은 작은 키의 어린 시절이 있었고, 아직 여물지 못했지만 꿈 많은 젊은 시절이 있었으며, 발 동동 구르며 울고 웃는 초보 엄마 시기도 있었다. 고인의 인생을 함축한 약력을 듣다 보니, 세상과 작별할 날을 생각하지 않을 수 없는 황혼기에 장모님은 어떤 심경으로 하루하루를 사셨을까 하는 궁금증이 짧게 스쳤다. 돌아가시기 전까지도 자주 찾아뵈었지만, 고인이 어떤 마음으로 사셨을지는 생각해보지 못했다. 효와 불효 사이에서 마음이 무거워질 때쯤, 아내는 적절하게 유머 감각을 발휘해 애도식이 너무 엄숙해지지 않도록 분위기를 조절했다.

"우리 엄마는 남들보다 시집을 조금 늦게 가셨어요. 외할아버지가 막내딸 시집보내기 아쉬워서 스물일곱 살까지 붙잡아두셨나 봅니다."

장모님은 당시에는 노처녀라고 불릴 법한 나이에 결혼하셨다. 아내의 첨언에 애도식에 참석한 사람들이 작은 웃음을 터트렸다. 장례식 분위기가 꼭 무거우란 법은 없다. 몇 시간 전 염하면서 장모님의 마지막 얼굴을 보고 슬퍼하던 아내의 얼굴에서 여유가 묻어나는 것 같아 마음이 놓였다.

시 낭송이 이어졌다. 시인이자 시 낭송가인 신다회 씨가 심순덕 시인의 〈엄마는 그래도 되는 줄 알았습니다〉를 낭송했다. 자식은 어머니의 수고와 인내와 마음 씀이 당연한 줄로 알고 산다. 하지만 결국 어머니도 자신의 어머니를 보고 싶어 하는 여린 존재다.

한밤중 자다 깨어 방구석에서 한없이 소리 죽여 울던
엄마를 본 후론
아!
엄마는 그러면 안 되는 것이었습니다

마지막 시구를 듣자 가슴이 쿵 내려앉았다. 애도식에 참석한 사람 몇몇이 참았던 눈물을 쏟았다. 서로 등을 쓸어주고 안아주며 위로하고 애도하는 기회가 자연스럽게 마련되었다.

이어서 평소 알고 지내던 한계명 명창이 고인과 어울리는 판소리를 들려주었다. 생전에 조용하시던 장모님을 떠올리게 하는 노래였다. 재치 있는 노랫말과 추임새로 가라앉은 애도식 분위기가 다시 밝아졌다. 대금 공연도 이어졌는데, 특유의 끊어질 듯 이어지는 소리가 장례식장에 오신 분들의 가슴을 파고들었다. 남에게 싫은 소리 안 하고 주변을 편안하게 해주셨던 장모님이 그 자리에 살아 계셨다면, 아마 정겨운 춤이라도 추시지 않았을까 싶었다.

마지막으로 교회에 다니는 큰처남이 어머니에게 방금 문자 메시지가 왔다며 그 내용을 전했다.

"하늘나라에 잘 도착하였으니 잘 드시고 잘 마시다가 가시라."

마치 30분 내내 장모님이 함께 계시다가 이제야 떠나신 것만 같았다. 정말 모든 조문객에게 마지막 인사를 남기시는 것만 같았다. 보고 싶고 그리워 고인의 옷자락을 붙잡고 싶지만, 한편으로 좋은 곳에 편안히 가셨으리라는 믿음은 나만의 것이 아니리라. 함께 울고 웃으며 보듬어준 모든 조문객의 믿음이었을 것이다.

몇 년 전 장인어른을 보내드리면서 가슴 한구석에 남아 있던 허전함이 전혀 느껴지지 않았다. 장모님 애도식에 참석했던 친구, 선후배 들이 자기 부모님 보내드릴 때도 이렇게 해달라고 하는 것을 보니, 그들 마음에도 내 의도가 제대로 전달된 것 같았다.

그 장례식은 따뜻했다

보통 장례식장은 무거운 공기로 가득하다. 어떤 표정을 지어야 할지 모르는 사람들이 서로 눈이라도 마주치면 더 어쩔 줄 몰라 서로 눈을 피하고 만다. 조문객들이 모여서 밥을 먹다가 웃기는 이야기라도 나오면 웃어야 할지 말아야 할지 눈치 보기 바쁘다.

사회생활을 하다 보면 장례식에 갈 일이 종종 생긴다. 상사의 아버지가 돌아가셨거나, 후배의 할머니가 돌아가셨거나, 동료의 시어머니가 돌아가셨거나…. 처음 사회생활을 할 때 장례식에 어떤 옷을 입어야 할지, 조위금은 얼마를 해야 할지, 가서 절은 어떻게 하는 건지, 얼마나 앉아 있다가 와야 하는 건지 등 겉치레에 오만가지를 신경 쓴다. 하지만 장례식에 다녀본 경험이 많은 사람은 장례식에서 갖춰야 할 태도를 마치 정답을 아는 것처럼 눈치껏 잘들 해낸다. 격식은 갖췄으나 얼마나 무의미한 의식인가!

2017년 미국에서 어느 교수로부터 연락이 왔다. 그는 '대통령 염장이'라고 소개한 신문 인터뷰 기사를 봤다며 나를 만나고 싶다고 했다. 미국과 우리나라를 오가며 대학에서 경영학을 강의하고 있던 교수는 죽음에 대해 남다른 철학과 생각을 가지고 있었다.

그는 미국에 있는 동안 불교 경전과 달라이라마의 책을 많이 읽었다고 한다. 달라이라마는 우리나라보다 미국에서 관심을 더 많이 받는 인물이다. 무채색의 세상에서 유채색이 금방 눈에 띄듯, 불교와 토속 신앙이 문화의 근간을 이루는 우리나라보다는 이성과 합리성을 우선으로 내세우는 서구 문화에서 달라이라마의 사상은 더 신비롭고 뚜렷한 존재감을 드러내는 듯하다.

그는 파드마 삼바바의 《티베트 사자의 서》를 언급했다. 죽음을 둘러싼 모든 비밀과 죽음을 받아들이는 자세에 대해 기록한 이 책에는, 사람이 죽으면 혼이 빠져나가는 데 몇 시간이 걸린다고 나와 있다. 그는 연로한 어머니를 자연의 섭리대로 보내드리고 싶다고 했다.

그 후로 2년이 지나고 2019년 연말 분위기에 젖어 있을 때쯤, 그의 어머니가 돌아가셨다는 연락을 받았다. 나는 옥수동에 있는 그의 누나네 집으로 향했다. 내가 도착했을 땐 돌아가신 지 8시간이 지났을 때였다. 그는 2년 전 내게 말한 대로, 어머니의 혼이 순탄하게 빠져나가길 바라며 누구에게도 연락하지 않고 가족들과 기도드리면서 8시간을 기다렸다고 했다.

교수로서 그는 어느 정도 사회적 지위를 누리고 있었다. 그의 형제며 일가친척도 내로라하는 인사들이었다. 조문객을 모두 받으려면 웬만한 장례식장 특실로도 부족했을 것이다. 그런데 그는 형식적인 조문은 받고 싶지 않다고 했다. 그래서 가족과 친척 등 어머니와 가까웠던 사람들만 모였다. 형제들의 종교는 제각각이었다. 각자의 종교대로 장례를 치르고 싶은 마음이 들었을 텐데, 아무도 자기 욕심을 내세우지 않았다. 그는 어머니를 위한 장례식을 오랫동안 준비해왔고, 형제들은 막내인 그의 의견을 온전히 따라주었다.

다음 날 고인을 용인에 있는 사찰로 모시고 가서 염해드리고 제단 꽃장엄을 한 뒤 조문을 받았는데, 서울과 거리가 멀어서 어머니와 인연이 깊은 사람이 아니고서는 오기가 쉽지 않았을 것이다. 그래서인지 장례를 지켜보는 내내, 일반 장례식에서는 느낄 수 없었던 진심 어린 애도 분위기가 사찰을 에워쌌다.

　발인 전날 밤, 유족과 조문객이 모여 애도식을 했다. 해가 진 후 절에서 할 수 있는 애도식은 여러 가지 제약이 따랐다. 노래를 부를 수 없고, 영상도 시청할 수 없었다. 의식으로 진행할 수 있는 건 서로 모여 앉아 어머니에 대한 추억 이야기를 나누는 정도였다. 한겨울 밤, 상복을 입은 사람들은 절 방에 둘러앉아 도란도란 작은 목소리로 어머니에 대한 이야기를 나눴다. 머리가 희끗한 작은아버지가 먼저 입을 열었다.

"형수님은 우리 엄마 같았어요. 나이 차가 많이 나는 시동생을 살뜰히 챙겨주시고 용돈도 자주 주셨죠. 어머니만큼 형수님이 그립네요."

그러자 기다렸다는 듯, 그의 어머니를 돌보았던 요양보호사가 스마

트폰을 꺼내더니 짧은 영상을 보여주었다. 영상에는 고인이 돌아가시기 얼마 전의 모습이 담겨 있었다. 무표정한 주름진 얼굴에 옅은 미소가 살포시 번지는 고인의 모습이 인상적이었다.

"할머니를 2년간 간병한 일은 저에게 복이었어요. 마치 우리 할머니 같았죠. 할머니를 웃게 하려고 재롱을 자주 부렸어요. 그런 저를 보고 할머니는 해맑게 웃어주셨어요."

교수 출신인 형이 동생을 보며 말을 꺼냈다.

"내가 대학생일 때 너는 고등학생이었지. 나는 대학 근처에서 자취를 하느라 몰랐는데, 네가 며칠간 집을 나갔었다며? 나중에 어머니가 이야기하시더라. 어머니가 혼자 속 끓이셨을 걸 생각하니 마음이 얼마나 짠하던지…. 그 당시에 알았더라면 혼쭐을 냈을 텐데, 이젠 같이 늙어가니 어찌 그러겠니?"

어머니에 대한 이야기를 나누며 유족과 조문객은 함께 울다가 웃다가를 반복했다. 거센 바람이 몰아치던 12월 밤, 산속 절은 그렇게 따뜻했다.

그리고 3일째 되는 날, 가족들이 사전에 내게 부탁한 대로 절 연못가에서 어머니의 다비식을 해드렸다. 다비식은 스님이 입적하면 영결식이 끝난 후에 시신을 화장하는 불교의식이다. 여러 사람으로 붐비는 일반 화장장에서는 차분하게 보내드릴 수 없다면서 계획한 일이었다. 참나무 다비단에 가족들이 불을 붙이고, 스님들의 염불 소리에 맞춰 기도를 올렸다. 조용하고 경건하게 3시간의 다비를 마친 가족들은 어머니 유골을 직접 습골拾骨(시신을 화장한 후 뼈를 모으는 일) 하였다.

고인의 49재를 위해 다시 그 절을 찾았다. 의식이 마무리될 즈음, 재를 주관하시는 스님이 갑자기 고인에 대해 추억하고 싶은 말이 있는 사람은 앞으로 나와서 이야기하라고 했다. 또 한 번의 애도식이 열린 것이다. 수많은 49재를 다녀봤지만, 스님이 먼저 애도식을 갖자고 하는 건 처음이었다. 발인 전날 밤늦게까지 가족들이 도란도란 이야기 나누는 모습을 인상 깊게 보신 스님이 그걸 다른 스님들에게 전했고, 그걸 마침 이 스님이 들은 모양이다. 49재에 모인 유족은 못다 한 이야기, 어머니에게 들려주지 못했던 이야기를 아쉬움과 그리움, 감사와 사랑을 담아 꺼내놓았다.

모든 과정이 순탄했다. 어머니가 아름다운 죽음을 맞을 수 있도록, 또 영혼이 평안하게 제 길을 갈 수 있도록 그가 오랫동안 장례를 준비해온 덕분이다. 어머니가 홀홀 털고 가벼운 마음으로 떠나셨을 거라고 누구도 의심하지 않았다. 고인을 평안히 떠나보내고 남은 사람을 위로하는 따뜻한 장례였다. 그러면서 자연스럽게 그와 나는 친구가 되었다.

친구를 떠나보내며

"내가 죽거든 염은 네 손으로 해줘."

실없는 친구들은 나를 만나면 우스갯소리로 이렇게들 말하곤 한다. 실제로 죽은 친구의 시신을 두 번 염해본 후, 다시는 내 손으로 친구의 장례를 치르지 않겠다고 다짐했다. 격해지는 감정을 추스르느라 염을 제대로 할 수 없었기 때문이다. 오랜 시간 정을 나눈 친구의 시신 앞에서는 아무리 명장이라도 직업정신이나 사명감을 내세우기 어려울 것이다.

　염습할 때 나는 냉정한 편이다. 빈틈없이 제대로 예를 갖춰 고인을 보내드리려면 감정에 휘둘려선 안 된다. 하지만 오랫동안 정을 나누던 사람이 하루아침에 싸늘한 시신이 되어 눈앞에 누워 있는 모습을 보았을 때 냉정할 수 있는 사람이 몇이나 있을까? 장례를 이끌어야 할 장례지도사에겐 더욱 어려운 일이다.

내 손으로 염했던 두 친구 중 한 명의 사인은 교통사고였다. 친구에게는 복잡한 사연이 있었다. 친구는 이종사촌과 사랑에 빠지고 말았는데, 결국 가족들과 연을 끊고 사촌과 함께 아이까지 낳아 살고 있었다. 내 친구의 어머니는 자기 아들과 함께 사는 조카를 미워했고, 조카의 부모인 여동생과의 사이도 완전히 틀어졌다. 그들은 친구의 죽음이 아니었다면 죽을 때까지 보지 않았을 사이였다.

친구의 장례를 치르러 오랜만에 일가친척이 한자리에 모였다. 지척에 있으면서도 말 한마디 섞지 않고 서로 눈길 한번 주지 않았던 두 가족은 입관실에서 고인을 마주하자 오열하기 시작했다. 오랫동안 아들과 딸을 보지 못했던 어머니들의 설움이 폭발한 듯했다. 원망과 질책, 울음소리가 뒤섞였다. 결국 장례식에서 큰소리가 오가는 상황이 발생하고 말았다.

그의 가족 문제를 속속들이 알고 있던 나로서는 이 문제를 해결하지 않고서는 장례를 온전히 마치기 어려워 보였다. 이런 상태에서는 친구가 마음 편히 갈 수 없을 것 같았다. 삼일장을 치르는 동안, 나는 이들의 마음이 풀리도록 다리 역할도 해야 했다. 장례 중간중간 부모님들과 따로 이야기를 나누면서 친구의 진심을 전했고, 친구가 편히 갈 수 있게 도와달라고 거듭 간곡히 요청했다.

이런 내 마음이 통했는지, 발인 날 친구의 어머니는 며느리이자 조카인 고인의 아내를 따뜻하게 안아줬다. 이 모습을 보고 울지 않은 사람이 없었다. 결국 유족들은 서로 부둥켜안고 미움과 그리움을 모두 쏟아내며 서로를 용서했다. 그 눈물은 화장이 끝날 때까지 마르지 않았다. 평소 염할 때 평정심을 잃지 않는 나도 이날만큼은 눈시울이 붉어지는 걸 참기 어려웠다. 3일이 짧게 느껴질 정도로, 슬플 겨를이 없을 정도로, 이것저것 신경 쓸 일이 많았던 친구의 장례식. 장례를 마치고 나서야 먼 길을 떠난 친구가 하염없이 그리웠다.

다른 한 친구는 자살로 세상을 떠났다. 이 친구를 염할 땐 깊은 슬픔에 잠겨 정신을 차리지 못했다. 문득문득 북받치는 감정에 염하다가 멈추기를 몇 번이나 반복했을까. 친구는 IMF 금융위기 때 갑작스러운 재정 문제로 어려움을 겪었다. 결국 친구는 자신의 어깨에 얹힌 무거운 짐을 감당하지 못하고, 스스로 생을 마감하고 말았다.

친구를 염하며 일면식도 없는 사람을 마주하는 것처럼 냉정한 마음을 가지려고 부단히도 애썼다. 하지만 염에 집중하려 해도 친구가 얼마나 외로웠을지 자꾸만 떠올라 순간순간 가슴이 쿵쿵 내려앉았다. 알코올 솜으로 친구의 몸을 닦다가 싸늘하고 축 늘어진 친구의 손을 잡았는데, 이루 말할 수 없는 그의 고통이 느껴지는 듯했고, 죽음의 문턱 앞에서 손을 잡아주지 못했다는 죄책감이 가슴 시리도록 사무쳤다. 입대 전 몇 달 동안 포장마차를 같이했던 이 친구와의 인연을 떠올리면, 지금도 가슴 한편이 아려온다.

그 후로 더 이상 친구의 시신을 일로 마주하고 싶지 않았다. 친구의 죽음 앞에서 애써 슬픔을 참는 것은 정말 괴로운 일이다. 고인을 애도하고 기억하고 추억하며, 슬픔과 그리움의 감정을 솔직하게 드러내도 되는 자리에 있고 싶었다. 하지만 내 손으로 친구의 장례를 치르는 일은 여기서 끝이 아니었다.

몇 해 전 고등학교 졸업 40주년 행사를 준비하면서 경품 마련을 위해 동기들에게 찬조금을 받던 동문회장에게서 연락이 왔다. 그는 나에게 찬조금 대신 특별한 주문을 했다. 그것은 훗날 직접 염해주겠다는 약속 증서를 만들어 오라는 것이었다. 동창들에게 아주 값진 선물이 될 것이라며….

행사 당일, 40년간의 오랜 우정을 나눈 동기들과 즐거운 시간을 보내는 중, 경품 추첨 이벤트가 시작되었다. 약속 증서 세 장을 만들어간 만큼 나에겐 세 번의 추첨 기회가 주어졌다. 처음엔 별다른 생각 없이 친구들의 이름이 적힌 종이를 집어들었는데, 이상하게도 세 장 모두 몸이 성치 못한 친구들의 이름이 적혀 있었다. 동문회장은 어떻게 그런 친구들만 찾아냈느냐며 좌중을 웃음바다로 만들었다. 나는 괜스레 죄짓는 기분이 들었지만, 그렇게 당첨된 세 명과 함께 천연덕스럽게 미소를 지으며 기념사진을 촬영했다.

얼마 전, 내가 첫 번째로 뽑았던 친구 재형이가 세상을 떠났다는 부고를 전해 들었다. 사실 당시 준비했던 약속 증서는 그들의 집안 어른이 돌아가시면 장례를 치러드리려고 한 것이었는데, 예상치 못하게 본인에게 사용하게 된 것이다. 다시는 친구의 염습을 해주지 않기로 다짐했건만, 내가 이미 증서로서 약속한 바 있으니 지켜야 했다. 나는 그의 아내에게 전화해서 내가 염해주겠다고 했다.

재형이가 세상을 떠나기 2년 전 늦가을, 요양원에 있던 재형이가 내게 전화를 걸어 느닷없이 도신스님을 아느냐고 물었다. 이유를 묻자, 자기는 천주교 신자인데 TV에서 도신스님이 부르는 〈님의 향기〉를 듣고 큰 울림을 받았다며, 하루에도 몇 번씩 보면서 투병 생활에 큰 힘을 얻는다고 했다. 그리고 그분을 꼭 한번 직접 뵙고 싶다고 했다. 나는 즉시 스님의 연락처를 수소문했고, 전화로 사연을 말씀드리니, 스님은 주저 없이 언제든 찾아오라고 말씀하셨다.

내 차로 재형이 부부를 태우고 서산 서광사에 도착하니, 스님이 반갑게 맞아주셨다. 그리고 노래로 힘을 얻은 사람들의 이야기를 하시며, 다음 해 봄날에 열리는 산사음악회에서 함께 노래를 부르자고 하셨다. 다음은 그때 동행했던 동기이자 《스산별곡》의 저자인 근식이가, 재형이가 세상과 하직하고 난 뒤 단톡방에 올린 글이다.

"햇수로 벌써 3년이 되었네요. 친구 재철이와 이제 고인이 된 재형이와 함께 서산 서광사에 계신 도신스님을 뵙고 우리 모두가 마음 도닥거림을 받은 적이 있었어요. 재형이는 유튜브로 '아침마당'에 나온 도신스님의 〈님의 향기〉라는 노래를 듣고 가슴 저린 감동을 받았다며, 수십 번, 아니 날마다 본다고 했어요. 도신스님을 죽기 전에 꼭 한번 뵙고 싶다는 말에 재철이가 마음을 냈나 봐요. 재철이의 주선으로 도신스님을 뵙고 대화를 나누는데, 재형이는 잠을 자는 게 두렵다고 했어요. 다시는 눈을 뜰 수 없는 세상에 가버릴까봐…. 그러자 스님이 그랬어요. '무서워 마라. 어차피 태어난 세상도 경험하지 못했던 세상이었고, 가야 할 저 너머 세상도 경험한 바 없는 세상이다. 그렇지만 봐라, 그래도 이 세상 아름다울 수 있지 않니, 마음먹기에 따라서….' 이 말씀에 오히려 내가 더 위로를 받았던 것 같아요. 스님은 12연기니 무상이니 뭐니 그런 불교 용어 하나 쓰지 않고 그저 다독여주셨지요. 지난해 5월 산사음악회에 초대받았으나 코로나로 인해 음악회가 취소되었어요. 사실 난 무슨 경이니 말씀이니 하는 따위에 그닥 관심이 없지만, 이날 스님의 말씀은 큰 울림이 되었어요. 재형이의 부음을 받은 후, 산 사람의 일을 거들어야 할지, 먼 길 떠나는 동무를 배웅해야 할지 갈등하다가, 결국 동무의 떠나는 길을 보지 못하는 부끄러운 꼴이 되었네요. 평소 잘 보지 않던 유튜브에 들어가 재형이가 좋아하던 도신스님의 노래를 들으며 그를 추모합니다. 조만간 짬을 내어 도신스님을 찾아뵙고 재형이의 소식을 전하려 합니다. 비록 종교는 다르지만, 동무의 마지막 가는 길에 스님의 향기로운 음성 한 자락이 그의 넋을 편안히 위로할지도….”

재형이의 입관식 날, 나는 15년 동안 나와 함께하면서 가장 손발이 잘 맞는 김 본부장과 우리 회사 최고의 염습팀을 대동하여 재형이를 정성껏 목욕시키고 수의 입히고 수염을 깎아주었다.

　유족들은 재형이의 시신을 둘러서서 천주교식의 기도를 올렸다. 의식을 마친 후 유족들이 고맙다고 인사를 하기에, 이때가 기회다 싶었다. 가족들에게 재형이와 도신스님의 인연을 간략히 소개하고, 친구에게 힘이 되었던 도신스님의 〈님의 향기〉를 마지막으로 들려주고 싶다고 말씀드렸다. 이에 유족들은 사뭇 당황하는 눈치였지만 흔쾌히 승낙해주었고, 나는 스님의 노래를 틀어놓고 입관식을 진행할 수 있었다.

재형이가 세상을 떠나기 10여 일 전 새벽 잠결에 나를 찾아왔었다. 편안한 표정으로 아무 말 없이 나를 지켜보다가 사라졌다. 나는 다시 잠을 청하지 못하고 일어나 앉았다. '재형이가 잠을 자는 게 두렵다고 하더니, 다시 눈 뜰 수 없는 세상에 편히 간 것인가?' 그날 재형이의 소식이 올 것 같아 온종일 일이 손에 잡히지 않았다. '내가 먼저 전화하면 재형이가 받을까, 부인이 받을까? 재형이가 받으면 뭐라고 말하지? 그냥 기다릴까?' 결국 나는 연락을 기다리기로 했다. 재형이가 어찌 됐든 그와 통화를 하게 되면, 냉정하게 내 일을 하지 못할 것 같았기 때문이다.

염을 해주겠다는 약속 증서는 아직 두 장이 더 남았다. 여보시게, 증서를 가진 친구들, 집안 어른 돌아가실 때나 연락주시게나. 동문 회장이 증서를 마련해오라고 할 때 한 장만 준비할걸…. 이제 와서 후회한들 어쩌리.

세상모르고 살았노라

지혜로운 사람의 마음은 초상집에 가 있고,
어리석은 사람의 마음은 잔칫집에 가 있다.

솔로몬의 잠언에 나오는 말이다. 잔칫집에서 먹고 마시며 즐기는
것은 순간의 즐거움이다. 거기서 오가는 농담은 가볍기 그지없다.
무거운 주제는 잔칫집에 어울리지 않는다. 분위기를 띄우고 그 순
간만큼은 걱정 근심에서 벗어나야 한다. 골치 아픈 소재는 금기다.

그러나 초상집에서는 다르다. 무슨 말을 해야 할지 몰라 말수가
적어지고 생각은 많아진다. 고인과 가까운 사람이라면 그의 죽음을
아파하거나 고인의 인생을 기억 속에서 더듬어보기도 한다. 고인을
잘 모르는 조문객이라도 생각이 많아지는 것은 마찬가지다. 평소
낯설게만 느껴지던 죽음이 언젠가 나에게도 찾아올 거라는 걸 상기
시켜준다. 초상집에는 자기 인생을 돌아보기에 충분한 조건이 갖춰
져 있는 것이다.

'죽음'은 예외 없이 살아 있는 사람에게 손님처럼 들이닥친다. 순
간의 즐거움을 좇는 잔칫집과 달리, 초상집에서 발견하는 것은 길다

면 길고 짧다면 짧은 자신의 인생이다. '어떻게 살 것인가.' '무엇을 위해 살 것인가.' 초상집에서는 '인생의 화두'를 얻어오기 마련이다.

선배 한 명이 오토바이 사고로 허무하게 세상을 떠났다. 그는 신념이 강하고 스타일이 확고한 사람이었다. 민주화운동이 치열했던 1960~1970년대 대학을 다니며 일명 '투쟁국장'으로 통하던 사람이었다. 리더십이 뛰어나서 40년 세월이 흘러도 따르는 후배가 많았다.

조문객 중 많은 사람이 그와 민주화운동을 함께했던 동료들이었다. 발인 전날 밤 애도식 사회를 맡은 선배가 과음을 하길래, 어쩌려고 그리 많이 마시느냐고 다그치자, "40년 지기 선배를 어찌 맨정신에 떠나보내나? 상갓집 사회는 술이 좀 취한 상태로 봐야 제격이다"라고 하면서 고인과 함께한 민주화운동 이야기, 감옥에서 고생한 이야기 등을 뽑아냈다. 그러다 얼굴이 불콰해진 후배 한 명이 갑자기 일어나더니, 고인에게 노래 한 곡을 바치고 싶다고 했다.

고락에 겨운 내 입술로
모든 얘기 할 수도 있지만
나는 세상모르고 살았노라….

그는 송골매의 〈세상모르고 살았노라〉라는 노래를 구성지게 불렀다. 허스키한 그의 목소리는 마치 고인의 음성처럼 느껴졌다. 그 자리에 있던 모든 조문객이 숨을 죽이고 노래를 들었다. 마치 고인의 목소리에 귀를 기울이기라도 하는 듯.

옳다고 믿는 것, 정의라고 여기는 것을 위해 온 힘을 다해 살았던 사람이었다. 남들이 뭐라고 해도 자기 갈 길만을 꿋꿋이 갔던 사람이었다. 그래서 주변의 질책과 시기를 더 많이 받고 살아온 사람이었다. 하지만 그는 가사처럼 세상이 어떠하든 상관하지 않고 자기 신념을 지키며 살았다.

그 누구의 추도사나 이야기보다도 더 가슴에 와닿는 노래가 끝났을 때 나도 모르게 박수를 칠 뻔했다. 자칫 장례지도사로서 일의 한 부분으로 지나칠 뻔했던 선배의 장례식에서, 그의 노래가 나의 인생을 찬찬히 돌아보게 했다. '나는 무엇을 지키며 살아왔던가, 나는 무엇을 위해 살아왔던가.' 그날 밤 조문객들은 '초상집에 마음을 둔 지혜로운 사람'이었으리라. 그날만큼은 조문객 모두 인생을 반추해보는 기회를 얻었을 것이다.

아내와 두 아이를 한꺼번에 잃은 남자

20여 년 전에는 병원에서 영안실 운영권을 연 단위로 임차받은 장의사들이 장례를 거의 독점하다시피 했다. 그 때문에, 나 같은 외부 장의사들과 영안실 직원들의 사이가 썩 가깝지 못했다. 그런데 그날은 어쩐 일인지 직원들이 내게 어서 오라며 반갑게 맞아주었다. 그들은 사고 연락을 받고 도로에서 시신을 수습해왔다고 했다.

빈소에 가보니 한 젊은 남자가 정신을 못 차리고 목메어 울고 있었다. 그 모습을 보고 일면식도 없는 사람이 함께 울어도 이상하지 않을 정도였다. 마음이 찢어진다는 게 이런 것일까. 졸지에 아내와 두 명의 자식을 한꺼번에 잃은 그는, '여우 같은 아내와 토끼 같은 자식'이라는 흔하디흔한 표현이 사무치게 그리웠을 것이다.

행주대교에서 통일전망대를 잇는 자유로가 개통된 지 얼마 되지 않은 때였다. 칠흑처럼 깜깜한 한겨울 밤, 그의 아내는 아이 둘을 태우고 자유로를 달렸다. 아이들과 서울 시내에서 즐거운 시간을 보내고 집으로 돌아가고 있었던 것 같다.

그녀는 졸음을 참지 못했던 듯하다. 아이들은 이미 달리는 차 안에서 먼저 잠이 들었을 것이다. 그런 아이들을 바라본 그녀는 잠깐 눈만 붙였다가 다시 출발하자고 생각했을 것이다. 자유로 갓길에 차를 세우고, 행여 아이들이 감기라도 걸릴까 봐 자동차 히터를 켜고 바람 들 틈 없이 창문을 꼭 닫아둔 채 아이들과 함께 잠이 들었다. 얼마나 지났을까. 배기구에서 새어 나온 일산화탄소가 차 내부를 가득 채웠고, 셋은 일산화탄소 중독으로 숨을 거뒀다.

이들의 장례 의뢰를 받고 영안실에 도착해 세 구의 시신을 마주했다. 나도 아내와 두 자식이 있는 사람인데, 엄마와 두 아이가 나란히 누워 있는 걸 보니 숨이 턱 막히는 것 같았다. 남편은 산산이 부서진 자신의 세계에서 조각난 파편을 움켜쥐고 피 흘리고 있었다.
  장의사 시작한 지 2~3년 남짓 되었을 때인데, 그동안 깨끗한 모습을 유지한 채 죽음을 맞이한 어르신들만 염습하다가 처음으로 맞는 대형 사고사였다. 뼈가 부러진 데도 없고 피 흘린 흔적도 전혀 없는 시신이었지만, 지금까지 내가 기억하는 가장 힘든 장례였다.
  처음 겪는 사고사에다, 오열하는 남편 앞에서 아내와 자식들을 동시에 염습을 해야 해서 정신적으로 괴로웠다. 하지만 어려움은 이게 다가 아니었다. 이들은 숨을 거둔 이후에도 꽤 오랜 시간 강한 히터 바람을 맞은 듯했다. 부패 속도가 일반 시신과는 달랐다. 알코올 솜으로 피부를 닦는데 살이 밀리고 벗겨지기까지 했다. 피부에 솜을 대고 한지로 감싸지 않으면 수의를 입힐 수 없을 정도로 시신의 부패가 꽤 진행되어 있었다. 무엇보다 시신 부패 냄새가 너무 심해서, 우선 향을 한 움큼 피우고 엄마부터 염을 진행했다.

고인이 여자인 경우, 봉사활동을 하는 여자 염사殮師와 동행한다. 그 당시 간호사 출신이었던 봉사자를 보조하며, 시신이 최대한 온전할 수 있게 조심조심 염을 해나갔다. 그분은 염습 봉사활동을 시작한 지 얼마 되지 않았지만, 마치 오래 염을 해왔던 사람처럼 차분하게 하나하나 진행해나갔다. 사실 그분이 아니었으면 끝까지 버티지 못했을지도 모른다. 힘든 장례를 무사히 마치고 돌아오는 길에, 동행했던 봉사자가 내게 속마음을 털어놓았다.

"제가 자원했던 봉사였으니 망정이지, 누가 시킨 일이었으면 뛰쳐나갔을 거예요. 대표님 아니었으면 못 했을 거 같아요."

나도 그분 아니었으면 못 했을 텐데, 속에서는 전쟁을 치렀어도 서로 의지하면서 겉으로는 둘 다 침착함을 유지했나 보다. 그렇게 좋은 봉사자분들 덕에 초보 염사 시절을 무사히 보낸 것 같다. 그때 봉사하셨던 분이 작년에 말기 암으로 돌아가시기 몇 달 전 병문안 간 적이 있다. 그분이 20여 년 전 그날의 이야기를 하시기에, 그동안 정성껏 애써준 덕에 좋은 곳으로 가실 거라고 두 손 꼭 잡고 말씀드렸다.

지금도 어려운 장례를 맡으면 27년 전 그날을 떠올린다. 겉으로 티는 내지 않지만 안타깝게 운명한 시신을 앞에 두고 울컥할 때가 있다. 그럴 땐 '엄마와 두 아이를 함께 떠나보내는 것만큼 힘든가?' 하고 자문한다. 그렇게 스스로를 다잡는다.

닮고 싶은 마지막 모습

대개 우리는 '어떻게 하면 돈을 많이 벌 수 있을까?' '대출을 받아 지금 집을 사야 할까?' '내 사회적 위치는 어디까지 올라갈 수 있을까?' '어떻게 하면 우리 아이가 더 좋은 대학에 들어갈 수 있을까?' 등 삶에 대한 고민만을 하며 살기 마련이다. 하지만 내 직업이 죽음을 마주하는 것이다 보니, 나는 나의 마지막 모습을 떠올려보는 것이 자연스럽다. 하지만 죽음을 자주 접할 일이 없는 사람들은 자신의 죽음이나 마지막 모습을 떠올려볼 계기가 별로 없을 것이다. 우리는 오늘도 정신없이 앞만 보고 끝나지 않을 것 같은 인생을 달려가고 있다.

많은 이가 죽음의 순간까지도 식탐을 멈추지 못한다. 세상에 맛있는 게 얼마나 많은지, TV뿐 아니라 인터넷 개인방송에서도 먹을 것이 지천이다. 음식을 복스럽게 먹는 모습을 보여주는 이른바 먹방은 물론, 맛집 탐방, 우리나라 각 지방의 향토 음식부터 세계 각국으로의 미식 여행, 다양한 식재료를 가지고 새로운 음식을 개발하는 콘텐츠들이 많은 사람의 눈길을 사로잡고, 또 여기저기에서 쏟아져 나온다.

음식은 몸을 건강하게 하고 에너지가 되어 내 생명을 유지하게 하는 중요한 역할을 한다. 그 이상의 기능을 바라는 건 욕심에 가깝다. 필요 이상의 더 자극적인 맛, 더 귀한 재료, 더 비싼 음식은 식탐에서 비롯한 것이 아닌가 생각한다. 물론 맛있는 음식은 우리를 기분 좋게 만든다. 그런데 이 기쁨에 욕심을 부리기 시작하면 끝이 없다. 만족의 끝이 있을까? 욕심은 부리면 부릴수록 커지는 법, 욕심은 끝없이 재생산된다.

수많은 장례를 치르며 한 인생의 마지막 모습을 수도 없이 봤다. 안타깝게 짧은 인생을 살다 간 어린아이부터 2~3년 넘게 연명치료에 의존하다가 생을 마감한 어르신까지…. 그들의 마지막 모습을 보면서 가끔 나의 그때를 떠올리곤 한다. 고인 중에는 '나의 마지막 모습도 이랬으면 좋겠다'는 생각을 들게 하는 이도 있었다.

분홍 치마저고리를 입고 볕이 드는 소파에 누워 있다가 조용히 세상을 뜬 할머니를 염한 적이 있다. 80세가 넘은 이 할머니는 나이 마흔에 남편을 먼저 떠나보냈다. 아직 풀지 못한 인생의 숙제가 많이 남아 있을 한창때였다. 2남 1녀 자녀들이 여생에 힘이 되었겠지만, 남편의 부재를 온전히 채워주지 못했으리라. 남편이 꼭 필요한 일이 닥칠 때마다 허전함과 상실감이 컸을 것이다. 그런데도 내색한 번 없이 꿋꿋하게 집안의 여러 대소사를 치러냈다. 남편이 죽기 전에 선물한 분홍 치마저고리는 할머니가 가장 아끼는 옷이었다.

제일 중요한 날에만 입는 옷. 자녀들 결혼식부터 환갑, 칠순 잔치에
는 꼭 꺼내 입으셨다고 한다.

여든을 넘긴 할머니는 갈수록 쇠약해졌다. 지병이 갈수록 더 악
화되어가자, 할머니는 자신이 죽을 날을 직감한 듯했다. 그리고 어
느 날부터 갑자기 곡기를 끊으셨다. 같이 사는 아들 내외가 제발 한
술만 뜨시라고 간청했다. 할머니는 자신이 정신 있을 때 떠나겠다
고 하시고는 아무 말도 않고 누워만 계셨다. 그렇게 일주일을 보냈
다. 그러지 않아도 왜소한 체구가 더 마르고 작아졌다.

볕 좋은 날 아침, 할머니가 자리에서 천천히 일어나시더니 화장
실로 들어가서 스스로 목욕을 하셨다. 그러고는 분홍 치마저고리
를 꺼내 입으셨다. 할머니의 아들이 출근하면서, "어머니, 다녀오겠
습니다"라고 인사하자, 소파에 앉아 느린 손짓으로 잘 다녀오라고
하셨다.

며느리가 설거지하면서 보니 할머니는 따뜻한 햇볕을 온몸으로
받으며 소파에 가만히 누워 계셨다. 한 시간 후, 집 안 청소를 마친
며느리가 어머니를 흔들어 깨웠을 땐 이미 세상을 떠나신 뒤였다.

할머니의 장례 의뢰를 받고 가보니, 내가 따로 염습할 게 없었다.
할머니는 죽음이 가까웠다는 것을 느끼고, 스스로 목욕을 하고 옷
을 갈아입으셨다. 스스로 염습을 마치신 것이다. 보통은 염습할 때
시신의 입과 항문으로 이물질이 새어 나오기 마련인데, 할머니는
일주일 동안 곡기를 끊어 어떤 것도 나오지 않았다. 돌아가시기 직
전에 목욕도 하셔서 몸도 깨끗했다. 할머니가 가장 아끼는 옷을 입

고 계셔서 수의를 따로 입힐 필요도 없었다. 유족에게 그 옷의 의미를 미리 듣지 못해 염습할 때 할머니에게 삼베 수의를 갈아입혀 관에 모셨는데, 나중에 그 이야기를 듣고 보니 아차 싶었다. 분홍 치마저고리를 곱게 차려입은 모습 그대로 그냥 입관해드렸어야 했다.

자신의 장례식에 대해 유언을 하거나 글을 남기지는 않았지만, 할머니는 본인의 장례식을 준비하고 계셨던 거다. 할머니의 준비 덕분에 자녀들은 우왕좌왕하지 않고 차분하게 장례를 치를 수 있었다.

할머니는 마지막 호흡까지도 느끼고 떠나셨으리라. 나도 그렇게 가고 싶다. 내 힘이 다 빠져나가기 전에 주변을 정돈하고, 인간관계를 정리하기 위해 생전 이별식을 하고, 숨쉬기 힘들어지면 할머니처럼 목욕재계하고 좋아하는 옷 입고 마지막 호흡을 느끼면서 떠나고 싶다.

15년간 어머니를 간병한 화가

사람이 죽으면 장작으로 화장을 하는 인도에서는 온종일 불을 꺼뜨리지 않고 하나의 인생을 지운다. 뜨거운 인도의 긴 여름 오후, 정오보다 더 뜨거운 불길이 한 인생의 흔적을 지워나간다. 유족은 이별의 고통을 잊으려는 듯, 열기가 주는 고통을 오히려 피하지 않는다. 해 질 무렵, 바람이 불면 재는 이리저리 날리고 마지막엔 뼛조각만 남는다. 뼈까지 가루로 만들고 나면 한 인생은 겨우 항아리 하나에 족히 담긴다. 하루는 즐거웠다가 하루는 슬프고 하루는 기뻤다가 하루는 괴로운 그런 나날들이, 60년을 살았다면 2만 일이 넘는다. 수만 일을 산 인생은 결국 바람 불면 힘없이 날리고 마는 한 줌의 재가 된다.

살아 있는 동안 사람은 육체의 한계에 갇혀 산다. 평소에는 잘 모르고 지내다가 병에 걸리면 이를 실감하게 된다. 육체의 한계에 직면한 사람은 대부분 두 가지 태도를 보인다. 그대로를 받아들이거나, 아니면 그 한계에 절망하거나.

고치지 못할 병에 걸리면 그 사실을 받아들이기란 쉽지 않다. 사람 대부분은 몸의 병으로 인해 마음의 병도 얻는다. 하지만 한계가 분명한 몸과 달리, 마음은 굴레가 없어서 얼마든지 그 세계를 넓힐 수 있다. 하지만 방법을 몰라 마음을 자신이 만든 굴레에 가두곤 한다. 이것 역시 인간의 한계일지도 모른다.

한 젊은 여성 화가로부터 어머니 장례식을 맡아달라는 의뢰를 받았다. 장례를 마치고 다비를 하고 싶다고 했다. 육체의 한계에 매일 직면해야 했던 어머니를 이제는 자유롭게 해드리고 싶었으리라. 가벼운 재가 되어 넓은 자연에 한껏 안기게 해드리고 싶었으리라.

그 화가는 남동생과 함께 15년 동안 아픈 어머니를 보살폈다. 요즘 좀처럼 보기 드문 자식들이었다. 간병인에게 어머니를 맡기고 싶지 않다며 직접 어머니의 수발을 들었다. 작품 활동을 위해 티베트와 몽골, 중국 등을 다녀오는 동안에는 동생이 어머니를 돌봤다.

그 화가는 인도에서 달라이라마를 만나 티베트 불교에 깊이 빠져들었다. 그는 그곳에서 배운 삶과 죽음의 의미를 자신의 삶과 사랑하는 어머니에게 적용하고 싶다고 했다. 그는 병들어 아픈 어머니를 그 자체로 인정하고 존중했고, 어머니의 죽음 역시 그 모습 그대로 존중받을 가치가 충분하다고 여겼다.

그의 어머니는 병원에서 마지막 숨을 거뒀다. 병실에서 바로 장례식장으로 옮기는 수속을 진행하려 했지만, 자녀들은 온전한 죽음을 맞이하도록 시간을 달라고 했다. 사람이 죽으면 육체에서 영혼이 빠져나가는 데 여러 시간이 걸린다고 믿는 티베트 불교의 전통대로, 그들도 어머니의 혼이 빠져나갈 충분한 시간을 확보하고 싶었던 것이다.

그는 어머니의 염습에도 참여했다. 15년 동안 동생과 번갈아가며 매일 직접 씻겨 드려왔기 때문에 어머니의 몸은 누구보다 자신들이 잘 안다며, 마지막 목욕까지 최선을 다했다. 동생은 어머니 몸에 생긴 커다란 욕창을 직접 소독하고, 어머니가 가장 좋아했던 옷을 입혀드렸다.

하지만 다비의 꿈은 이루지 못했다. 다비를 하려면 다비장을 갖춘 큰 절로 가야 하는데, 그때는 일반인을 위해 다비장을 내어줄 절이 없었다. 그녀는 어쩔 수 없이 화장장에서 어머니를 보내드렸다. 대신 어머니의 유해를 직접 유골함에 담고, 그림 작업실로 모시고 가서 살뜰히 살폈다.

"지난 10여 년 동안 어머니의 표정이 사라졌어요. 웃던 어머니, 찡그리던 어머니, 놀라던 어머니의 얼굴이 잘 기억나지 않아요. 하지만 괜찮아요. 어머니가 옆에 계신 것만으로도 위로를 받았어요."

쇠 절구로 빻아 가루로 만든 어머니의 분골을 전해줄 때, 어머니를 떠나보내는 딸의 마지막 말이었다.

전국의 크고 작은 절에서 90회가 넘는 다비를 진행하면서 많은 스님과 친해졌다. 그분들을 만날 때마다 다비를 원하는 일반인에게도 장소를 제공할 것을 제안해왔는데, 이제는 몇몇 사찰에서 가능해졌다. 실제로 2019년 말에는 어느 할머니의 장례를 다비로 진행하기도 하였다.

얼마 전 개인전을 마친 그 화가를 만나 안타까운 마음에 말을 건넸다.

"화가님, 어머니가 몇 년만 더 사셨다면 다비를 할 수 있었을 텐데요."
"우리 어머니가 누릴 복은 거기까지였던 거겠죠."

역시 그다운 담백한 대답이다. 그는 언제나 어머니의 삶과 죽음을 온전히 존중했다. 어머니가 살아 계실 때에는 아픈 어머니 존재 자체를 사랑했고, 돌아가셨을 때는 진심을 담아 추모했다. 지나가는 인사말처럼 짧은 대답이었지만, 어머니의 모든 것을 존중하는 그의 마음이 내 가슴에 닿았다.

다섯 번 바뀐 장례

"엄마를 잿가루로 만든다고? 엄마를 두 번 죽이려고 그러냐?"

시골에서 서울 종로에 있는 동생 집까지 조급한 마음으로 달려온 큰딸이 남동생 셋을 앉혀두고 호통을 쳤다. 화장률이 겨우 15~20%였던 1996년의 일이다. 매장이 당연하던 시절이었다. 화장은 스님이 돌아가셨을 때 또는 사고사일 때, 사망자가 신원 미상일 때 등 특별한 상황에서나 치르는 장례 방식이었다.

이 시기는 정부가 화장을 권장하기 위해 납골당을 저렴하게 사용할 수 있도록 지원을 막 시작할 때였다. 그때만 해도 화장에 대한 국민 정서는 꽤 부정적이었다. 전통적 사고방식과 오랜 관습을 바꾸는 것은 쉬운 일이 아니었다. 전남 땅끝마을에서 올라온 큰딸도 어머니의 화장 소식을 듣고 경악했다. 삼일장이 끝나면 고인이 된 어머니를 전남에 있는 선산으로 모시고 가서 아버지 옆에 눕히겠다고 했다. 지금은 고속도로가 잘 닦여 서울에서 땅끝마을까지 한나절이면 가지만, 그 당시에는 꼬박 하루가 걸렸다. 걸리는 시간이 상당하다 보니 비용도 만만치 않았다.

염습을 준비하고 있던 나는 화장에서 매장으로 바뀌었다는 이야기를 듣고, 서둘러 시신을 모시고 내려갈 차량을 준비했다. 그렇게 정리되는 듯했지만, 그날 밤 삼촌이 큰딸을 마지막으로 설득했다. 남동생 세 명 모두 서울에서 장사를 하고 있고 특히 명절 대목은 더 바빠서 산소를 돌볼 수 없으니 큰딸네서 산소 관리를 도맡아야 한다고 했다. 이 한마디에 큰딸은 한참 동안 긴 생각에 빠지는 듯하더니, 결국 매장을 하겠다는 마음을 내려놓았다. 나이 들어가는 자기 남편과 아들 몫이 되겠기에 마음을 바꾼 것이다. 그렇게 해서 매장에서 또다시 화장으로 바뀌었다.

다음 날 염을 시작하려고 하는데, 뒤늦게 시골에서 막 올라온 막내딸이 화장이 웬 말이냐며 격하게 반대하고 나섰다. 어제와 똑같은 상황이 다시 반복된 것이다. 본인이 어머니를 선산으로 모시겠다고 목소리를 높였다. 다시 차량을 준비해야 하나 싶어 마음을 졸였다. 옆에서 지켜보고 있던 삼촌이 씨익 웃고 만다. 한두 시간 지나고 나서 전날 밤에 그랬던 것처럼, 삼촌이 막내딸을 불렀다. 이번에도 역시 그럼 둘째 사위가 산소 관리를 맡으라고 하자, 막내딸 역시 깊은 고민에 빠지나 싶더니 다시 마음을 돌렸다.

삼일장 동안, 고인의 장례를 화장으로 치를지, 매장으로 치를지 유족들의 엇갈린 의견 속에서 결정이 다섯 번이나 번복되다 보니, 정말 정신이 하나도 없었다. 어찌 되었든 이견 조율 과정에서 현실적인 고민의 계기를 제공한 삼촌의 지혜로 원만히 해결될 수 있었다. 연애할 때와 결혼한 후가 다르듯이, 처음 먹은 마음과 마음먹은 대로 현실에서 해내는 것은 완전히 다른 일이다. 그들은 얼마 후 아버지 산소도 정리해서 어머니 유골을 안치한 서울시립 납골당으로 모셨다.

죽은 사람은 이제 어떤 결정도 할 수가 없다. 장례식마저도 살아 있는 사람들이 풀어야 할 문제다. 고인이 자신의 장례식에 관해 유지를 남기고, 유족들이 그 유지를 따라 장례식을 치른다 해도, 결국 장례식은 죽은 사람이 아닌 산 사람이 해야 할 일이다. 살아가면서 가족의 장례식을 미리 생각하는 사람들은 별로 없을 것이다. 살기에도 바쁜 세상에서 죽음을 미리 생각한다는 건 시간 낭비처럼 느껴질 수도 있다. 그리고 막상 닥치면 어떻게든 치러낸다. 이 때문에 우리나라 장례문화가 제자리인지도 모른다.

줄초상이 난다는 중상일

※

한 직원이 사무실로 뭔가 가지고 왔다. 뭐냐고 물으니, 중상일 重喪日
(줄초상이 난다는 날)을 예방하는 부적이라고 했다. 얼마 전 장례 치른 분
이 정말 고맙다며 이 비방을 주었다는 것이다. 나는 조금 어이가 없
어서, 우리에게 주어진 일에 최선을 다하면 그만이지 다른 것에 사
로잡히지 말자고 하면서 그것을 태워버리라고 했다.

1997년 6월 중순쯤이었을 거다. 이른 더위가 찾아와 한낮 기온이
30도를 넘나들었던 것으로 기억한다. 그때 팔순 넘으신 할머니를
염해드린 적이 있다. 염습을 마치고 나니, 고인의 여동생이 내게 다
가와서 언니 예쁘게 단장해줘서 고맙다며 인사를 하셨다. 그러고는
내 손을 꼭 잡으면서 이렇게 말씀하셨다.

"나도 죽으면 꼭 이 손으로 염해주세요."
"그러지요. 20년 후에나요."

내 말을 들은 할머니는 재미있다는 듯 웃으셨다.

할머니는 고인의 죽음으로 상심한 나머지, 3일 동안 음식도 먹지 못하고 잠도 자지 못했다. 발인 날, 할머니는 땡볕에서 하관하는 것을 안타깝게 지켜보다가 결국 쓰러지시고 말았다. 그러곤 그 자리에서 목숨을 달리하셨다. 이른바 줄초상이 난 것이다. 그날이 중상일이었는지는 모르겠다.

나중에 사연을 들으니, 자식이 없었던 할머니는 일찍 남편을 보내고 하나뿐인 혈육인 언니와 함께 살았다고 한다. 10년 동안 의지했던 언니마저 세상을 떠나게 되니, 삶의 모든 버팀목이 무너졌던 것이다. 그래서 결국 죽음에 이르셨던 듯하다. 그런데 그렇게 돌아가시는 게 꼭 나쁜 것일까? 조카들에게 눈칫밥 먹으며 더 살아간다는 것이 과연 좋은 것일까?

수의를 정말 잘 짓던 분을 만난 적이 있다. 어떻게 그렇게 수의를 잘 짓냐고 여쭤보니, 그분은 수의를 짓는 내내 고인을 위해 기도한다고 하셨다. 또 마지막 가시는 분의 옷이니 허투루 지을 수가 없다고도 했다. 사랑하는 손자가, 짓고 있던 수의를 타넘기만 해도 호되게 야단칠 정도로 진심을 다하셨다. 또 그렇게 한 푼 두 푼 모은 돈으로 이곳저곳에 기부도 많이 하셨다. 나중에 그분의 딸에게서 들었는데, 정작 본인은 속옷도 꿰매 입으시며 사셨다고 한다.

그분의 아버님이 돌아가셨을 때 장례를 맡았다. 그분은 49재까지 아버님이 좋은 데 가시길 매일 기도하면서 사셨는데, 49재를 모두 마친 날 집에서 황망히 돌아가셨다. 결국 그분의 장례도 내가 치러드렸다. 그때도 중상일이었는지는 모르겠다. 가족에게는 허탈하고 가슴 아픈 일이겠지만, 확실한 한 가지는 그분은 할 일을 모두 마치고 행복하게 가셨다는 것이다.

1998년 장례봉사를 교육할 때, 말과 태도가 맑아 참 인상 깊었던 40대 후반의 수강생 K씨. 다른 봉사도 많이 해보았지만, 마지막 가는 분을 위해 꼭 힘이 되어드리고 싶었다고 했다. 12주간 교육받고 봉사팀 꾸려 많은 사람과 활동을 시작했다. 순수한 봉사라고 해도 사람들이 모여 활동하다 보면 여러 가지 소리가 나게 마련이다. K씨는 팀의 중심에서, 말 많고 눈살 찌푸리게 행동하는 사람들을 마음 푸근한 엄마처럼 받아주고 품어주면서 봉사활동을 이끌었다. 장례봉사를 하면 할수록 보람 있다면서, 개인택시를 하는 남편을 설득해 봉사의 길로 인도했다. 부부간 나누는 대화나 서로를 배려하는 행동을 보면, 보는 사람이 샘이 날 정도로 금슬 좋은 부부였다.

10년간 열심히 봉사 활동해오던 중, K씨는 50대 후반에 암 선고를 받았다. 그런데도 웃음을 잃지 않고 걱정하는 우리를 되레 안심시키며 편하게 대해주었다. 하지만 병은 자비가 없는 법. 시간이 지날수록 그의 병세는 악화되었고, 결국 입원하게 됐다.

그런데 낮에는 택시 운전을 하면서 매일 밤 아내 옆을 지키던 남편이 아내가 입원한 지 보름 만에 졸음운전으로 사망했다. 갑작스러운 사고로 남편이 세상을 뜨자 삶의 의미를 모두 잃은 듯, K씨도 1주일 후에 사망해 연이어 장례를 치러야 했다. 금슬이 좋아 한시도 떨어져 지내질 못하더니, 저승길도 앞서거니 뒤서거니 가는 것인가. 이제 대학생인 두 아들은 어찌하리.

대조적인 두 분의 죽음

인간의 죽음에 대한 연구로 평생을 보낸 정신의학자 엘리자베스 퀴블러 로스Elizabeth Kubler Ross에 의하면, 대개 인간은 죽음을 앞두고, 부정과 고립, 분노, 협상, 우울, 수용, 이렇게 다섯 단계를 거친다고 한다. 물론 꼭 그렇지만은 않다. 한 단계에서 다른 단계로 옮겨가지 못하고 계속 머물러 있다가 죽음을 맞이하기도 한다.

1996년 비슷한 시기에 60세 같은 나이인 두 분의 대조적인 장례를 치른 적이 있다.

서울에 빌딩 세 개와 집 몇 채를 가진 장군 몸집의 호남형 아저씨는 말기 암 환자였다. 병원에서는 더 이상 해줄 게 아무것도 없다고 하여 집에서 얼마 남지 않은 여생을 보내게 되었다. 그는 스스로 몸을 움직이지 못하는 상태임에도 자신의 죽음을 한사코 받아들이지 못했다. 그는 부정과 분노 단계를 넘나들면서 있는 대로 투정을 부리고 화를 내며 욕설을 쏟아냈다. 병의 상태가 점차 악화되어감에 따라 불안하고 두려워서인지, 잠시라도 자기 옆에 사람이 없으면 소리를 질렀고, 물 한 잔 가져오라고 했다가 조금만 늦어도 불같이 화를 내고 입에 담기조차 힘든 욕설을 아내, 딸, 아들, 며느리에게 퍼부어댔다. 그가 세상을 떠나기 전 2~3주 동안 그의 가족들은 너무나 큰 두려움과 이러지도 저러지도 못하는 안타까운 무력감에 시달려야 했다.

아내는 남편이 그동안 남을 부리고 통제해왔기 때문에 자신의 한계와 현실을 받아들이지 못하는 거라고 말했다. 건강할 때도 함께 살기 힘든 가장이었던 그는 자신의 몸과 주변에 대한 통제력을 잃어가기 시작하면서부터는 그 정도가 거의 감당할 수 없는 수준으로 치달았다.

이런 상황에서는 부유하고 성공한 사람, 모든 것을 손에 쥔 사람이야말로 가장 불행한 사람이다. 삶의 영화를 누리게 했던 모든 것을 잃어야만 하기 때문이다. 그들은 이러한 현실을 받아들이지 못한다. 마지막까지 놓지 않으려 몸부림치다가, 죽음을 삶의 마지막 결실로 받아들일 기회를 놓쳐버리고 만다. 그들에게 가장 큰 불행은 숨이 넘어갈 때까지 본인의 생각과 의식을 가지고 있는 것이 아닌가 싶다.

연락을 받고 가보니, 그는 큰 몸을 잔뜩 웅크리고 주먹을 꽉 쥔 채 숨져 있었다. 죽음의 순간까지도 모든 것을 잃는 것에 대한 두려운 마음이 여실히 보였다. 임종 후 3~4시간 정도 지나면 보통은 경직 현상이 온다. 이때는 편히 누워 계신 듯이 돌아가신 분도 몸이 약간 뒤틀리며 굳어지는데, 몸을 웅크린 자세이니 내일 염할 때까지 그냥 놔두면 관뚜껑을 덮지 못할 수도 있겠다 싶었다. 가족들에게 얘기해 두 아들과 함께 고인의 몸과 팔을 조심조심 펴드리면서 칠성판七星板(관 속 바닥에 까는 얇은 널조각) 위에 고인을 모셨다. 이어 종이 끈으로 각각의 관절을 묶어 누워 계신 것처럼 자세가 잡히게 하고, 손가락도 하나씩 펴서 배 위에 가지런하게 둔 뒤, 한지를 대고 종이 끈으로 묶었다. 종이 끈이 평소보다 두 배 이상 들었던 것으로 기억한다.

후배의 아버지는 아내를 먼저 하늘나라로 떠나보내고 허름한 연립 주택에 사셨는데, 병이 들자 고액의 병원비 때문에 이 집마저도 팔아야 할 상황에 놓였다. 그뿐 아니라 가족들이 병시중을 들고 뒷바라지를 하느라 고생이 이만저만이 아니었다.

후배의 아버지가 돌아가셨다는 전화를 받고, 곧바로 수시 용품들을 챙겨 40분 만에 도착했다. 그런데 수시하기 전 얇은 솜을 후배 아버지의 코와 입에 올려놓고 보니, 솜이 조금 들썩이는 것이 아닌가?* 후배 아버지가 들릴 듯 말 듯 숨을 쉬고 계셨다. 다시 호흡이 돌아온 것이다. 옆에 서서 이를 지켜보던 후배는 당황해하면서 말했다.

---

* 죽음을 확인하는 방법엔 몇 가지가 있다. 첫째 호흡을 확인하는 것, 둘째 맥을 짚어 심장에서 공급되는 피의 움직임을 확인하는 것, 셋째 눈에 작은 불빛을 비춰 눈동자의 움직임을 확인하는 것, 넷째 호흡이 멎고 심정지가 되면 몸의 모든 기능이 정지되고 근육도 풀어져 대·소변이 밀려 나오므로 이를 확인하는 것, 다섯째 예전 어른들이 많이 썼던 방법인데, 허리에 손을 넣어보는 것이다. 손이 안 들어가면 돌아가신 것이라는데, 이것은 내가 확인하기 어려운 방법이다. 고인이 원래 허리가 굽었는지, 또 임종 후에 굽은 건지 모르기 때문이다.

"좀 전까지 염불 테이프 틀어놓고 손을 잡아주고 있었는데, 갑자기 아버지 숨소리가 안 들렸어요. 그래서 선배한테 연락하고 가까운 집안사람들에게도 알리고 있었어요."

'사람이 죽고 사는 것이 호흡지간'이라는 말처럼, 임종이 가까워지면 호흡이 일정하지 않게 된다. 호흡이 커지고 작아지기를 반복하다가 이마저도 점점 잦아들게 되면서 떠나는 것이다.

아버지의 코에 귀를 대고 얕은 숨소리를 확인한 후배는 표정이 조금 밝아지더니, 서둘러 동생들에게 아버지를 위해 임종 기도를 드리자고 했다. 임종할 때가 제일 중요하다는 스님의 말씀이 생각나서 일주일 전부터 염불 테이프를 틀어놓고 있었다고 한다. 이 말을 듣고 나도 이들과 함께 정근 기도를 같이해나갔다. 후배는 기도 중간중간 아버지의 귀에 대고 마음으로라도 따라서 하시라고 간곡히 부탁했다.

"아버지, 힘드시겠지만 마음속으로라도 따라 하셔야 해요."

그렇게 30~40분 동안 쉬지 않고 아버지 손을 잡고 기도를 올리던 후배는 무언의 대답을 들은 것일까? 갑자기 "아버지" 하면서 외마디 소리를 질렀다. 쳐다보니 아버지 손이 차가워지고 있다고 했다. 그렇게 후배의 아버지는 가족들의 기도 속에서 임종하셨다.

다음 날, 후배의 친척들이 조문하러 와서, 수의를 정갈하게 차려 입고 깨끗이 면도한 고인을 보면서 한마디씩 하셨다. 얼마 전에 봤을 땐 그렇게 힘들어하고 고통스러워했던 사람의 얼굴이 너무 평온해지고 밝아졌다고…. 좋은 곳으로 가시길 원했던 가족의 진심을 느끼고 편안하게 갈 길을 가시게 된 게 아닌가 싶다.

1. 수천 가지 죽음의 얼굴

2 ——— 끝까지 아름답게

그 사람의 손

보통 첫인상은 사람의 얼굴에서 결정되는 경우가 많다. 그런데 첫인상에서 손이 미치는 영향도 꽤 크다. 악수한 상대의 손이 희고 부드러우면 고생 한 번 안 하고 편한 삶을 살았을 거라는 생각을 하게 된다. 또 손톱이 깨끗하면 경제적·시간적으로 여유 있는 사람처럼 느껴진다. 반대로 손이 거칠면 고생 좀 하고 산 사람 같다. 흉터라도 있으면 정말 험난한 삶을 살았구나 싶다. 그 사람의 인생을 제대로 들여다본 적도 없으면서 그 사람을 그렇게 단정해버린다. 편견이란 건 참 무섭다.

많은 일이 그렇겠지만, 장례지도사 역시 주로 손을 쓰는 일을 한다. 시신을 씻기고 입히려면 손을 써야 한다. 알코올 솜을 하도 많이 만져서 손이 거칠고 건조하다. 그래서 찬 바람이 불기 시작하는 가을부터 다음 해 봄까지는 꼭 가죽 장갑을 끼고 다니고, 핸드크림도 자주 바르는 편이다. 고인을 만지는 일이 일상인 장례지도사는 악수해야 할 상황에서 사람들의 편견과 마주한다. 시신을 만진다는 이유로, 불결하다는 이유로, 나와 악수하기를 주저하는 사람들도 종종 있다. 여자 장례지도사들은, 염할 때는 그저 고맙다고 하다가 조문객이 많을 때 음식 나르는 일을 거들면 대놓고 싫어하는 사람들도 종종 만난다고 한다. 시신을 만진 손으로 음식을 만지면 어떡하냐고 말이다.

세상의 온갖 더러운 것을 더러운 줄 모르고 만지고 사는 건 어느 사람이나 마찬가지다. 그렇게 사람들이 아끼는 돈이, 매일 만지는 스마트폰이 고인보다 더 오염되었을 수도 있다. 눈에 보이지 않을 뿐이다. 고인을 오염물이라도 되는 양 여기는 건 고약한 편견이다. 장례지도사의 손에 대한 사회적 편견은 예나 지금이나 크게 다르지 않은 듯하다.

고인의 손은 간혹 그의 인생이 어떠했는지 보여준다. 부드럽거나 거칠어서가 아니다. 고인의 꼭 쥔 주먹을 펴려고 아무리 노력해도 펴지지 않는 경우가 있다. 죽는 순간까지 고인은 온 힘을 다해 주먹을 쥐고 있었던 것이다. 마치 삶의 집착과 세상의 미련이 주먹 안에서 아직도 버티고 있는 것만 같다. 나도 힘깨나 쓴다는 소리를 종종 듣는데, 주먹을 펴려고 땀 좀 흘렸음에도, 결국 다 완전히 펴드리지 못할 때도 있다.

어느 추운 겨울날, 산속 작은 암자에서 혼자 지내는 스님이 절벽에서 떨어져 돌아가셨으니 와서 장례를 해달라는 연락을 받은 적이 있다. 다음 날 찾아가 보니 산속은 생각보다 더 춥고 적막했다. 스님이 계셨던 암자는 절벽 가까이에 있었다. 수십 년을 그곳에서 생활하셨는데 어쩌다 절벽에서 떨어지셨을까? 처음에는 아무도 그 이유를 알지 못했다.

스님은 그 추운 겨울에 아무도 없는 산속에서 실족하셨던 모양이었다. 골절되어 움직이지 못하는 상태에서 체온이 급격히 내려갔고, 오가는 사람이 아무도 없어서 하염없이 구조를 기다리다 안타깝게 세상을 떠나시고 말았다. 그렇게 며칠이 지날 동안 아무도 스님의 행방을 몰랐다. 돌아가신 스님을 발견한 사람은 근처 군부대에서 일요 법회에 참석하러 온 군인들이었다. 스님은 온몸을 한껏 웅크린 모습으로 뻣뻣하게 굳어 있었다.

돌아가신 이 스님을 염습하려는데, 도무지 시신을 반듯하게 펼 수가 없었다. 아주 작은 체구에 비쩍 마른 분이었는데도 그렇게 무겁게 느껴질 수가 없었다. 곱게 가신 분들은 염할 때 몸집이 100kg거구라도 힘 하나 들지 않고 가뿐한 경우가 많은 반면, 험하게 가시거나 생에 아직 미련이 남은 분들은 상당히 무거워 염해드리기가 쉽지 않다.

준비되지 않은 뜻밖의 죽음을 눈앞에 두고 스님은 무슨 생각을 했을까? 지금 당장 해야 할 일들이 머릿속을 가득 채웠을까? 이렇게 죽을 순 없다는 미련이 잔뜩 웅크린 뼈마디마다 서려 있는 것처럼 느껴졌다. 스님은 죽기 전까지 손에 무엇을 쥐고 있었을까? 주변 상황을 이리저리 살피다가 그 손에 쥐고 있었던 것이 무엇인지 알 수 있었다. 스님은 절벽 가까이에 있는 감나무를 관리해오셨는데, 그날 마음먹고 감나무 가지를 치셨던 것 같다. 절벽 쪽으로 뻗은 가지에서 감이 열리면 딸 수가 없어서 그쪽 가지를 겨울에 미리 칠 요량이었나 보다. 스님은 가지를 치다가 발을 헛디뎌 절벽에서 떨어진 것이다. 절벽 주위로 널브러진 잔가지들이 그날의 상황을 말해주고 있었다.

세상에 대한 미련과 욕심은 의외의 것에서 발동된다. 돈, 부동산, 명예, 지위 같은 것들이 우리 삶을 좌지우지할 수도 있는 가장 큰 집착의 대상이 될 것 같지만, 의외로 죽은 이들의 손안에 든 것은 매우 개인적이고 사소한 것들이다. 스님이 손에 쥔 감나무 가지처럼 말이다.

이렇게 험하게 돌아가신 분을 염하려면 굉장히 힘들다. 매번 해오던 옷 입히는 것도 어렵다. 마치 화가 난 어르신이 외투를 입다가는 안 가겠다고 투정부리면서 옷을 집어던지는 것 같다. 그럴 때 '스님, 부디 옷 잘 입어주세요' 하고 속으로 열심히 기도하면서 입혀드리는 수밖에 없다. 그렇게 힘들게 몸을 닦아드리고 수의를 입혀드리고 얼굴까지 다듬어드렸는데, 입관하는 과정에서 그만 실수가 생겨버렸다.

관에 모시기 전에 넓은 천(장매)을 펼쳐놓고, 그 위에 요(지금地衾)를 깔고 베개 놓은 후 고인을 모신다. 그다음에 이불(천금天衾)을 덮고 관 뚜껑(천판天板)을 닫아야 한다. 그런데 장매만 깔아놓고 요와 베개는 밖에다 놓은 채 수의 입은 스님만 관에 모신 게 아닌가? 순서대로 잘 포개놓고도 이런 어처구니없는 실수를 하다니!

거사님들에게 도움을 청하여 스님을 다시 관에서 꺼내드린 뒤 장매 위에 요와 베개를 넣고 다시 모셨다. 내게 시선이 쏠린 이 상황이 몹시도 겸연쩍었다. 그래서 던진 한마디.

"스님이 그냥 떠나기 아쉬우셨나 봐요. 나왔다가 다시 들어가시네
요!"

그 사람의 발

시신의 발을 보면 고인이 얼마나 자기 관리를 잘한 사람인지 알 수 있다. 발은 머리와 가장 먼 신체 부위다. 손이 등에 가는 것보다 발에 가는 게 어쩌면 더 힘들지도 모르겠다. 나이가 들수록 근육이 굳어 발을 만지는 것이 쉽지 않다. 배가 제법 나오기라도 하면 혼자서 발톱 깎는 것도 힘들다. 그래서 자칫 제일 소홀해지기 쉬운 신체 부위가 발인 듯하다.

젊은 시절 우리가 가장 의지하는 신체 부위는 발일 것이다. 아기일 때는 온몸으로 기다가 점차 팔을 써서 기어 다니고, 어느 순간 두 발로 걸으며 의지한 바를 실행하게 된다. 마음먹은 곳 어디든 데려다주고 젊은 혈기를 발산하는 데 발은 가장 좋은 친구가 된다. 하지만 노쇠해지면 두 다리만으로는 이동하기 힘들다. 그래서 지팡이를 짚거나 보행 기구의 힘을 빌리게 된다.

　발을 보면 그 사람이 젊은 시절을 어떻게 보냈는지를 알 수 있다. 시신의 맨발을 세심하게 닦다 보면, 그분이 살아온 인생이 시나브로 전해지기도 한다. 부스러진 발톱과 두꺼운 굳은살을 보면, 발까지 돌보기에는 심적으로 여유롭지 못했던 고인의 생전 모습이 자연스럽게 떠오른다.

어느 농부의 시신을 염습한 적이 있었다. 처참하게 갈라진 발뒤꿈치에서 고단하게 몇십 년을 사셨을 그분의 삶이 단번에 그려졌다. 당뇨로 인해 발가락이 괴사되어 발 앞부분은 붕대로 감겨 있었다. 일반적으로 시신에 반창고가 붙어 있거나 붕대가 감겨 있으면 그것을 제거하고 닦아드리는데, 사연을 알고 있기에 그냥 붕대 감긴 발에 버선을 신겨드렸다.

어린이병원에서 짧은 생을 마친 아이들의 장례를 맡아 진행했던 적도 있었다. 삶이라는 말에는 늘 고달프다는 수식이 붙기 마련이지만, 보기에 따라 인생은 얼마든지 아름다울 수 있다. 아름다운 인생을 제대로 살아보지 못한 가냘픈 아이들의 발을 보고 있자니 가슴이 무척 쓰렸다.

염습 과정은 고인을 깨끗하게 닦아드리고 단정하게 수의를 입혀드린 다음, 손발톱을 깎아드리고 악수幄手(시신의 손을 싸는 보자기)와 버선을 신겨드리면서 마무리된다. 예로부터 손발톱은 아무 데나 버리는 게 아니라고 했다. 그래서 함께 가져가시라고 잘라낸 손발톱을 삼베 주머니에 고이 넣어 악수와 버선 속에 넣어드린다.
　어느 아흔이 넘은 작은 체구의 할머니는 평소에 얼마나 깨끗하게 관리했는지 발이 보드랍고 깨끗했다. 숨을 거두기 직전까지도 스스로 발톱을 깎으셨는지 깔끔하게 정리되어 있었다. 자를 발톱이 없었다. 칼로 발톱 끝을 살짝 긁어 삼베 주머니에 넣었다. 손톱은 눈에 쉽게 보이고 깎기도 수월하다지만, 노쇠해 정신이 흐려지면 발톱 관리는 쉽지 않은 일이다.

아흔을 넘겨 세상을 떠난 고인의 발을 가지런히 모아주며 그가 밟아온 길이 얼마나 길었는지를 잠깐 떠올려본다. 90년이라는 세월을 두 발로 버티며 살아온 인생에 어찌 아름다운 일만 있었으랴. 굴곡 없는 인생이 있을까? 드라마가 아닌 인생이 있을까? 오르막과 내리막을 번갈아가며 긴 인생을 걸었을 그 발 앞에서 저절로 숙연해진다.

그 사람의 눈

✳

들는 것, 맛보는 것, 냄새 맡는 것, 만지는 것 등 인간에겐 다양한 감각이 존재하고, 감각에 따라 감정도 시시각각 변화한다. 그런데 우리의 감각을 가장 강하게 자극하는 건 보는 것이 아닐까 싶다. 시각장애를 겪는 이들도 여러 감각을 동원해 대상을 이미지화해 기억한다고 한다. 보는 것, 즉 이미지화하는 것은 우리 감각에서 매우 중요하다.

사고사를 당한 시신을 염습하려고 가보면, 눈을 뜬 채 돌아가신 고인을 가끔 보곤 한다. 보는 것이 상황을 인식하는 데 얼마나 중요한 감각인가를 생각해본다면, 눈을 감지 못한 채 맞이한 죽음은 고인에게 얼마나 당황스러운 상황이었을까 하는 생각이 든다. 사망 직후 유족이나 주변 사람이 눈을 감겨줄 경황이 없을 정도로 급박한 상황이었을 것이다. 이런 경우 눈 감을 틈도 없이 순식간에 즉사에 이른 경우가 많다.

보통 사람들은 눈을 뜨고 죽은 이들을 두고 '한이 맺혔다' '세상에 미련이 남았다' 등의 말을 하곤 한다. 얼마나 한이 맺혔으면, 미처 풀지 못한 인생의 숙제에 얼마나 미련이 남았으면 눈도 못 감았겠냐는 것이다. 이렇듯 눈을 뜬 채 죽은 고인의 모습은 심적으로든 물리적으로든 편히 죽지 못했다는 인상을 준다.

급작스럽게 세상을 떠났으니 한이 남을 법도 하다. 세상에 미련이 남았을 법도 하다. 누가 고인의 죽음을 돌릴 수 있을까? 여기서 장례지도사가 할 수 있는 것은 고인에게 한이나 미련을 조금이나마 덜고 가시라고 눈을 감겨드리는 것밖에 없다.

영화나 드라마를 보다 보면, 눈을 뜨고 죽은 고인을 향해 "제가 왔습니다. 이제 편히 눈을 감으세요" 하면서 고인의 눈을 살며시 쓸어내리면 스르르 감기는 장면이 종종 나온다. 이런 장면은 그야말로 허구일 뿐이다. 실제로는 눈꺼풀에 있는 근육을 지그시 누르고, 몇 차례 정성껏 쓰다듬어 주어야 겨우 조금씩 눈이 감기게 된다.

고령의 고인 중에서, 눈이 감기지 않는 경우가 종종 있다. 눈두덩이에 지방이 없어 눈꺼풀이 들리는 것이다. 졸음이 쏟아지면 어떤 장사도 이겨내기 힘든 게 눈꺼풀인데, 빈 껍데기만 남은 시신은 그것에서도 예외인가 보다. 염습이 끝나고 마지막 인사를 하기 위해 고인에게 가까이 다가갔다가 눈꺼풀이 들린 모습을 보고 깜짝 놀란 유족들도 있다. 이런 경우 미국에서는 눈 안쪽 푹 꺼진 부분에 작은 보조기구를 넣어 눈이 감긴 듯이 만들어드린다. 경우에 따라 가족들이 보기 전에 솜으로 눈을 가려드리기도 한다.

눈을 감지 못한 채 죽음을 맞은 고인의 눈은 황망해 보인다. 어디에도 맞춰지지 않은 두 눈의 초점이, 살아 있는 사람은 보지 못하는 다른 세계를 보고 있는 것 같다. 하지만 어떤 상황에서 죽음을 맞았건 두 눈을 감은 시신은 깊은 잠에 빠진 듯 편안해 보인다. 고인도 자신의 얼굴을 들여다보았을 때 평안해 보이면 돌아서는 발걸음이 그나마 가볍지 않을까. 영혼이 평안하게 떠날 수 있도록 얼굴을 깨끗하게 단장하는 것, 이것은 장례지도사가 고인에게 할 수 있는 최선의 예우다.

그 사람의 코

옛날 장례를 집에서 가족들이 직접 치를 땐, 사람이 죽었다고 해서 바로 장례 절차에 들어가지 않았다. 지금은 의료 장비로 맥박과 심장이 완전히 정지한 걸 확인한 후 의사가 사망 선고를 내리지만, 그런 장비가 없는 가정집에서는 죽음을 섣불리 판단하기 어려웠다. 혹시나 다시 숨이 돌아올까 싶어 시간을 두고 맥을 짚어보든지 코에 손을 대보며 숨을 거듭 확인했다. 다음 날 마지막으로 코와 입 사이에 얇은 솜을 놓아두고, 이것이 움직이는지 확인하여 임종을 최종적으로 판단했다. 숨이 멎었다고 생각했는데, 다시 숨이 돌아온 경우도 드물게 있는 일이었다. 그래서 코 밑을 예의 주시하고 몇 번이고 숨을 확인했다. 예전에 집에서 3일이나 5일을 기다려 장사를 치르는 이유이기도 하다.

인간의 콧김은 입김 못지않게 꽤 세다. 생명의 온기가 코에 오롯이 담겨 있다. 삶과 죽음의 경계는 어디인가라는 질문에 부처는 '호흡 지간'이라고 했다. 우리는 건강하기 때문에 의식하지 않고도 숨을 내뱉고 들이마실 수 있지만, 임종할 때는 힘이 없어 숨을 내뱉고는 다시 들이마시지 못한다. 고인의 코에서는 더 이상 따뜻한 숨이 나오지 않는다. 일반적으로 사람이 숨이 멎으면, 방금까지 몸속을 돌던 혈액의 온기가 아직 남아 있음에도 싸늘하다고 표현하곤 하는데, 그건 온기 머금은 숨이 더는 없기 때문일 것이다.

그 사람의 입과 귀

우리가 세상을 살면서 사람 사이에서 서로 조심하는 이유는 어떤 말이 오갈지, 나에 대해 누가 어디에서 어떤 말을 하고 다닐지도 모르기 때문이다. 그래서인지 어쩔 땐 사람보다 시신 앞에 서는 것이 외려 마음이 편하다. 고인을 대할 때 무섭지 않냐고 묻는 사람들이 더러 있지만, 실은 죽은 사람보다 산 사람이 더 무서울 때가 많다. 고인은 나에게 어떤 말도 하지 않는다. 물론 나도 고인에 대해 절대 함부로 말하지 않는다.

　죽은 자의 신체 중 귀가 가장 늦게 닫힌다는 옛말이 있다. 물론 그것이 사실인지는 검증하기 어렵겠지만, 고인이 내 말을 들을지도 모른다는 생각에, 나는 웬만하면 시신 앞에서 입을 닫는다. 고인 앞에서 입조심을 해야 할 사람은 장례지도사만이 아니다. 유족들도 마찬가지다. 고인에게 마지막으로 인사하려고 입관실에 들어온 유족 대부분은 살아 계실 때 좀 더 잘해주지 못한 미안함을 표현하거나 좋은 곳으로 잘 가시라고 작별 인사를 하는데, 가끔 원망의 말을 쏟아내는 유족들도 있다.

고인은 살아생전 얼마나 많은 말을 듣고 말하고 살았을까? 고인의 입은 묵언의 평안을 누리는 것처럼 어떤 말에도 입을 꾹 다물고 있다. 하지만 그의 귀는 아직 열려 있는지도 모른다. 마지막 가는 길에 힘이 될 따뜻한 말을 기다리며….

입관식에 참여한 유족들은 고인의 입에 쌀을 물리는 의식을 행하는데, 이를 반함飯含이라고 한다. 어느 지방에서는 함옥含玉이라고, 매미 모양으로 만든 옥을 입에 물리기도 한다. 땅 밑에서 오랜 시간을 보내다가 하늘로 날아오르는 매미처럼, 고인의 부활을 염원하는 의미가 깃들어 있다. 현재는 옥 대신 진주나 동전, 금반지 등을 쓰기도 한다. 그것이 무엇이든 이것들은 저승 가는 길에 필요한 양식, 노잣돈인 셈이다.

　없던 시절에 구슬과 쌀은 매우 귀한 물건이었다. 돈이 없어 장례도 제대로 치르지 못하는 유족이 어렵사리 구한 흰 쌀과 구슬을 죽은 사람 입에 물리는 모습을 생각해보라. '저승길에서 배를 곯진 않을까' '저승 가는 뱃삯을 내지 못하는 건 아닌가' 걱정하는 유족의 진정성과 애틋함을 읽을 수 있다.

　요즘에는 반함을 형식적으로 하는 사람들이 많다. 장례지도사가 시키면 의미도 모른 채 으레 하는 것이려니 하고, 어색하게 따라 한다. 저승길에 노잣돈이 정말 필요한지 아닌지는 죽지 않은 이상 아무도 모른다. 그런데도 이런 의식을 하는 이유는 고인의 입을 열어 마지막으로 밥 한술 떠넣을 때 고인과의 진정한 이별을 실감하고, 이 행위 자체로 슬픈 마음을 애도할 수 있기 때문이다.

고인에게 밥을 먹이는 것, 이제는 하고 싶어도 할 수 없는 일이다. 장례식이 모두 끝나고 일상으로 돌아간 후에 뒤늦은 깨달음으로 탄식하는 이들도 있다. 마지막으로 고인의 입에 쌀을 물리며, "수고하셨어요. 부디 편히 잘 가세요" 하고 작별 인사를 나누는 그 시간이 다시는 오지 않을 소중한 순간이었다는 것을 말이다.

그 사람의 얼굴

죽은 사람의 얼굴만 봐도 그가 어떤 죽음을 맞이했는지 짐작할 수 있다. 죽음을 맞을 당시의 표정은 사후 경직 현상으로 얼굴에 그대로 남기 때문이다.

보통 노인들이 자다가 맞이하는 죽음을 호상好喪이라고 한다. 이런 망인들의 얼굴에는 깨우면 금방이라도 일어날 것만 같은 편안함이 남아 있다. 그런 표정을 보면 염습을 하는 나도 마음이 놓인다.

편안한 표정의 고인은 자기 죽음을 일찍 예감했을 가능성이 크다. 그리고 살아 있는 동안 자기의 죽음을 스스로 준비한 사람이었을 것이다. 죽음을 담담하게 받아들일 정도로 생을 미리 정리하고 미련을 두지 않은 사람이었을 것이다.

수천 번이 넘도록 많은 염습을 해왔지만, 안타깝게도 이런 복된 죽음을 맞은 사람은 그렇게 많지 않다. 통증에 괴로워하는 표정을 그대로 남기고 죽은 말기 암 환자, 순간적으로 사고를 당해 차마 눈을 감지 못하고 숨진 사고 희생자, 죽는 순간까지 삶의 미련을 버리지 못한 표정으로 세상을 떠난 쇠약해진 고령자 등…. 찡그린 미간과 일그러진 입술, 고인이 된 이들의 얼굴에는 고통의 흔적이 역력히 남아 있다. 고인의 그런 얼굴을 보면 영가가 주변을 맴도는 것만 같아 얼굴을 더 세심히 만져드리곤 한다. 얼굴을 부드럽게 마사지해 긴장된 근육을 풀고 로션을 발라드린다. 이제 편안하게 가시라며 마음으로 기도드리면서.

청년회 때 함께 공부한 친구가 말기 암으로 고통스러운 나날을 보내고 있다는 소식을 들었다. 친구의 깔끔한 성격대로 암 선고를 받고 나서 주변에 알리지 않고 떠날 준비를 해오다가, 그나마 면회를 다니는 몇 안 되는 친한 친구가 알려준 것이다. 나는 그 소식을 듣자마자 병원에 찾아갔다. 물론 그 친구는 어떻게 알았냐며 그다지 달가워하지는 않았다.

친구는 더 이상 치료할 방법이 없어 고통을 줄여주는 진통제에 의존하며 이제 죽음이 가까웠다는 것을 직감하고 있었다. 생을 마감하기 전에 관계 정리를 하고 싶었던 듯하다. 좋은 인연으로 기억하고, 또 기억되고 싶었을 것이다.

나는 무슨 말을 해야 할지 몰라 옆에서 머뭇거렸다. 내 마음을 읽은 친구는 옆에 앉아 있어주는 것만으로도 큰 위안이 된다며, 그저 좋은 기억들 이야기해주고, 손이 저려올 땐 그냥 손을 주물러주면 된다고 했다. 그리고 "내가 죽으면 네 손으로 직접 장례를 치러줘"라는 말을 덧붙였다.

그 후에도 친구가 치료받는 병원에 몇 번 찾아갔다. 현대 의학으로는 완치할 방법이 없었음에도, 병원에서는 여전히 이렇게 할 수도 있고, 또 저렇게도 해보자고 제안하고 있었다. 친구는 더 이상 그런 말이 듣기 싫지만, 돌봐주는 가족들 마음 편하라고 병원에서 시키는 대로 하고 있다며, 지금이라도 통증 완화만 해주는 호스피스 병동에서 조용히 기도하면서 떠날 수 있었으면 좋겠다고 속마음을 털어놓았다. 죽는 건 두렵지 않은데 갑자기 찾아오는 고통은 어떻게 할 수가 없다고 했다.

이런저런 이야기를 나누다가도 갑자기 통증이 찾아오면 급하게 나에게 병실에서 나가달라고 했다. 순간 굳어진 눈빛과 일그러진 얼굴 근육을 보고 나도 당황스러워 얼른 자리를 비켜주었다. 간호사가 달려오고 주사를 처방받는 모습을 멀리서 지켜봤다. 고통스러워하는 모습을 내게 보이기 싫은 것이었으리라.

병원에서는 죽기 직전까지 병을 치료해 낫는 것을 우선순위로 삼기 때문에, 정작 통증을 덜어주는 일에는 그다지 신경을 쓰지 못하는 것 같았다. 치료로 회복할 수 없는 환자에게 절실하게 필요한 것은 곧 다가올 죽음을 인정하고 통증을 줄여주는 일이 아닌가 싶다.

마지막으로 본 날이었던가. 숨넘어갈 때 내가 옆에 있어주겠다고 했더니 피식 웃는다. 친구가 편안하게 세상을 떠날 수 있게 지켜봐주려고 했는데…. 며칠 후 그 친구 여동생이 울먹이며 전화를 걸어왔다.

그렇게 친구가 세상을 떠났다. 여직원과 함께 그 친구를 염습했다. 편하지 않은 얼굴을 보니 눈시울이 붉어졌다. 하지만 친구의 영혼이 편안히 떠나길 바라는 마음에 눈물방울이 친구 위로 떨어지지 않도록 부단히 애썼다. 그 친구와의 추억이 머릿속을 스칠 때마다 애써 지우며 마음을 다잡았다.

이제는 아픔으로 고통받지 않아도 되니 편안하게 눈 감으라며 얼굴을 만져주었다. 그러자 입에서 이물질이 조금 흘러나왔다. 평소에 주변과 자신을 깔끔하게 정돈했던 친구다. 입에서 이물질이 흐르는 모습을 절대 다른 사람에게 보여주고 싶지 않을 거란 생각에 여직원에게 얼른 얼굴을 맡겼다. 친구는 자신의 초라한 모습을 계속 보이고 싶지 않아 내가 멀리 떨어지길 바라는 것 같았다. 그런 기운이 느껴졌다.

1. 수천 가지 죽음의 얼굴

3 —— 대통령의 마지막 길

오색토에 묻힌 최규하 전 대통령

✳

석사 논문 주제를 '한국의 단체장'으로 잡고 자료를 모을 때다. 나는 당시 동국대대학원에 몇몇 교수와 장례 비즈니스 아카데미F.B.A: Funeral Business Academy 1년 과정을 개설하여 강의를 맡고 있었다. 논문과 수업에 대통령 장례식 자료가 필요해 행정안전부 의정팀에 연락을 한 적이 있다. 의정팀은 대통령 취임식이나 각종 기념식 등 국가적 행사를 주관하는 조직이다. 이것이 인연이 되어 행안부 의정팀 담당자와 알고 지내게 되었다.

　논문을 준비하면서 국민장이나 국장 등 나라의 중요한 장례식에 대한 전문지식을 쌓았으나, 이를 실제로 활용할 일은 거의 없었다. 하지만 우리나라 역대 대통령은 몇 분 되지 않을지라도, 동시대를 살아가는 한 명의 인간에 불과한지라 대통령의 장례가 언제 다가올지 모르는 일이었다.

그러던 중 2006년 10월 새벽 1시, TV를 보고 있는데 최규하 전 대통령이 서거하셨다는 소식이 '뉴스 속보'로 흘러나왔다. 가족장으로 치를지 국민장으로 치를지 아직 정해지기 전이었지만, 나는 곧

바로 고인을 모신 장례식장으로 향했다. 도착하고 나서 보니, 비서 진들은 무엇부터 해야 할지 허둥대고 있었다. 상황을 통제하고 관리할 수 있는 사람이 필요해 보였다.

부산한 장례식장을 빠져나와, 이건웅 선생님과 이홍경 선생님을 모시러 갔다. 두 분은 2004년에 종묘사직의 제사를 배우러 다녔을 때 인연을 맺은 분으로, 이건웅 선생님은 종묘사직의 제사를 맡고 계신 인간문화재였고, 이홍경 선생님은 유학자이자 풍수가로서 영친왕의 아들 이구 李玖(1931~2005)* 님의 왕실 장례를 진행한 분이다. 두 분을 모시고 다시 장례식장에 도착하니 아침 9시였다.

최규하 전 대통령은 당신이 돌아가시기 전에 자신의 장례식과 제사를 어떻게 할지 직접 준비하셨다. 유지를 남기신 것이다. 비서에게 사직대제를 담당하는 두 분을 소개하니, 마침 잘됐다며 최 전 대통령의 유지가 적힌 파일을 꺼내 보여주었다. 거기엔 유서 깊은 종갓집의 장례와 제사 방식이 잘 정리되어 있었다.

그래도 대한민국 전직 대통령의 장례식인데, 일반 양반집 장례처럼 치러서는 안 되겠다는 생각이 들었다. 유족에게 이홍경 선생님을 소개하고 왕실의 장례 방식을 설명드렸다. 장례의 격을 높이는 것에 유족들은 흔쾌히 동의했고, 염을 내게 맡겼다. 그렇게 최 전

---

* 대한제국의 황태손으로, 시호는 회은懷隱이다. 1931년 12월 29일 도쿄 아카사카에 있던 영친왕 저택에서 영친왕 이은李垠의 둘째 아들로 태어났다. 1952년 4월 28일부터 발효된 대일강화조약에 따라 이구의 국적은 일본에서 한국으로 바뀌었지만, 대통령 이승만의 반대로 한국에 입국할 수 없었다. 1963년 11월 22일 부모와 함께 귀국하여 창덕궁 낙선재에 머물렀다. 2005년 7월 16일 도쿄 아카사카 프린스호텔에서 사망하였다.

대통령의 장례식을 맡게 되었다.

서울대학교병원 장례식장 입관실에서 처음 뵌 최 전 대통령은 편안하게 누워 계신 여느 할아버지같이 인자한 얼굴을 하고 계셨다. 그 모습에 대통령 염한다고 잔뜩 긴장되었던 직원들의 표정이 자연스럽게 풀어진 듯했다. 왕실의 장례 절차에 맞게 몸을 띄워서 준비한 수의를 입혀드리고, 가족들과 비서들이 지켜보는 가운데 입관해드렸다.

박정희 전 대통령보다 5년 일찍 돌아가신 육영수 여사는 국민장으로 진행하여 동작동에 있는 국립묘지에 안장되었지만, 2004년에 돌아가신 최 전 대통령의 부인 홍기 여사는 원주에 있는 선산에 묻혀 계셨다. 임종 시 현직에 있는가가 이 차이를 가르게 된다. 발인 전날, 직원들과 함께 원주에 가서 홍기 여사의 산소를 개장하여 향나무 관에 모셨다. 그리고 서울대학교병원 장례식장에 있는 최 전 대통령 관 옆으로 안치하여, 다음 날 대전 현충원에 합장할 수 있는 준비를 모두 마쳐놓았다.

이홍경 선생님은 대통령의 묘소를 준비하기 위해 대전 현충원으로 가셨다. 대통령 묘가 대전 현충원에 들어오는 건 처음 있는 일이라 현충원 관계자도 이만저만 신경 쓴 게 아닐 터였지만, 이홍경 선생님은 본인 눈으로 묏자리를 확인하고 싶어 하셨다.

대통령 묘역 중 세일 좌측이 최 전 대통령에게 주어진 자리였다. 이홍경 선생님이 그곳 정중앙에서 뒤로 조금 밀려난 곳을 파자고 하셨는데, 파다 보니 다섯 가지 빛깔이 섞인 오색토가 나오는 것이 아닌가. 풍수지리에 능한 이 선생님도 오색토가 나오는 땅은 정말 흔치 않은 명당이라고 하셨다. 대전 현충원에 처음 묻힌 대통령인데, 명당을 잘 찾아 모셨으니 장례를 주도한 사람으로서 그렇게 뿌듯할 수 없었다. 오색토가 나온 곳에 최 전 대통령과 홍기 여사 묏자리를 나란히 팠다. 청색 흙과 홍색 흙의 경계를 중심으로 왼쪽에 최 전 대통령, 오른쪽에는 홍기 여사를 모셨다. 절묘하게 자리가 맞아떨어졌다.

나는 여기서 나온 오색토를 다섯 칸짜리 찬합 세 개를 가지고 와서 색깔별로 나눠 담았다. 하나는 최 전 대통령 유족에게, 다른 하나는 이홍경 선생님께 드리고, 나머지 하나는 내가 가졌다. 몇 년 전 이 선생님이 돌아가신 후 유품 정리를 도와달라는 유족의 연락을 받고 선생님 댁을 방문한 적이 있다. 유품을 정리하다 선생님께 드린 오색토가 생각나서 찾으니, 유족들이 물건을 한 차례 정리하면서 버렸다고 한다. "아깝게…"라고 말했지만, 지금 돌이켜 생각해보니 누군가에겐 그저 흙에 불과했겠구나 싶었다. 오색토가 내게 복을 가져다주랴? 아니다. 현재 내 삶의 태도가 복을 가져다준다.

돈을 많이 들여서라도 명당을 찾으려고 애쓰는 사람들이 많다. 그런데 애쓰지 않아도 얻는 사람이 있다. 욕망은 때로 부귀, 명예와 함께 추함과 비루함을 남긴다. 하지만 욕심부리지 않고 순리대로 얻은 복은 그것을 보는 다른 사람들에게까지 깊은 감동과 성찰을 남긴다.

노무현 전 대통령의 굳게 다문 입술

2009년 5월 22일 배우 여운계 씨가 세상을 떠났다. 유족은 여운계 씨가 마지막 길을 편안히 떠날 수 있게 해달라며 나에게 염을 맡겼다. 23일 오전, 입관이 거의 끝나갈 무렵 휴대전화에서 진동이 느껴졌다. 일단 하던 일에 집중하기 위해 무시했는데, 그 후 연거푸 쏟아지는 전화와 메시지로 진동이 쉴 새 없이 울렸다. 무슨 일인가 싶어 휴대전화를 들여다보니 노무현 전 대통령이 서거하셨다는 충격적이고 당황스러운 메시지들이 쏟아지고 있었다.

여운계 씨의 염습을 마무리하자마자 나는 일부 직원들과 함께 서둘러 서울역으로 달렸다. 누가 부르지도 않았는데, 나는 무언가에 이끌린 것처럼 봉하마을로 향했다. 밀양행 기차를 타고 내려가고 있는데, 행안부 의정팀으로부터 전화가 걸려왔다. 어디에 있냐고 묻기에 봉하마을로 내려가는 중이라고 하니, 양산 부산대학교병원 장례식장으로 가서 누구누구를 만나라고 했다. 갑작스러운 소식에 황망함이 이루 말할 수 없었지만, 정신을 다잡고 기차를 타는 내내 무엇을 어떻게 진행해야 할지 하나하나 머릿속으로 정리했다. 장례식장에 도착해 의정팀에서 말한 분들을 만나자마자 서둘러 회의를 진행했다. 그들이 급히 요구한 사항은, 고인을 봉하 마을회관으로 모시고 가서 장례를 치러달라는 것과 분향소를 서둘러 준비해달라는 것 두 가지였다.

부산대병원 장례식장 안치실에서 고인을 처음 뵈었다. 우선 고인의 몸에 묻은 피를 닦아드리고 바지와 저고리를 입혀드리면서 찬찬히 살펴보니, 다행히도 얼굴은 깨끗하셨다. 나도 모르게 "감사합니다" 소리가 절로 튀어나왔다. 사실 내려오는 내내 얼굴만은 깨끗하시기를 간절히 기도했었다. 몸의 다른 부위는 어떻게 해서든 조치를 할 수 있지만, 얼굴은 가릴 수 없기 때문이다.

고인을 관에 모시고 봉하 마을회관에 도착하니 마을 전체가 초상집이었다. 온 마을이 비통의 심연에 빠진 것만 같았다. 모두 어찌해야할 바를 모른 채 넋이 나간 표정으로 숨죽이고 있었다. 이미 수많은 분이 마을에 모여 있었고, 방송 차량과 카메라, 신문기자 들이 부산하게 움직였다.

　사전에 연락을 주고받은 장례업계 관계자들과 장례학과 후배 교수들과 함께 고인을 마을회관에 모시고 빈소 앞을 꽃으로 장엄해드렸다. 그리고 급하게 준비한 천막으로 회관 앞 주차장에 임시 분향소를 만들었다. 하지만 임시 분향소로는 몰려드는 수많은 군중을 도저히 감당할 수가 없었다. 우선 급한 것들을 처리한 뒤, 긴급회의를 소집하여 장례 일정을 정리하고 업무분장을 진행했다. 대형 분향소 설치를 직원들에게 맡기고 나는 고인에게 향했다.

아직 5월인데 정말이지 더운 날이었다. 이 더위에도 조문객들의 발길은 끊어지지 않았다. 그런데 분향소를 설치한 마을회관은 냉방시설이 열악했다. 조문객의 고생도 고생이지만, 장례지도사로서 고인의 시신이 부패할 것 같아 걱정이 앞섰다. 이 더위 속에서 칠일장은 불가능했다. 선택의 여지가 없었다. 결국 나는 직접 나서서 '엠바밍embalming' 작업을 했다. 엠바밍은 시신 부패 방지를 위해 몸속에 약품을 넣으면서 피를 빼내는 작업이다. 후배 교수는 몸을, 나는 주로 얼굴과 머리를 정돈해드렸는데, 자세히 얼굴을 살펴보니 굳게 다문 입술에서 한 시대를 모두 짊어진 듯한 깊은 고뇌와 마지막까지 흔들리지 않았을 굳건한 의지가 느껴졌다. 새벽 4시쯤 엠바밍을 마치고 나오니, 대형 분향소가 제법 형체를 갖춰가고 있었다.

3일째 새벽, 고인의 목욕을 마친 후 수의를 입혀드리고 얼굴을 다듬어드렸다. 이제 유족과 비서진 등이 고인을 만나는 시간이 다가왔다. 고인을 대면한 유족들은 슬픔을 감추지 못했다. 모든 과정을 지켜보던 아들은 고인의 발치에서 하염없이 눈물만 흘리고 있었다. 권양숙 여사님은 들어오시다가 북받치는 슬픔에 못 이겨 자리에 주저앉고 말았다. 딸이 목이 멘 소리로, "아빠 쿨하게 보내드리자고 했잖아" 하면서 부축해드려도 일어나시지 못했다. 이런 상황에서 수의에 눈물 닿지 않게 조심하라는, 평소 잘 쓰는 말이 차마 입 밖으로 나오지 않았다. 유족의 눈물이 마를 때까지 흐느끼며 울게 두었다. 그것이 마지막 인사이고 정리라고 생각했다.

염이 끝나고 나면, 나는 장례식장 구석구석 유족이 신경 쓰지 못하는 부분을 돌본다. 유족이 온전한 정신을 갖기란 사실 어렵고, 조문객도 어수선하고 심란한 마음으로 왔다 가기에 바쁘기 때문이다. 장례 기간 중 하루는 온종일 비가 추적추적 내렸다. 분향소 바닥은 빗물과 진흙이 뒤섞인 조문객들의 발자국으로 얼룩졌다. 발자국 위에 또 다른 발자국이 쌓여갔다. 지저분해진 분향소 바닥 천을 정리하고 싶은 마음이 굴뚝 같았지만, 조문객이 끊이지 않아 좀처럼 그럴 틈이 나지 않았다. 장례에는 아침저녁으로 고인에게 식사인 상식上食을 올리는 의식이 있는데, 그때는 조문객도 분향소에 들어올 수 없다. 나는 그 말미를 이용해 분향소 바닥 천을 재빨리 한 번 덧깔았다.

노 전 대통령의 장례식에는 지금껏 치렀던 어떤 장례보다 조문객이 많았다. 조문 행렬이 길다 보니, 조문객 한 명에게 할당된 시간이 짧을 수밖에 없었다. 잠깐 예를 갖추고 인사드리는 것만으로는 슬프고 허전한 마음을 달래기가 충분치 않아 보였다. '이것 말고 애도를 표현할 수 있는 다른 방법이 없을까?' 행안부 사람들과 고민을 나누던 중, 노 전 대통령이 살아 계실 때 봉하마을을 방문했던 사람들이 노란 리본을 마을 곳곳에 달아놓았던 것에 착안하여, 노란 리본을 분향소에 준비하여 추모 메시지를 자유롭게 적게 하자는 의견으로 모아졌다. 그러곤 얼마 지나지 않아 저마다의 사연을 적은 노란 리본이 장관을 이루게 되었다. 마치 고인 가는 길 더 이상 외롭지 않도록 노란 꽃을 사방으로 흩뿌려놓은 듯했다.

5월 29일, 서울시청 앞 서울광장에서 노제路祭(장지로 가는 도중에, 고인에게 의미 있는 곳에 들러 지내는 제사)를 지내기로 결정이 났다. 장례위원회에서 급하게 나에게 노제에 쓸 만장 2천 개를 준비해달라고 했다. '이틀 만에 준비하라고?' 그건 불가능에 가까웠다. 만장에 글씨를 쓸 서예가들을 섭외해야 했고, 만장 깃대인 대나무도 그만큼 필요했기 때문이다.

급히 조계사에 연락하여 협조 요청을 드렸다. 때마침 총무원장이셨던 지관 스님(너럭바위에 '대통령 노무현' 글도 써주셨다)이 만장을 쓰시는 모습이 방송에 나가자, 노 전 대통령을 추모하는 전국의 서예가들이 몰려들어, 하루 반 만에 만장 1,200장에 글씨를 써주셨다. 평소 알고 지내던 정상옥 동방문화대학교대학원 총장님(노무현 전 대통령의 명정을 쓰셨다)께도 사정을 말씀드리니, 학교 서예과 교수·학생 들과 힘을 합쳐 남은 800장을 써주셨다. 그리고 만장 깃대로 쓸 대나무를 구하기 위해 담양군청에 전화하니, 그 정도 양이면 1주일 정도 걸릴 것 같다고 했다. 이번 노 전 대통령 노제에 사용할 것이라고 말을 덧붙이자, 감사하게도 인력을 총동원하고 밤새 작업하여 이튿날 저녁에 보내주었다. 과연 단 이틀 만에 준비할 수 있을까 싶었던 일이 일사천리로 이뤄진 것이다.

오전까지 만장 2천 개를 겨우 완성한 뒤 서울시청으로 보내려고 할 찰나, 행안부 만장 담당자에게서 연락이 왔다. 만장 깃대를 대나무 대신 PVC 파이프로 바꿔달라는 것이다. 급작스레 교체 결정을 듣고 나니 정신이 아득했다. 시간을 맞추느라 속을 태우며 힘들게 작업한 것이 허사가 되어버린 허탈감도 잠시, 교체 이유를 캐묻고 싶은 마음도 뒤로 한 채, 만장 천을 대나무에서 분리하여 다시 pvc에 바꿔 달았다. 이렇게 사흘 밤을 새워 2천 장의 만장을 완성했다. 노무현 대통령의 안타까운 죽음 앞에서 어떻게 해서든 잘 보내드려야 한다는 사람들의 열망이 없었더라면 불가능했을 일이다.

나중에 이유를 전해 들으니, 수많은 인파가 몰릴 것으로 예상한 정부가 장례식에서 일어날 수 있는 안전사고를 예방하기 위해 내린 결정이었다고 한다. 솔직히 지금도 납득이 가진 않는다.

그때 실무진행자로서 가장 아쉬웠던 것은 슬픔의 공기로 가득했던 영결식장에서 일어난 소란이었다. 봉하마을 분향소는 차치하더라도 전국 수백 개 분향소 중 어디 한 곳에 들러 헌화라도 했으면 상황은 좀 더 나아지지 않았을까? 그랬으면 세계적으로 방영된 영결식에서 현직 대통령이 "살인자"라는 말을 듣는 모습은 보이지 않았을 것을….

새벽 5시에 봉하마을에서 발인례 사회를 보고 고인을 운구차에 모셨다. 영결식에 함께하지 못하는 아쉬움으로 노란 종이비행기를 접어서 운구차에 날리는 사람들을 뒤로하고 서울로 향했다. 영결식은 최규하 전 대통령 영결식과 같이 경복궁의 흥례문 앞에서 거행하기로 했다.

영결식장의 꽃장식을 평범하게 하고 싶지 않았다. 노 전 대통령이 서거하기 바로 직전에 진행한 배우 여운계 씨의 장례에서, 유족들이 장례식이라고 해서 무거운 분위기일 필요가 있겠냐며 여배우답게 화려한 꽃장식을 해달라고 부탁한 적이 있었다. 화사하고 아름답게 생을 마감하는 여배우의 모습을 표현하려고 나름 애썼던 기억이 떠올랐다. 노 전 대통령의 영결식에 쓸 꽃장식도 그분을 잘 나타냈으면 하는 생각이 스쳤다. 행안부가 섭외한, 규모가 제법 큰 화훼업체 세 곳에 내 의견을 전달하여 디자인을 의뢰했다. 그렇게 해서 나온 시안 중 몇 개를 추려 유족에게 보여드리니, 그중 하나를 정해주셨다. 양손을 머리 위로 올려 하트를 그렸던 노 전 대통령을 떠올리게 하는 노란 하트 모양이었다.

영결식이 끝난 뒤 광화문을 지나 노제를 지내려고 서울시청 앞 광장으로 향하는 영구차를 2천 개의 만장이 둘러쌌다. 그분을 추모하려고 마중 나온 사람들로 시청 일대 도로가 가득 찼다. 행사가 끝나고 나서도 수많은 인파가 오랫동안 떠나지 않는 바람에, 예정된 시간을 훌쩍 지나고 나서야 겨우 빠져나올 수 있었다.

"화장해라. 그리고 집 가까운 곳에 아주 작은 비석 하나 남겨라."

노 전 대통령의 유지를 받들어 시신은 화장하기로 했다. 서울시청에서 봉하마을로 내려가는 도중에 접근성과 시설 상태 등을 고려해 화장장을 선정해야 했는데, 마침 수원 고속도로 바로 옆에 생긴 지 얼마 안 된 수원화장장 연화장이 생각났다. 여기가 고인을 모시기에 제격이었다.

유서에 맞는 묏자리도 찾아야 했다. 염이 끝난 직후 이홍경 선생님과 노 전 대통령의 묏자리를 찾으러 다녔다. 봉하마을에서 살짝 돌아 올라가자 산 아래 작은 비석을 세울 만한 아담한 자리가 보였다. 무엇보다 산자락이 부엉이바위를 가리고 있는 곳이었다. 비극의 현장이 보이지 않는 장소에 고인을 모셔야 한다는 것이 이 선생님의 생각이었다. 하지만 평상시에도 사람들이 찾아오기 쉽고, 추모식에 많은 이가 참석할 수 있도록 부엉이바위와 마주하는 넓은 마당에 모셔야 한다는 의견에 부딪혔다. 논의 끝에 결국 묏자리는 부엉이바위와 마주하는 곳으로 결정되었다.

  염을 하고 장례 기획 일을 맡아 하면서 지금도 나는 장례식의 관점을 고인에게 맞추려고 한다. 꽃을 바치더라도 꽃송이가 고인을 향하도록 놓고, 유족보다는 고인의 종교나 신념을 존중하는 습관이 생긴 것도 그 때문이다. 그래서인지 부엉이바위 앞에 묏자리를 쓴다는 말을 들으니 영 탐탁지 않았다. 부엉이바위를 등지고 싶은 마음이 강했다. 부엉이바위는 굳은 신념의 상징일지 모르나, 고인이 죽음을 선택한 슬픈 장소이기도 하기 때문이다.

분열에서 통합으로, 김대중 전 대통령 국장

※

장례식을 고인에게 맞춰야 한다는 내 소신은 변함이 없다. 그런데 고인이 전 국민과 관계된 인사라는 점을 생각하면, 무조건 고인에게만 맞춘 장례식을 고집할 수는 없다. 장례식은 떠나는 사람과 남겨진 사람 사이의 사회적 관계 정리를 위한 의식이기도 하기 때문이다. 이런 이유로 전 국민과 관계를 맺은 대통령이라면 일반 사람보다 더 많은 시간과 더 넓은 공간이 필요할 수밖에 없다. 그만큼 대통령 장례식은 많은 경험과 노하우가 필요하다. 하지만 언제 있을지도 모르고 자주 있지도 않은 대통령 장례식이기에, 이를 평소에 준비하는 장례지도사는 없었다. 사회적·제도적인 보완이 절실히 필요했다.

이러한 취지에서 2009년 8월 18일, 동국대에서 전직 대통령 장례 절차에 대한 세미나가 개최되었다. 이 세미나는 최규하, 노무현 전 대통령의 장례식을 치른 경험을 토대로 만든 자료를 장례학과 교수님들과 장례업계 종사자들에게 공유하고, 대통령 장례 절차의 현주소를 돌아보며, 개선·보완해야 할 점들을 논의하는 자리였다. 또 이 자리를 통해 추후 국장·국민장에 관한 공동 진행 기구를 만들고자 했다.

나는 이 세미나에서 2부 사회를 맡기로 되어 있었다. 그런데 1부 세미나 시작 전 국민의례를 하려던 그때, 느닷없이 김대중 전 대통령의 서거 소식이 전해졌다. 대통령 장례식에 대한 세미나에서 대통령의 서거 소식이라니…. 나는 사회를 후배 교수에게 부탁하고, 자리를 박차고 나와 서둘러 신촌 세브란스병원으로 향했다.

병원에 도착하니, 노무현 전 대통령 장례식 때 만났던 행안부 직원들이 있었다. 그들은 나를 보자마자 회의실로 데려가, 장례 자문을 맡아 달라고 요청했다. 이미 김 전 대통령의 비서실장을 했던 박지원 의원이 사전에 연세대학교 신촌장례식장 측에 염습을 맡긴 터였다. 이렇게 해서 나는 국회의사당 빈소와 시신 안치, 분향소 운영·관리, 영결식 후 운구 행렬 등의 실무적 장례 절차를 진행하게 되었다.

유족은 김 전 대통령의 장례를 국장으로 치르길 원했으나, 정부는 국민장에 무게를 두었다. 전 대통령의 장례식이라고 해서 모두 국장으로 치르는 건 아니었다. 당시에는 '국장과 국민장에 관한 법률'에 따라 대통령이 주재하는 국무회의에서 국장으로 치를지 국민장으로 치를지를 결정했다. 국장은 국가의 명의로 거행하는 장례식이고, 국민장은 국민 전체의 이름으로 치르는 장례식이다. 따라서 국장은 국가가 비용을 전액 부담하지만, 국민장은 국가가 일부 비용만 보조하고 나머지는 유족이 부담하게 된다. 어찌 되었건 국장과 국민장 모두 국가 발전에 공을 세우고 국민에게 큰 영향을 미친 인사의 장례식이다.

　관련법이 제정된 이래로 실행된 사례를 살펴보면, 현직 대통령은 국장, 전직 대통령 및 공훈자는 국민장으로 치러졌다. 꼭 그렇게 해야 한다고 법에 명시되었던 것은 아니다 보니, 이 둘의 구분을 차등으로 여기는 사회적 인식이 있었다. 당시 법령에 규정된 국장과 국민장의 절차를 비교해보아도 국장이 국민장보다 격이 높다는 점이 확연히 드러난다. 법령에는 국장의 기간이 9일 이내인 반면 국민장은 7일 이내이고, 국장은 영결식 당일 관공서 문을 닫지만 국민장 때에는 정상 운영할 수 있도록 정해져 있었다. 사정이 이렇다 보니, 전 대통령의 장례식을 어떠한 방식으로 치를지는 사회적·정치적 논란이 되기에 충분했다. 또한 정권이 바뀌면 전 정권을 심판이라도 하겠다는 모양으로 과거 정권자들을 쥐 잡듯 잡는 건 세월이 지나도 변하질 않는다. 현실이 이러할진대 과거 정적이었던 정권의 수장을 국장으로 우대하고 싶어 하는 현직 대통령이 누가 있겠는가. 배포가 넓은 대통령이 없었던 게 아쉬울 따름이다.

　이전까지 치러진 국장은 박정희 전 대통령이 유일했고, 윤보선 전 대통령은 유족의 뜻에 따라 가족장으로 치렀다. 비교적 최근에 거행된 최규하, 노무현 전 대통령은 국민장이었다. 정부는 유족과 당시 야당의 당론, 여론을 수용하여 국장으로 최종 결정했다.

장례 분야의 전문가들과 국격을 갖춘 장례를 논의하면서, 이번 국장에서는 그동안 관행으로 이어져오던 장례문화에 변화를 주고 싶었다. 노무현 전 대통령 장례식에서는 영정에 두르는 검은 띠를 없앤 바 있다. 그렇게 한 것은 검은 띠가 우리 전통 방식이 아닐뿐더러, 예법상 근거도 없기 때문이다. 이번에는 상주가 차는 완장을 없애고 싶었다. 전통 상복에는 심장과 가장 가까운 왼쪽 가슴에 '최衰'라고 불리는 베 조각이 달려 있다. 거친 베에는 효를 다하지 못한 심정을 담았고, 왼쪽 가슴에 달아 상을 당한 슬픔을 표현한 것이었다. 하지만 일제 강점기 시절 일본을 통해 서양 문화가 우리나라에 들어오면서, 새로운 상장喪章이 등장하게 되었다. 1912년 쇼켄 황후昭憲皇后의 장례를 거행할 때 전 국민에게 복장 규정이 고시되었는데, 양복의 경우 왼팔에 검은 천을 두르고, 전통 복식의 경우 왼쪽 가슴에 나비 모양의 검은 리본을 달도록 했다. 그 후 이것이 차츰 일반 장례에도 적용되었고, 1934년 조선총독부가 제정한 의례준칙에서 공식화되어, 원래 우리의 문화인 양 지금까지 이어져오고 있다. 무비판적으로 행해지고 있는 이런 장례문화에 나는 이의를 제기하고 싶었고, 상복을 입는 의미를 생각할 때 완장보다는 가슴에 다는 베 상장이 더 적합하겠다고 생각했다. 하지만 갑자기 바꾸게 되면 많은 사람이 어색하게 느낄 거라는 반대 의견에 부딪혀, 뜻을 제대로 펼치지 못했다.

8월 23일은 6일간의 장례를 마치고 영결식이 열리는 날이었다. 발인부터 영결식의 폐식까지의 운구 동선과 행렬을 기획하는 운구 계획은 엄청난 협업을 요구한다. 나를 포함해서 행안부와 국방부, 그리고 경찰 관계자들이 여러 차례 의견을 교환하여 최적의 방안을 모색해야 할 뿐만 아니라 만일의 상황을 대비한 예비안까지 갖추어야 하기 때문이다. 나는 의장대와 함께 안치된 관을 옮겨 운구차에 모시기까지 걸음 수까지 계산하여 초 단위로 계획을 세우고 여러 차례 예행 연습을 진행했다. 영결식 마무리 동선까지 최종 리허설을 모두 끝냈는데, 갑자기 대통령 경호실 직원이 찾아와서 영결식을 마친 후 운구차의 진행 방향을 바꿔달라고 했다. 원래 나는 운구차가 식장 오른쪽으로 나가 왼쪽으로 천천히 이동하면서, 맨 앞줄에 있는 유족과 대통령, 정부 요직을 맡은 분들이 고인에게 마지막 인사를 드릴 수 있도록 동선을 짜놓았다. 그런데 대통령 경호 차량이 오른쪽으로 나가야 한다며, 왼쪽으로 나가 바로 현충원으로 출발하라고 한 것이다. 이미 리허설이 모두 끝난 상황이고, 그렇게 바꾸면 계획했던 것보다 4분 정도가 짧아지게 된다. 어찌 보면 영결식의 가장 중요한 의식이라고 할 수 있는데, 이를 갑자기 변경하기에는 위험 부담이 너무 컸다. 그래서 이미 리허설이 끝난 상태이기 때문에 바꾸기 어렵다고 단호히 말했다. 결국 계획했던 동선은 유지하되, 영결식을 마치기 1분 전에 운구차가 미리 이동하는 것으로 결정되었다.

영결식을 초 단위로 치밀하게 계산해 예행연습까지 하는 이유는, 전국에서 모든 국민이 지켜보고 세계 각국의 언론사들이 보도하는 한 나라의 대통령 장례식이기 때문이다. 국장 중에 영결식이 열리는 날은 국가 지정 공휴일로 정하고, 전국에 조기를 걸게 되어 있다. 김 전 대통령의 영결식이 열린 날은 일요일이었다. 방송사들은 주말 예능 방송을 결방하고 전 국민은 고인을 기리며 숨죽여 영결식을 지켜보는데, 그 분위기를 해치는 상황이 있어서는 안 될 일이 지 않은가. 책임감을 가지고 영결식을 철저하게 준비했는데, 예상 치 못한 요구에 몹시 당황스러웠다.

어쨌든 이걸로 내 할 일은 끝났다. 나는 피곤한 몸을 이끌고 집으로 돌아갔다. 집에서 남은 의식과 절차를 TV 중계로 지켜봤다. 영결식 이 끝난 직후 관을 실은 영구차는 서울 현충원으로 향했고, 얼마 지 나지 않아 현충원에 도착해 안장식이 진행되었다. 의장대가 태극기 로 감싼 관을 차에서 내렸다. 절제되고 무게감 있는 의장대의 움직 임 덕분에 의식이 더 경건하게 느껴졌다. 이제 관을 땅 아래로 내리 고 유족이 돌아가며 흙을 뿌린 후 완전히 흙을 덮으면 안장식이 끝 난다.

말은 간단하지만, 현장에는 늘 변수가 많다. 6일간의 장례식에서 도 급작스럽게 바뀐 게 한두 가지가 아니었다. 원래 안장 장소는 서 울 현충원이 아닌 대전 현충원이었다. 그래서 최규하 전 대통령 묘 옆에 묘소를 마련해두었는데, 갑자기 서울 현충원으로 바뀌고 말았 다. 이렇듯 돌발적인 상황에 빠르게 대처해야 하기 때문에, 나는 장 례식 기간 내내 신경이 곤두서 있었다.

안장식만 잘 마치면 모든 장례 절차가 끝나게 되는데, 마지막에 한 가지 실수가 나오고 말았다. 하관할 때 관을 감쌌던 태극기를 의 장대가 곱게 접어 부인 이희호 여사께 드리니, "평생 나라 생각하 신 분이니 관 위에 놓아드리라"라는 말씀에, 그만 태극기를 관과 함 께 땅에 묻어버린 것이다. 그 누구도 이를 의식하지 못했던 것 같다.

TV에 비친 안장식 모습을 보다가 태극기와 관이 함께 땅에 묻히는 모습을 보고 깜짝 놀랐다. 태극기는 더러워져 쓸 수 없게 되면 불에 태울지언정 절대 땅에 묻어서는 안 된다고 했는데….

노 전 대통령 장례식 때는 화장장에서 관을 연화대에 넣을 때 태극기를 걷어서 내가 안고 있었다. 이것도 별로 보기 좋지 않아 다음에는 태극기를 바르게 접어서 들고 있어야겠다고 생각했었는데, 태극기 매장이라니…. 다행히도, 이후 태극기는 꺼내서 정갈하게 불태운 것으로 알고 있다.

김대중 전 대통령의 장례식은 우리나라의 '국가장법'을 제정하게 된 계기가 되었다. 2011년에 국장과 국민장이 국가장이라는 이름으로 통합된 것이다. 국민장으로 할 것인지, 국장으로 할 것인지, 아니면 가족장으로 할 것인지 정할 때마다 정치색을 내세우며 민심이 분열되는 안타까운 일이 벌어지곤 했었다. 또 한 분의 대통령을 보내며 우리는 하나씩 배우고 얻는 게 있어 참 다행이라고 생각했다.

우리 전통을 되살린 김영삼 전 대통령 국가장

✳

아내가 흔들어 깨웠다. 눈을 떠보니 새벽 1시쯤이었던 것 같다. 아내는 김영삼 전 대통령의 서거 소식을 전했다. 2015년 11월 22일이었다. 나는 서둘러 옷을 챙겨 입고, 바로 서울대병원 장례식장으로 향했다.

2011년에 국가장법이 제정된 후, 처음으로 치러지는 국가장이었다. 국가장이라는 이름답게 제대로 격을 갖춰 장례식을 진행하고 싶었다. 우리 전통 예절을 연구하는 예지원의 순남숙 원장님과 여러 차례 논의를 해가며 장례식을 정성 들여 준비하고 있는데, 대한민국역사박물관에서 국가기록물을 관리하는 김시덕 박사로부터 연락이 왔다. 그는 역사박물관에서 직접 장례식 촬영을 주관하면 어떻겠냐고 물었다. 그동안 여러 언론사에서 촬영한 자료를 취합해서 기록 보존 목적으로 국가가 관리해왔는데, 이번에는 국가에서 직접 촬영할 계획이라 했다. '공동취재단'이라는 이름으로 촬영팀을 꾸리고, 보도에 필요한 촬영 자료는 언론사와 공유하는 방식을 제안했다.

대통령의 장례식을 치르면서 늘 느꼈지만, 기자들이 장례식장에 모여들어 여기저기서 플래시를 터뜨리며 촬영 경쟁을 벌이는 모습을 보면 씁쓸하기 그지없었다. 유족 옆에 자리를 깔고 앉아 노트북으로 기사를 쓰는 기자들도 더러 있었다. 어떨 때는 이곳이 장례식장인지 정치 유세장인지 헷갈릴 정도였다. 2004년부터 참여하고 있는 종묘 사직대제에서는 근접 촬영을 2~3명으로 제한하고 있다. 기록도 중요하긴 하지만, 무엇보다 의식이 최우선인지라 촬영 기자들의 부산한 움직임에 방해받지 않아야 하기 때문이다. 대통령의 장례식도 마찬가지다. 그동안 촬영 기자가 너무 많아 주객이 전도될 때가 한두 번이 아니었다. 나는 근접 촬영에 관해 유족들에게 설명해드렸고, 행안부에서는 대한민국역사박물관에 촬영을 승인하는 공문을 보내주었다.

촬영팀은 언론사의 포토라인을 장례식장 입구로 제한했고, 장례식장에는 공동취재단만 들어올 수 있었다. 그 덕에 장례식장 내부는 경건하고 엄숙한 분위기를 유지할 수 있었다. 매번 하는 일인데도 국가기록으로 남긴다고 하니 카메라가 여간 신경 쓰이는 게 아니었다. 보통 30분이면 염습 준비를 마치는데, 촬영팀 위치 선정과 촬영 장비 세팅 등 준비할 것이 평소보다 배로 많아 한 시간 남짓 걸렸던 것 같다.

고인을 안치실에서 모시고 나와 몸 상태를 꼼꼼히 확인하고 얼굴을 살피는데, 어린 시절 흔히 볼 수 있었던 푸근한 이웃집 아저씨 같았다. 온기가 느껴지지 않았음에도, 원래 얼굴이 웃는 상이시라 그런지 그렇게 평온해 보일 수가 없었다. TV에서는 카리스마 넘치는 거인으로만 보였는데, 대통령도 시상판 위에 누워 계시니까 보통 사람과 다를 바 없었다. 노무현 전 대통령을 함께 염했던 김형수 본부장과 동국대 황근식 교수와 함께 염습을 진행했다. 오랜 기간 손을 맞춰왔고 또 경험도 많은 분들이라 어느 때보다 수월하게 마쳤다.

그리고 이어지는 입관식. 유족들이 고인에게 마지막 인사를 고하는 자리다. 조문객을 맞이하느라 감정을 감추거나 슬픔의 감정을 잠시 잊는 다른 시간과는 달리, 유족의 마음 깊은 곳에 가라앉은 슬픔까지 밖으로 터져 나오는 시간이다. 촬영팀은 고인을 슬피 애도하는 유족들을 방해하지 않으려고 조심했다. 좀 더 먼발치에서 조용히 하나하나 기록을 남겼다. 나중에 공개된 영상과 사진을 보니, 유족들의 절절한 슬픔이 그대로 전해졌다. 가족을 잃은 슬픔의 감정은 모든 사람에게 공감을 일으킨다. 이때만큼은 정치 이념을 떠나 함께 아파하고 슬퍼하며 서로를 보듬어주게 되는 듯하다.

김영삼 전 대통령의 장례식에서는 지난 국장에서 펼치지 못한 내 뜻을 펼치고 싶었다. 다는 아니더라도 한 걸음의 진전만 있다면 그걸로 족했다. 국가장은 TV를 통해 방송되기 때문에 많은 국민에게 알릴 수 있는 좋은 기회이기도 했다. 먼저 유족에게 상장의 역사에 대해 설명드리고, 상례의 본의에 맞게 진행했으면 좋겠다고 말씀드리니 흔쾌히 승낙해주셨다. 상주의 완팔에 완장을 채우는 대신 베로 만든 상장을 왼쪽 가슴에 달아주었다. 또 운구병들이 마스크를 쓰는 것도 군사문화 중 하나였기에, 마스크를 착용하지 않는 방향으로 제안했고, 이 또한 승인되었다. 이 때문에 많은 사람에게 쓴소리를 듣기도 했지만, 누군가는 총대를 메야 하는 일이었다. 유족들이 나비 모양의 베 상장을 찬 모습이 언론에 공개된 덕분인지, 요즘은 일반 장례에서 완장 대신 베 상장을 달아드려도 거부하시는 분이 드물다. 베 상장의 의미를 알려드리면 완장보다 더 좋아하신다. 사회 지도자들의 장례식이 의미 있는 것은 예를 바로 세울 수 있기 때문이다.

빈소를 떠나 영결식이 있을 국회의사당으로 이동하기 2시간 전, 청와대 비서관이 급하게 나를 찾아왔다. 박근혜 대통령이 몸살감기에 걸려 야외 영결식에는 참석하기 어렵다는 소식을 전하며, 발인식을 고려하여 박 대통령의 동선을 짜려고 한다며 실무자인 나의 의견을 물었다. 반사적으로 떠오르는 한 생각, '발인하는 장면에서 자연스럽게 녹아들게 하자!'

　나는 운구차가 영결식장으로 떠날 때 배웅하는 모습을 보이면 좋을 것 같다고 제안했다. 서울대병원 장례식장의 내부를 도면 보듯 구석구석 잘 알고 있던 나는 재빨리 머릿속으로 동선을 그려보았다. 빈소가 있는 3층 외부에 촬영 기자들을 대기시키고, 운구차가 대기하고 있는 1층 마당으로 의장대가 이동하는 순간에 박 대통령이 등장하면, 유족과 함께 고인을 배웅하는 모습이 카메라에 잘 담길 수 있을 것 같았다. 내 의견이 최대한 반영된 최종 동선을 전달받았다. 오차 없이 진행되어야 했기에 긴장감을 늦출 수 없었다.

운구가 시작되는 시간에 맞춰 도착한 박 대통령은 곧바로 운구차 뒤에 자리했고, 바로 그때 의장대가 고인을 모신 관을 들고 올라왔다. 박 대통령의 앞을 지나 관이 운구차로 들어가고 문이 닫혔다. 유족들은 서서히 이동하는 운구차를 따라가며 박 대통령에게 자연스러운 눈인사를 건넸다. 이렇게 의장대의 운구 행렬은 박 대통령을 뒤로하고 국회의사당을 향했다. 박 대통령이 등장해서 떠나기까지 총 소요 시간은 7~8분. 장례식 기간 내내 현직 대통령의 장례식 참석 여부로 여론이 시끄러웠는데, 운구 행렬 앞에서 묵념하는 대통령의 모습이 전파를 타며 세간의 논란을 잠재웠던 기억이 난다.

국회의사당 잔디밭에 설치된 분향소의 꽃장식은 처음 치른 국가장의 의미를 담아 태극 모양으로 꾸몄다. 6년 전, 8월의 뜨거운 햇빛 아래서 김대중 전 대통령의 영결식을 치렀던 기억이 떠올랐다. 같은 장소에서 진행하는 김영삼 전 대통령 영결식에서는 11월의 차가운 바람이 조문객을 맞았다. 영결식이 진행되는 동안 하늘도 고인의 죽음을 추모하는 듯 굵은 함박눈까지 흩날렸다.

영결식을 마친 후 영구차는 국회의사당을 떠나 상도동에 있는 자택과 김영삼 기념도서관을 지나 서울 현충원으로 향했다. 현충원에 도착한 후에는 의장대가 하관 장소로 정중히 모셨다. 의장대가 관에 덮인 태극기를 걷어 바르게 접어 가족에게 드리고, 미리 마련해둔 광중壙中(시신이 놓이는 무덤의 구덩이 부분)에 하관을 하였다. 그리고 관 위에는 횡대橫帶라는 나무판자 7개를 덮었다.

고인의 종교에 따라 기독교식으로 하관 예배를 드리기로 했다. 예배를 드리기 전, 목사님이 세 번째 횡대를 가져다달라고 하셨는데, 광중에서 올려줄 인부가 보이지 않았다. 예배를 드린다고 하니까 인부들이 전부 나와버린 것이다. 태극기를 보기 좋게 잘 접어 유족들에게 잘 전해드렸다고 마음을 놓았더니, 이번에는 일을 진행해야 할 인부들이 사라진 것이다. 하는 수 없이 내가 내려가서 횡대를 전해드렸다. 돌발 상황은 언제 어디서 어떻게 일어날지 아무도 모른다.

소박하고 무탈하게, 노태우 전 대통령 장례식

2009년 말, 노태우 전 대통령의 비서관으로부터 연락이 왔다. 여러 지병을 동시에 앓고 있던 노 전 대통령의 근황을 알리며, 혹시 모를 일에 대비하고 싶다고 했다. 그 후로 노 전 대통령이 위중할 때면 늘 연락을 해왔다. 그러다 2021년 3월, 노 전 대통령의 새 비서관에게 전화가 왔다. 그전에 있던 비서관의 후임인 듯했다. 그는 40여 년 전 군대에서 노 전 대통령과 만나 지금까지 옆에서 보좌하는 분이었다. 그는 노 전 대통령이 갑자기 서거하시면 어떻게 해야 할지 막막하다며, 장례의 실무적인 일에 대해 내게 자문했다. 나는 연희동에 있는 노 전 대통령의 사저에 찾아가, 그동안의 경험을 토대로 가족과 비서진이 해야 할 일에 대해 차근차근 설명해주었고, 5일간 치러지는 장례 매뉴얼을 만들어 건넸다. 그제야 안심이 된 듯, 심각하게 굳어 있던 얼굴이 부드럽게 풀렸다.

2021년 10월 26일 정오 무렵, 노 전 대통령이 위독하시다는 연락을 받고 서둘러 서울대학교병원으로 향했다. 병원에 도착했을 때는, 이미 노 전 대통령의 숨이 멎은 상태였다. 10월 26일. 공교롭게도 이날은 박정희 전 대통령과 나의 영웅 김일 선수가 세상을 떠난 날이기도 하고, 최규하 전 대통령의 영결식이 열린 날이기도 하다. 그 인연들이 묘하다는 생각이 들면서도, 생일보다 망일을 더 잘 기억하게 만든 내 직업 탓에 헛헛한 속웃음이 나기도 했다. 장례식장에 도착하자마자 비서진을 만나 장례 일정에 대해 이야기를 나눴다.

원래 전직 대통령이 서거하면, 국가지정병원인 서울대학교병원 장례식장에 모시고, 그곳에서 가장 큰 빈소인 1호실을 쓰게 된다. 상징적인 의미도 있지만, 또 각계각층의 조문객이 끊임없이 찾아오고 수많은 언론사의 기자들이 몰려들기 때문이다. 하지만 이날은 때가 좋지 않았다. 특실인 1호실을 포함해서 빈소 대부분은 모두 사용 중이었고, 가장 작은 빈소들만 남아 있는 상태였다. 장례식장 관계자와 논의해 자리가 나는 대로 큰 곳으로 옮기기로 하고, 일단 남은 빈소에 임시 분향소를 차렸다. 국가장으로 치를지 아직 결정이 나지 않았고, 유족도 노 대통령의 따님인 노소영 씨와 가족 몇 분만 도착한 상태였기에, 다음 날 좀 더 넓은 곳으로 옮기고 나서 공식적으로 조문을 받는 것이 낫다고 판단했다.

다음 날 이른 아침, 3호실이 정리되어 빈소를 그곳으로 옮기면서 서둘러 꽃장식을 하고 분향소를 설치했다. 보통 빈소 제단 위에는 과일 등의 간단한 음식으로 시사전始死奠(빈소에서 고인을 위해 올리는 첫 제상)을 올리는 것이 관례인데, 노소영 씨가 종교상의 이유로 이를 차리지 않았으면 했다. 지난밤 잠도 설쳤을 테고, 빈소 문제, 국가장 문제, 동생이 아직 도착하지 않은 문제 등으로 신경이 곤두서 있을 터였다. 장례 전반을 관리하는 사람으로서 내심 허전하긴 했지만, 유족의 뜻대로 올리려던 과일을 말없이 모두 치웠다.

노소영 씨의 접촉 및 점향을 기점으로 조문을 받기 시작했고, 오전 11시가 조금 넘었을 때 노 대통령의 장례가 국가장으로 결정되었다. 이름만 적어 넣었던 고인의 명패를 '대한민국 제13대 대통령 노태우'로 바꾸는 것을 시작으로, 서둘러 모든 것을 국가장에 맞는 격식으로 수정했다. 정오가 다 되어갈 무렵에야 아들 노재헌 씨가 장례식장에 도착했다. 이른 아침에 공항에 도착했는데, 코로나 방역 절차로 인해 평소보다 많이 지체되었다고 했다. 이때부터 대통령을 포함한 고위 장관들의 명의가 적힌 화환들이 연이어 도착했고, 정·재계 인사들의 조문이 이어졌다.

셋째 날, 고인의 빈소를 좀 더 넓은 2호실로 옮겼다. 오후 3시에 노 대통령의 가족과 친인척을 모시고 입관식을 진행했다. 그 인원만 해도 서른 명 가까이 되어, 전직 장관들이나 경호팀, 비서진 등은 입관실 밖에서 대기하고 있다가 유족들의 인사가 끝나고 나면 잠깐 들어와 고인을 뵙는 것으로 했다. 고인의 수의는 준비되어 있었다. 유족들은 고인이 생전에 직접 준비해둔 것이라고 했다. 사실 이때 누워 있는 고인이 노태우 전 대통령이라고 알려주지 않았다면, 나는 이분이 누구인지 알지 못했을 것이다. 오랜 병상 생활로 체구가 상당히 왜소해지셨고 얼굴도 많이 수척해지셔서, 기억에 남아 있는 모습과는 차이가 컸다.

"아드님과 따님, 마지막으로 아버님 손을 닦아주시겠어요?"

이 말에 노소영 씨와 노재헌 씨는 약간 머뭇거리는 듯했으나, 이내 고인 앞으로 나와 아버지의 손을 담담히 닦아드렸다. 그 후 나는 유족들이 지켜보는 앞에서 고인의 옷을 벗겨 몸을 닦아드리고 수의를 고이 입혀드렸다. 그러고 나서 다시 아드님과 따님에게 아버지의 습신을 손수 신겨달라고 요청했다. 이 과정 이후로 더 이상 아버지를 보지도 만지지도 못함을 직감한 듯, 손길 하나 눈길 하나마다 고인을 향한 애틋함과 그리움이 고스란히 느껴졌다.

장례식에는 슬픔의 감정만이 존재하는 것은 아니다. 유족들은 자신들이 사랑했던 고인에게 마지막으로 무언가를 해주고 싶어 한다. 그래서 염습이라는 장례문화가 생겨난 게 아니겠는가. 그런 마음을 잘 알기에 나는 유족들이 구경꾼으로 남길 바라지 않는다. 옛날에는 유족들이 직접 했던 일들이고, 나는 유족들을 대신해서 그 일을 하고 있는 사람이다. 서툴더라도 유족들이 염습 과정에 직접 참여하는 것은 고인을 위해서나 유족을 위해서 의미 있다고 생각한다.

보통 고인을 모신 관 안은 종이꽃과 생화를 섞어 장엄한다. 물론 고인의 역사적 과오가 작지 않지만, 어찌 되었든 한 나라의 수장이었고 장례가 국가장으로 결정된 만큼, 상징적으로 장식하고 싶었다. 그래서 꽃장식을 담당하는 진서현 부장과 논의하여, 노 전 대통령의 남북 평화와 통일을 염원했던 유지를 담아내기로 했다. 진 부장의 번뜩이는 아이디어로, 한반도의 모양으로 꽃꽂이를 한 뒤, 그 가운데에서 화합의 씨앗이 소생하는 모습을 형상화했다. 의식을 모두 마치고 천판을 덮자, 노소영 씨가 환하게 웃으며 다가왔다.

"우리 아버지 잘 모셔주셔서 정말 감사합니다. 장례가 이렇게 아름다운 줄은 몰랐어요. 정말 감동적이었습니다."

그러고는 기념사진을 찍자고 했다. 관을 앞에 두고 유족과 사진을 찍기는 처음 있는 일이었으나, 슬픔의 감정에만 매몰되지 않고 이런 여유까지 보이는 모습이 싫진 않았다.

넷째 날인 29일이 되어서야 분향소를 1호실로 옮길 수 있었다. 그제야 제대로 된 국가장을 치르는 느낌이 들었다. 생각해보면, 한 고인의 분향소를 매일 옮기는 일은 다시 겪기 힘든 매우 드문 일이다. 고인이 세상에 알려진 분이었기에 망정이지, 일반분이었다면 장례 진행에 상당한 혼선이 있을 수도 있는 일이었다.

노태우 대통령의 영결식을 머릿속으로 그려보니, 문득 추사 김정희가 유배지에서 그렸다는 세한도가 떠올랐다. 이 그림처럼 소박하고 담백한 느낌으로 가면 좋을 것 같았다. 노 대통령의 장례가 국가장으로 결정된 것에 대한 반대 여론이 많았기 때문이기도 했다. 노 대통령은 역대 대통령 중 박정희 대통령 다음으로 국가 훈장을 많이 받은 것으로 유명한데, 2006년 3월 재판으로 그가 받은 12개의 국가 훈장 중 대통령에게 하사하는 '무궁화대훈장'을 제외하곤 모두 박탈되었다. 무궁화대훈장마저 박탈하면 대통령 재임 자체를 부정하는 셈이 되기 때문에, 어쩔 수 없이 그것만은 그대로 두었다는 기사를 본 적이 있다. 운구 행렬에서 이 훈장이 등장하면 사회적으로 시끄러워질 것이 분명했다. 나는 장례를 이끄는 사람으로서 장례가 무탈하게 끝나길 바랄 뿐이었다. 결국 고민 끝에 용기를 내어 유족에게 찾아가 말씀드렸다.

"솔직하게 말씀드리면, 저는 이 장례가 국가장으로 결정되어 정말 다행이라고 생각합니다. 저는 장례진행자로서, 노 전 대통령님의 국가장이 원만하게 끝나기를 바랄 뿐입니다. 그것이 고인에 대한 최고의 예의고요. 소란이 없도록 장례식을 최소화하고, 내일 운구 행렬에서 노 대통령의 무궁화대훈장은 생략했으면 합니다."

감사하게도 유족들은 내 뜻을 기꺼이 받아주었다. 자식 된 도리로서 쉽지 않은 결정이었을 것이다. 불감청 不敢請 이언정 고소원 固所願 (감히 청하지는 못하나 원래부터 바라는 바임)이라고, 이 소식을 행안부 직원들과 비서진들에게 전하자, 다들 내게 큰일을 해냈다며 이 결정을 반겼다. 지금도 내 의견을 통 크게 받아준 유족께 참 감사하다. 더구나 아들 노재헌 씨는 아버지를 대신해 여러 차례 5·18국립묘지를 찾아가 희생자들의 명복을 빌고 머리 숙여 사죄한 바 있다. 이 또한 참 잘한 일이라는 생각이 든다.

다섯째 날인 30일 아침 9시에 발인이 시작되었다. 먼저 노 대통령이 오랜 기간 머물렀던 연희동 사저로 향했다. 발인 전날 저녁, 노 대통령의 비서관이 유족에게 참아왔던 속상함을 토로한 모양이다.

유족의 종교 문제로 제상을 아예 차리지 못하게 하는 바람에, 고인에게 상식도 술 한 잔도 올리지 못했다며, 발인 후에 사저에서 노제를 차려 물 한 잔이라도 올리게 해달라 했다고 한다. 결국 유족들이 그의 뜻을 받아들여, 사저에서 단출한 제상을 차릴 수 있었다. 제상이라고 해봤자 영정 사진과 작은 술잔 하나뿐이었지만, 그곳에 모인 사람들에게는 그런 형식이 중요한 것 같진 않았다. 그동안 어정쩡하게 서 있던 전직 총리 및 장관, 비서진, 경호원 등이 차례로 나와서 물을 한 잔씩 올린 뒤에는 저마다의 애칭으로 고인을 불렀다. 그리고 노 대통령이 생전에 좋아했던 나무에 물을 뿌리는 것으로 마무리했다. 즉흥적으로 수십 분이 참여했던 것 같은데, 이 의식을 하고 나니 한결 분위기가 밝아졌다.

노 대통령의 영결식은 올림픽공원 평화의 광장에서 엄수되었다. 노 대통령 재임 당시 88올림픽이 개최되었으니, 장소로서 상징성은 충분해 보였다. 영구차는 평화의 문 뒤에 두었다. 코로나 방역 문제로 50명 이내로 인원 제한을 두었지만, 차단막 주위로 많은 시민이 광장 인근에 모였던 것 같다. 현직 총리의 조사와 전직 총리의 추도사가 진행된 후에, 88올림픽 주제가이자 평소 고인이 즐겨 불렀던 〈손에 손잡고〉를 성악가 임웅균 씨와 가수 인순이 씨가 불렀다. 영결식을 순조롭게 마치고 곧바로 서울추모공원 화장장으로 이동했다. 그렇게 향년 89세의 일생이 한 줌의 재로 돌아갔다. 굴곡진 한국 현대사의 한 단면이 역사의 뒤안길로 사라지게 되었다.

노태우 전 대통령이 서거하시고 나서 28일 후에 전두환 전 대통령이 별세하셨다. 전 전 대통령의 유족들이 국민 여론을 고려한 탓인지 국가장을 신청하지 않아, 5일간의 가족장으로 치러드렸다. 그 후 약 10일 뒤에 노 전 대통령의 안장식까지 진행해야 했으니, 한 달 보름간은 정말 눈코 뜰 새 없이 바빴다. 실제로 모든 일정을 소화하고 나서 며칠 동안 앓아 누웠다. 노 전 대통령의 안장식을 무사히 마치고 집에서 오랜만에 술 한 잔 마시는데, 문득 이런 생각이 들었다. '만약 노태우 전 대통령과 전두환 전 대통령의 죽음의 시기가 뒤바뀌었다면, 노태우 전 대통령의 국가장을 원만하게 마무리할 수 있었을까?'

왜 그 사람만 불러?

전국을 다니며 여러 가지 장례 방식을 배우다가 역사적 자료를 토대로 제대로 공부하고 싶은 마음이 들었다. 마침 큰스님들이 입적하시면 절에서 염습을 맡아달라는 의뢰를 많이 받던 때였다. 큰스님의 장례 때마다 당시 동국대 불교대학원의 교수셨던 보광스님을 자주 뵈었다.

보광스님은 염장이인 나와 통하는 게 있다고 생각한 모양이다. 장례식에서 나를 만나면, 대학 시절 국립의료원 장례식장에서 염불 아르바이트를 하여 용돈을 벌었던 이야기, 일본에서 공부할 때 경험한 일본의 장례 이야기를 들려주시곤 했다. 나는 장례에 대해 공부를 더 하고 싶었던 터라 보광스님의 말씀이 꽤 흥미로웠다.

보광스님을 처음 뵌 건, 1996년 스님이 계신 정토사 신도 장례를 치를 때였다. 그 인연으로 나는 보광스님께 어렵지 않게 내 심중을 내보일 수 있었다. 우리나라 전통 장례에 대해 공부하고 싶은데, 대학원에 수업을 개설할 생각이 없으신가 여쭈었다. 보광스님은 동국대 100주년 기념사업 본부장이셨고 불교대학원에서 강의도 하고 계시니, 불가능한 일은 아니었다. 게다가 스님이 어렵게 공부하던 시절의 장례 경험 이야기를 해주신 것도 내게는 예사롭지 않았다. 결국 2000년 동국대 대학원에 장례문화학과가 개설됐다.* 나는 이곳에서 우리나라 전통 장례와 스님 장례, 단체장에 대해 연구할 수 있었다.

공부를 하면서도 2003년 현대 정몽헌 회장의 엠바밍과 멕시코에서 자결한 이경해 열사의 장례식 등 제법 굵직한 장례식 의뢰가 들어왔다. 2003년 여름 서울 송파구 올림픽공원에서 치러진 이경해 열사의 장례식에는 3만여 명의 조문객이 다녀갔다. 이경해 열사는 30여 년을 농민 운동가로 활동하며 농가의 어려움을 대변하던 인물이다. 그는 멕시코 칸쿤에서 열린 WTO 제5차 각료회의 협상에 항의하며 스스로 목숨을 던졌다.

장례식장에 모인 조문객들은 아주 잠깐이라도 삶과 죽음을 자신의 저울에 달아보는 시간을 갖는다. 죽음이 멀리 있지 않고 언제 어떻게 자신에게 다가올지 모른다는 생각에 자신의 삶을 되돌아보게 되는 것이다. 그렇게 보면 이 세상에 의미 없는 죽음은 하나도 없다. 그런데 수많은 조문객이 다녀간 이곳은 한평생의 신념 앞에서 목숨 버리기를 마다하지 않은 열사의 장례식이었다. 죽음의 의미를 희석하는 장례식이어서는 결코 안 된다는 생각이 들었다. 대형 상여 행렬과 3만여 명이 운집한 영결식장의 자리 배정과 영결식 후의

---

* 당시만 해도 전국에 있는 대학교 중 장례문화학과가 있는 곳은 보건전문대 한 곳뿐이었다.

동선을 정하면서, 장례에도 체계적인 기획이 필요하다는 생각이 마음속에 자리 잡았다.

교수님들은 내가 큰스님들의 장례 경험이 많으니, 스님 장례 자료를 모아 석사 논문을 쓰라고 했다. 하지만 나는 이경해 열사 장례식 이후에 우리나라 단체장에 더 관심이 쏠렸다. 큰 규모의 장례를 정리해보고 싶었다. 스님 장례보다는 좀 더 많은 사람을 아우를 수 있는 '한국의 단체장'으로 석사 논문을 정했다. 우리나라의 국장, 국민장, 사회장, 단체장 등의 자료를 하나하나 모아나갔다.

최근 장례업계 사람들에게서 볼멘소리를 들은 적이 있다. "대통령 장례는 왜 유재철만 하느냐"는 거였다. 행안부 의정팀 담당자도 그런 말을 몇 번 들었다고 한다. 대통령 장례식을 진행할 때마다 언론사 기자들이 찾아왔다. 대통령의 마지막 모습이 궁금했기 때문이다. 특히 노무현 전 대통령 장례식 때는 정말 많은 기자에게 연락이 왔다.

그러나 장례지도사는 장례식 뒤편에 숨은 채 드러나지 않아야 한다. 우리의 말 한마디가 어설프게 가십거리가 되어 고인에게 누가 될까 봐, 직원들에게도 "보고 들은 것은 무덤까지 가지고 가야 한다"며 절대 인터뷰하지 말라고 입단속을 시켰다.

그러던 중 불미스러운 일이 벌어졌다. 2009년 노무현 전 대통령과 김대중 전 대통령 장례를 진행한 뒤 그해 10월, 행안부 담당자가 내게 전화해서 다짜고짜 화를 냈다. 전후 사정을 알아보니, 몇몇 장례 회사에서 전 대통령들의 영결식과 운구 장면, 현충원 안장식 등을 촬영한 사진으로 홍보물을 만들어 거짓 광고를 하고 있었나 보다. 특히 모 회사는 '국내 유일의 대통령 국장·국민장 및 기타 단체장 경험을 통한 최고의 장례 의전 서비스 제공'이라는 문구를 달기까지 했다. 그 회사에 대해 알아보니, 대표가 동국대 F.B.A 과정을 수강했던 분으로, 전국 수백 분향소 가운데 한두 군데를 운영하며 꽃, 향, 초 등을 관리하셨던 분이었다. 그 후에 나는 그 대표를 우연히 만난 자리에서 조심스럽게 문제제기를 한 적이 있는데, 그는 자신들이 일부는 참여했으니 거짓 광고는 아니라고 잡아뗐다. 나중에 전해 들으니 행안부 의정관실 담당자가 그 상조회사에 연락하여 'ㅇㅇ지역 분향소 설치'로 정확히 표현할 것을 요청했다고 한다.

그런데 그 후에도 여전히 자신들이 대통령 장례를 진행하는 유일한 회사라고 거짓 홍보하여 많은 회원을 모집했고, 결국 매출 순위로 장례업계 일등이 되었다. 한 달 회비만으로 수백억 원에 달했던 상조회사를 2020년 6월에 큰 이윤을 남기고 팔았다는데, 함께 일하며 고생한 직원들에게 얼마나 챙겨주었는지는 모르겠다.

노무현, 김대중 전 대통령의 3년상이 끝나고 2011년 9월 18일 처음으로 언론 인터뷰에 응했다. 인터뷰 말미에 기자들이 어떻게 대통령들의 장례식을 맡게 되었는지 물었다. 나는 딱히 뭐라 할 말을 찾지 못해, 그저 "운이 좋았나 봐요"라고 했다.

운도 따랐겠지만, 사람 일은 운만으로는 되지 않는다. 운만으로 이 일을 해왔다면 나는 천운을 타고난 사람일 거다. 하지만 나는 오랫동안 우리나라 큰 단체장을 조사하고 연구하고 준비하며, 이것을 실제로 적용할 기회를 늘 찾고 기다렸다.

학교 성적은 안 좋은데 성공한 사람들에 대해 이야기할 때, 많은 사람이 "인생은 성적순이 아니잖아요"라고 말한다. 물론 우리의 삶이 학점을 그대로 따라가지는 않는다. 하지만 삶을 꾸려가는 데 지대한 영향을 미치기도 한다. 나는 공부와 장례 일을 병행해가면서 일을 대하는 태도와 접근방식을 반성하며 진정성 있는 자세, 성실성, 내 일에 대한 사명감 등을 다져왔다. 이런 것들이 인연이 되어 기회가 내게 찾아왔던 것은 아닐까?

1. 수천 가지 죽음의 얼굴

4 ——— 스님의 마지막 설법

햇병아리 시절, 일붕스님의 다비

※

30여 년 동안 장례지도사로 살아오며 여섯 분의 대통령 장례를 거행하였고, 여러 큰스님의 다비를 맡아왔다. 그동안의 경험과 모은 자료를 토대로 석·박사 논문을 쓰기도 했다. '나이가 들어도 꼰대는 되지 말아야지' 하고 늘 다짐했는데, 제자나 후배들을 가르치다 보면, 가끔 나도 모르게 언성을 높이며 지적하게 된다. 그럴 때마다 '내가 꼰대가 됐나?' 하는 생각이 불쑥불쑥 들 때가 있다. 하지만 나이가 든 만큼 오랫동안 몸담은 이 분야에서 노련해지는 건 부정할 수는 없는 일이다. 다양한 장례 경험으로 이제 웬만큼 큰 장례식을 맡아도, 머릿속에 그림이 먼저 그려진다.

처음 큰 장례를 맡았던 날을 지금도 생생히 기억한다. 그때는 경험도 별로 없었던 때였다. 3년 차 햇병아리 시절인 1996년 6월 25일, 일붕스님이 입적하셨다. 일붕스님은 노벨평화상 후보에 두 번이나 오를 정도로 국내외에서 의미 있는 활동을 활발히 하신 분이셨다. 당연히 국내 불교계에서도 추앙받는 어른이셨다. 그만큼 그분의 장례는 불자들에겐 중요했다.

스님의 장례는 서울 종로에 있는 일붕선원에서 칠일장으로 치러졌다. 수많은 조문객이 밀려오는 대규모 장례식이 처음이었던 나는 첫날부터 허둥댔다. 당시만 해도 스님의 장례는 대개 절에서 스님들이 직접 치러오다 보니, 웬만한 큰스님들이 나보다 장례 경험이 많았다. 내가 큰스님들의 눈에 마뜩잖아 보일 것은 당연했다. 몇몇 큰스님은 염습하는 내내 내 뒤에 서서 "왜 발을 들어서 등 뒤로 장삼을 올리느냐?" "옷고름도 못 매느냐?" "왜 그렇게 승복을 입히느냐?"라며 야단을 치시기도 했다. 나름대로 전국 장의사들을 찾아다니며 열심히 공부해왔기에 제법 잘한다고 자신하고 있었는데, 큰스님들에게 자꾸 꾸지람을 들으니 적잖이 당황스러웠고, 식은땀이 연신 흘렀다. 그곳 사찰에서 일하시는 분들도 내 어설픔을 바로 알아차렸는지, 그들에게까지 온갖 핀잔을 들으며 7일 동안 정신없이 보냈다.

그때는 장마가 한창이라, 장례식을 치르는 내내 비가 그치지 않고 계속 내렸다. 영결식 바로 전날까지도 비는 그칠 줄을 몰랐다. 영결식 장소는 동국대 운동장이었는데, 빗물을 한껏 머금은 질퍽한 땅이 계속 걱정이 되었다. 스님들은 일주일 내내 비가 와 물이 고인 운동장을 매끈하게 해달라는 주문을 했다. 내일 당장 영결식인데 어찌해야 할지 앞이 캄캄했다. 지금 같으면 포클레인을 불러 야간 작업으로 마른 흙이라도 뿌렸을 텐데, 그때는 그런 요령을 부릴 재간이 전혀 없었다.

다행히도 영결식 날 이른 새벽부터 비가 그쳤다. 길고 길었던 장마 중에 반가운 해가 하늘을 열었다. 장마에도 수건 말릴 시간은 있다더니, 오늘이 일봉스님의 영결식이라는 걸 하늘도 안 걸까? 오전부터 흙이 보송보송 마르기 시작했다.

다비는 경남 의령에 있는 일봉사에서 진행되었다. 동국대 운동장에서 영결식을 마치고 버스 80여 대가 출발했다. 내려가는 동안, 그리고 불이 타오르는 시간 동안 하늘은 비를 뿌리고 싶은 걸 잘 참아주었다. 다비가 다 끝나고 불이 사그라들자 그때 다시 비가 내리기 시작했다.

일봉스님 장례식은 사실상 나에게 데뷔전이었다. 큰스님들에게 호되게 꾸중을 듣긴 했지만, 그때 스님들의 말을 귀담아듣길 잘했던 것 같다. 큰스님들이 야단치는 소리는 넘기기 힘든 쓰디쓴 약 같았지만, 일봉스님의 장례를 무사히 치를 수 있게 한 소중한 조언들이었다. 나름 성공적으로 데뷔전을 치른 셈이다. 이후 나에겐 '일봉스님의 장례를 맡은 사람'이라는 수식어가 꼬리표처럼 따라다녔다. 그 뒤로 나를 야단친 스님들을 자주 찾아뵈면서 산중에 전승되는 불교 장례를 배워나갔다.

마지막 길도 스님답게, 법정스님

❀

욕심을 가지면 가질수록 괴로움과 공허함은 그에 비례하여 더 커지기 마련이다. 자기 밥그릇을 챙기려고 남 짓밟기를 서슴지 않으며 아등바등 살다 보면, 문득 자기 안에 괴물이 살고 있음을 깨닫게 된다. 행복해지려고 욕심부렸지만, 행복은커녕 내면의 괴물이 배설한 불행의 냄새에 토악질하는 게 그 결말이다.

1970년대 우리나라는 급속한 도시화와 산업화를 이뤘다. 없어서 못 먹던 시절에서 벗어나 풍족하게 먹고 누릴 수 있는 시대가 열렸다. 문제는 돈이었다. 돈이 있으면 배부르지만, 돈이 없으면 상점에 진열된 먹을 것, 입을 것이 그야말로 그림의 떡이다. 사람들은 상대적인 빈곤에 시달렸고, 더 가지려고 몸부림쳤다. 물론 현재도 마찬가지다. 남과 비교하며 더 가지려는 사람의 마음에 진정한 자기는 없고, 자기를 괴롭히는 괴물만 있다.

세상모르고 시작한 사업이 망해서 아무런 목표 없이 살아가던 20대 후반, 돌이켜보면 인생에서 가장 힘들었을 때 나는 법정스님을 처음 뵈었다. 그전에 나는 그저 법정스님의 글을 좋아하는 수많은 독자 중 한 명이었다. 당시 법정스님이 수련원장으로 계시던, 순천에 있는 송광사에서는 여름마다 4박 5일간의 여름수련법회를 열고 있었다. 괴로운 삶에 힘을 얻을 겸 존경하는 법정스님도 뵐 겸, 나이 서른에 나는 그 수련회에 참가했다. 그때 법정스님을 만난 건 내 인생의 전환점이 되었다. 어둡기만 하던 내 삶에 환한 빛이 되었던 스님의 주옥같은 말씀을 가슴에 하나하나 주워 담으며, 앞으로 어떻게 인생을 살아나가야 할지 많은 생각을 하게 되었다.

수련회 마지막 날, 스님은 나에게 '바르고 깨끗하게 행한다'라는 뜻의 '정행正行'이라는 법명을 지어주셨다. 그때부터 지금까지 줄곧 이 법명을 내 삶의 화두로 삼으며 살아가고 있다. 무슨 일을 하든지 나는 이 법명을 떠올리며 스스로에게 질문을 던진다. '지금 하려는 일이 정말 바른 길인가?' 회사 운영, 장례 진행은 물론이고, 내가 하는 모든 일의 기준이 되고 있다.

이후 법정스님은 성북동에 있는 길상사에서 법문을 하셨지만, 그곳에서 주무신 적은 단 한 번도 없었다고 한다. 수천억 원의 길상사 부지를 거저 주겠다는 제안도 마다하셨다 한다. 아예 그곳에 마음을 두지 않으신 듯했다. 진정한 '무소유'가 무엇인지 몸소 삶을 통해 보여주신 것이다. 법정스님은 주로 송광사에 있는 작은 암자인 불일암에 계시다가, 사람들을 피해 오대산에 있는 작은 토굴에서 지내셨다. 당시 그분을 한번 뵙길 원하는 사람들이 상당했는데, 나는 그분에게서 법명까지 받았으니 그야말로 행운아였다.

그로부터 20여 년이 흐른 2010년 초, 법정스님을 모시는 분에게 연락이 왔다. 내게 스님의 다비를 준비해달라고 하셨다. 스님의 임종을 병원에게 맞게 할 수는 없었다. 나는 스님의 주변 분들과 상의하여, 3월 11일 임종 직전 길상사로 모셨다. 오랫동안 법문만 하고 당일 저녁 떠나시던 스님이 길상사에서 주무신 건 그날, 돌아가신 날 하루가 전부인 셈이다.

숨을 거두신 법정스님을 수습하기 위해 행지실行持室로 들어섰다. 스님이 길상사에 오실 때마다 늘 머무시던 곳이다. '행지실'이란 모범으로 행동을 보여주는 이가 사는 곳이라는 뜻으로, 법정스님이 직접 붙인 이름이다. 원래 '행지'는 일본 조동종의 개조인 도겐道元 선사의 《정법안장正法眼藏》에 나오는 말로, 스님이 평소에 무척 아끼는 말이었다.

"스님!"

나도 모르게 스님을 흔들어 깨울 뻔했다. 잠깐 잠드신 것처럼 보였기 때문이다. 그렇게 편안한 표정으로 숨을 거두는 사람은 흔치 않다. 남들이 보지 못하는 걸 보고, 말하지 못하는 걸 말하는 사람이 도인일까? 죽음 앞에서 의연하고 평안한 사람이 진정한 도인이 아닐까 한다.

법정스님의 유지대로 수의 대신 평소 즐겨 입으시던 승복을 입혀드렸다. 관도 준비하지 말라고 하셨지만, 다비장까지 운구하려면 상여가 필요했다. 꽃상여는 스님이 결코 원하지 않으실 거라고 생각하고 있었는데, 마침 누군가 법정스님이 오대산 암자에서 책을 읽거나 명상할 때 혹은 낮잠 잘 때 쓰시던 대나무 평상을 길상사로 옮겨놓았다. 딱 한 사람 누울 수 있는 크기의 대나무 평상은 법정스님이 앉은 자리만 닳아서 반질거렸다. 그 평상에 법정스님을 뉘었다. 혹여나 운구 중에 법체가 미끄러져 떨어질까 봐 광목으로 대나무 평상에 스님을 살짝 묶어드렸다.

길상사 근처 꽃집은 전화가 끊이질 않았다. 유명 인사들이 화환 배달을 주문한 것이다. 처음에는 꽃집에서 화환을 트럭에 몇 차례 싣고 왔다. 하지만 법정스님 유지대로 모두 돌려보냈다. 그 이후로는 꽃집에서도 화환 주문을 아예 받지 않았다. 펼침막조차 걸지 않았다. 위패에는 이런저런 문구 없이 '비구 법정' 네 글자만 썼다. 이 모든 것이 법정스님다웠다.

다음 날 길상사에서 운구가 시작되자, 조문객들이 물밀듯이 몰려들었다. 법정스님의 가르침으로 자유를 얻고자 했던 사람들, 마침내 마음에 자유를 얻은 사람들, 비록 직접 뵙진 못했지만 마음으로 그분을 좇던 사람들이 스님의 마지막 모습이라도 보기 위해 찾아왔다. 말뿐이 아닌 삶으로 보여주는 '무소유'를 가까운 거리에서 목격한 것은 나를 비롯한 그곳에 모인 모든 사람에게 큰 복이었다.

다비는 송광사에서 진행됐다. 송광사는 법정스님의 고향과도 같은 곳이다. 송광사도 스님의 다비식에 참석하려는 사람들로 북적였다. 얼마나 많이 왔는지 행렬을 위해 설치한 통제선이 무너져 엉망이 되었다. 그 많은 사람을 제지할 수 없었다. 그나마 사전에 송광사 직원들과 전남 포교사단 분들과 함께 운구 동선을 정해놓은 덕분에 선두만큼은 제대로 나아갈 수 있었다. 스님을 가운데 모신 나무 장작더미 안으로 불을 붙였다. 막상 쌓아 올린 나무에 불이 붙고 활활 타오르니, 분주했던 시간이 아득하게 먼 일처럼 느껴졌다.

3월 꽃샘추위가 한창인 날인데도 수많은 분이 다비장을 지키며 밤새 기도를 올렸다. 불 들어간 지 20시간이 지난 후에야 습골할 수 있었다.

49재 날이 왔다. 많은 사람이 몰릴 것에 대비해 의자도 그만큼 많이 준비했다. 의자를 줄 맞춰 놓는데 바람이 심상치 않게 불었다. 바람이 방향을 바꿔 이리저리 불더니 열을 맞춰 배치한 의자들을 쓰러뜨렸다. 넘어진 걸 세우면 다른 의자가 넘어지길 반복했다. 번거로운 것을 싫어하던 법정스님이었다. 스님이 오신 것 같았다. "번잡한 것은 하지 말라고 했잖아"라고 하시는 것 같았다. 49재도 '나답게' 해달라는 법정스님의 뜻인 것만 같아 멈칫했다. 그런데 어쩌랴. 사람들은 예상대로 구름같이 몰렸고 준비한 의자도 모자랐다.

'스님, 떠나보내기 아쉬워하는 우리 마음도 이해해주세요.'

지금도 내 마음에 문득 들어온 욕심으로 괴로워질 때면 법정스님의 수필 〈무소유〉를 읽는다. 스님은 사는 동안 갖지 않는 것의 충만함을 누렸겠지만, 아이러니하게도 그런 스님에게는 당신을 존경하고 따르는 수많은 사람이 있었다. 물론 원한 적도 없고 자신의 것도 아니라고 하시겠지만.

괴상한 앙상블

※

성격이 대차고 개성이 강하며 어깃장을 놓는 듯 말을 하는 스님들이 있다. 선방에서는 이런 스님을 '괴각 스님'이라고 부른다. '괴각乖角'은 어그러진 뿔처럼, 성질이 비꼬였다는 말이다. 절집에서 칭하는 괴각 스님은 대개 인습과 권위에 구애받지 않아 엉뚱하면서도 밉상스럽지 않은 인물이다. 그의 언행은 사람을 당황케 하면서도 뒤통수를 한 방 맞은 듯한 여운을 준다.

대구 팔공산 아래 어느 작은 암자에 괴각 스님 한 분이 계셨다. 스님은 괴짜에 성격도 불같았지만, 매사에 거침없고 당당하여 따르는 불자들이 꽤 많았다. 불교에는 부처님께 꽃을 바치는 '공화供花'라는 의례가 있는데, 스님은 신도들에게 공화를 하지 못하게 했다. 암자 마당을 둘러보면 꽃이 지천인데 왜 꺾은 꽃을 바치느냐는 것이다. 사실 그 꽃밭도 스님이 직접 가꾼 것이었다. 신도들과 함께 기도하러 다른 지역으로 이동할 때는, 차에 타기 전에 모두 화장실에 들르게 하고는, 중간에 차를 세우지 못하게 했다. 이동하는 동안에도 온갖 정성을 다해 기도해야 한다고.

스님이 입적하셨을 때, 장례를 맡게 되었다. 수시收屍(시신이 굳기 전에 정성을 다하여 몸을 바로잡음)와 염습 및 입관을 정성껏 마치고, 셋째 날, 다비식을 앞두고 있었다. 다비식을 진행하기 위해 관을 암자에서 동화사의 너른 마당으로 옮길 차례가 되었다. 작은 암자였는데도 많은 불자가 운구 행렬을 이뤘다. 그런데 희한하게도 그 운구 행렬에는 스피커를 장착한 차량 한 대가 끼어 있었다. 운구차가 암자에서 출발하자, 차량 스피커에서 갑자기 〈동백 아가씨〉〈섬마을 선생님〉 등 가수 이미자의 노래들이 흘러나왔고, 약속이라도 한 듯 신도들은 울먹이며 그 노래들을 따라 불렀다. 나중에 알고 보니, 스님은 돌아가시기 전에 신도들에게 절대 울지 말고 염불도 외지 말라는 말씀과 함께, 대신 당신이 좋아했던 이미자 노래를 불러달라고 유지를 남기셨다고 한다.

평소 스님이 후원하시던 풍물패도 합세했다. 스님은 이 풍물패가 결성되었을 무렵부터 후원하셨는데, 이젠 어엿한 프로가 되어 선두에서 운구 행렬을 이끌었다. 풍물패는 신도들이 부르는 구슬픈 노랫소리에 전혀 아랑곳하지 않고, 신명 나게 북 치고 장구 치며 풍악을 울렸다.

동화사 다비장 앞에 다다르니, 마중 나온 스님들이 보였다. 좀처럼 보기 힘든 운구 행렬에 스님들은 잠시 당황한 듯했으나, 이내 맡은 바에 최선을 다하겠다는 듯 목탁을 치면서 염불을 외기 시작했다. 행렬이 다가올수록 그 소리는 점점 커지는 듯했다.

이미자 노래 메들리와 풍물 소리, 그리고 염불은 각자의 세계를 만들며 괴상한 앙상블을 이루고 있었다. 분명 불협화음이었지만, 그 속에서 고인이 된 스님에 대한 그리움, 감사, 애틋함을 느낄 수 있었다.

그날의 그 소리는 아직까지도 가끔 귓가에 맴돈다. 그날을 생각하면 꿈속 장면처럼 몽환적인 느낌이 든다. 이런 장례식, 이런 다비식을 다시 치를 수 있을까? 기획이 아무리 좋다 해도 그들이 만들어 낸 마음 따뜻한 불협화음은 다시 만들어낼 수 없을 것이다.

가야산의 혼이 된 스님

2014년 4월 27일 저녁 88올림픽고속도로에서 교통사고가 났다. 세 사람이 탄 승용차가 빗길에 미끄러지면서 중앙분리대를 들이받았고, 빠른 속도로 뒤따르던 덤프트럭이 추돌하는 바람에 승용차에 타고 있던 두 명이 숨졌다.

　다음 날 조계종 어산어장魚山魚丈(불교 의례의식의 최고 권위자) 동주스님에게서 전화가 왔다. 상좌 성안스님이 교통사고로 입적하였는데, 내게 염습과 다비를 부탁한다고 하셨다.

두 분 모두 사고에서 발생한 불로 화염에 휩싸인 채 돌아가셨기 때문에, 누가 누구인지 구분할 수 없을 정도로 시신이 크게 훼손되어 있었다. 결국 치과 기록 등의 병원 서류를 대조한 끝에 성안스님을 확인할 수 있었다고 한다. 막상 장례식장 입관실에서 마주한 시신을 보니, 나도 모르게 두 눈이 질끈 감겼다. 그 모습이 형언하기도 어려운 정도라 스님들과 신도들에게 어떻게 보여드려야 할까 싶었다. 그동안 수많은 시신을 다루어왔지만, 어디서부터 손을 써야 할지 난감한 경우는 처음이었다.

하지만 모두가 나만 바라보고 있는 상황이었기에, 나는 서둘러 정신을 가다듬어야 했다. 그동안 여러 험한 시신을 염했던 경험과 십여 차례 외국인 노동자를 엠바밍했던 일들을 떠올리며, 머릿속에서 해야 할 일들을 하나하나 정리해나갔다.

우선 장례식장 안치실에 모신 시신의 상태를 세세하게 확인했다. 웅크린 자세에서 5분의 1 정도는 살이 없어진 상태고, 심지어 뼈가 보이는 곳도 군데군데 있었다. 그래서 목욕시키는 것은 포기하고, 우선 살이 많이 없는 부분은 솜으로 대고 한지로 감싼 다음 종이 끈으로 묶어주었다. 또 팔과 다리, 허리를 천천히 펴드리면서 누워 계시는 것같이 해드렸다. 얼굴도 멱목과 두건으로 감싸드리고, 맨살은 전혀 안 보이게 하여 승복을 갖춰 입혀드리니, 이젠 편히 누워 계시는 스님 같아 보였다. 속으로 '스님! 승복을 잘 입어주셔서 감사합니다'라고 인사를 몇 번이나 했는지 모른다.

그리고 사람들이 들어와서 놀라지 않게 입관실 안을 깨끗이 정리한 다음, 밖에서 기다리던 동주스님을 비롯해 도반 스님들과 신도들에게 들어오라고 했다. 그들도 이미 사고 소식을 들었던지라 잔뜩 긴장하며 조심조심 들어왔다. 비록 두건 쓰고 얼굴은 가려져 있으나 평소 스님처럼 승복 입고 누워 계신 모습에 안심이 되었는지, 가까이 와서 팔, 다리 등을 매만지며 안타까운 말을 한마디씩 했다. 따르던 신도들은 연신 눈물을 훔쳤고, 한 도반 스님은 성안스님이 생전에 "나는 길게 살지 않고 짧고 굵게 살다 갈 거다"라고 하셨는데, 진짜 이렇게 가셨다며 깊이 탄식했다. 그때 스님은 세랍 47세의 젊은 나이였다.

해인총림 산중장으로 영결식과 다비가 행해졌다. 동주스님이 시간이 오래 걸리는 전통 다비식보다 현대에 맞게 좀 더 빠른 방식으로 해달라고 요청하셔서 해인사 방식과 연화다비 방법을 섞어 진행했다. 연화다비는 바닥에서 20cm 정도 공간을 띄워 구조물들을 설치하고 그 위에 나무를 쌓은 뒤, 불이 붙으면 송풍기로 바람을 집어넣는데, 일부 구조물과 철망만 놓고는 해인사 방식대로 바닥부터 나무를 빽빽하게 쌓았다. 성안스님은 해인사 팔만대장경 보전과 관리에 공이 많은 스님이었다. 성안스님이 생전에 "내가 죽으면 목판 하나 사서 같이 태우고, 유해는 가야산 자락에 뿌려달라"고 유언하신 대로, 스님 다비단의 장식으로 대장경판을 탁본한 한지를 붙여드렸다. 불을 붙이자 이내 중앙이 용광로같이 뜨거워지면서 함석이 녹아내렸고, 두 시간쯤 지나자 불꽃이 튀어 올랐다. 다섯 시간 만에 다비를 마치고 습골을 하는데, 배 아랫부분에 있는 뼈들은 높은 온도에 재가 되어 날아가버렸는지 찾을 수 없었다. 당신이 원하던 대로 그의 유해는 가야산으로 저절로 날아가 뿌려졌으리라.

무진장스님의 대숙야

부처님의 10대 제자 중 한 명인 부루나 존자는 뛰어난 설법으로 유명한데, 무진장스님은 전국 곳곳에서 거침없는 설법을 펼쳐 '한국의 부루나 존자'로 불렸다. 스님은 매서운 바람이 부는 추운 겨울에도 모자, 목도리, 장갑, 내복, 솜옷 없이 오직 승복만 입었으며, 돈은 물론 자기 명의로 된 사찰 하나 없이 무소유의 삶을 실천하신 분이다. 이 일곱 가지가 없는 생활을 한다고 해서, '7무無 스님'이라는 애칭으로도 유명하다.

2013년 9월 9일 새벽, 스님의 입적 소식을 듣고 바로 조계사로 달려갔다. 먼저 스님이 기거하시던 조계사 안심당에 빈소를 마련하고, 조계사 대웅전에 분향소를 차려 조문받을 준비를 마쳤다. 조계사 행정국장 성진스님을 포함해 몇몇 실무자와 함께 장례 일정을 논의했다. 회의가 끝날 무렵 나도 모르게 깊은 한숨과 함께 "허전하다"는 말이 튀어나왔다. 불교 공부에 마음을 낸 사람 중에 무진장스님의 강의를 들으며 불교에 한 걸음 깊이 발을 들여놓은 사람들이 적지 않다. 나 역시 법정스님께 수계를 받고 나서 조계사 불교 기초

교리 과정을 신청하여 무진장스님의 강의를 들은 적이 있다. 그때 스님의 깊은 법력과 막힘 없는 변재辨才에 감탄하여 탄사가 절로 나왔던 기억이 있다. 이러한 스님과 스님의 삶을 흠모하는 많은 사람을 위해 이별의 자리를 마련하고 싶었다.

그래서 나는 전통 불교 장례의 '대숙야大宿夜'를 제안했다. 대숙야는 발인 전날, 곧 다비장에서 한 줌의 재로 흩어질 스승에 대한 연모와 가르침을 기리는 의식이다. 불교 전통의 추모 행사 정도로 생각해도 무방하다. 형식보다는 스님을 떠나 보내드리는 마음을 담는 것이 중요하다고 생각했다. 그래서 무진장스님의 대숙야는 전통 의식에 현대적 감성을 얹기로 했다. 대숙야는 총 3부로 나눠, 1부 '전통의식', 2부 '그리워하는 시간', 3부 '보내드리는 시간'으로 구성했다.

12일 저녁 7시 반, 스님들과 학생, 시민 등 천여 명이 조계사 대웅전 앞에 모인 가운데, 다섯 번의 타종으로 의식의 시작을 알렸다. 여러 전통 의례를 진행한 후, 조계사 주지 스님이 제를 올리고 제문을 낭독했다. 그리고 나서 생전 모습이 담긴 영상을 보며 스님을 회고하는 시간을 가졌다. 세기도 힘든 많은 사람이 운집해 있음에도 모두가 스님을 진심으로 그리워하는 듯 좌중은 고요하고 경건했다.

진명스님의 〈님의 침묵〉 낭독으로 2부 문을 열었다. 이 시간은 무진장스님에 대한 회고담과 추모 공연으로 채워졌다. 6년 동안 노숙하며 걸인들과 함께 생활하신 이야기, 대중에게 불법을 전하며 46년의 긴 시간 동안 조계사를 지키신 이야기, 일본 유학 시절 법문으로 받은 보시를 어려운 사람들에게 다 나눠주신 이야기 등 그 일화들은 그대로 법문이 되었다. 스님의 수행과 삶을 기리는 여러 스님의 조시弔詩와 조계사 혼성합창단의 조가弔歌가 이어진 후에, 스님과 인연이 깊은 재가자들의 이야기를 들으며 추모의 시간을 가졌다. 의례가 진행되는 동안 마당에는 가을비가 추적추적 내리고 있었다. 그럼에도 마당을 가득 메운 대중은 미동도 없이 자리를 지키며 소리 없이 눈시울을 적시고 있었다.

마지막으로 무진장스님을 보내드리는 촛불의식이 거행됐다. 조계사 포교사들과 청년회가 촛불을 들고 도랑길을 만들었다. 무진장스님의 법구는 이 길을 따라 안심당에서 대웅전을 지나 일주문 앞 운구 차량으로 이동했다. 일주문 앞에서 마지막 제를 올리고, 정든 조계사를 떠나는 길을 배웅하는 것으로 대숙야는 마무리되었다.

조계사를 떠난 운구차는 동국대 교정을 돌아, 다음 날 새벽 4시 다비식 장소인 범어사에 도착했다. 그리고 다음 날 늦은 오후, 스님은 장작으로 만든 침상에 모셔져, 청솔가지 이불을 덮으시고 붉은 불길 속에서, 세랍 82년의 생애를 마감했다.

처음 시도해본 대숙야였다. 의도했던 대로 이별의 의미를 되새기는 의식이 된 것 같아 만족스러웠다. 스승을 떠나보내는 슬픔과 안타까움도 있었고, 스승이 각자의 삶에 던진 의미를 되새기며 서원 하나씩을 다지는 따뜻함도 있었다. 그 후로 대숙야를 기획해달라는 스님들을 뵐 때마다 우리나라 장례문화가 좀 더 나아지는 데 보탬이 된 것 같아 뿌듯함을 느낀다.

스님, 불 들어갑니다

"스님, 불 들어갑니다!"

스님의 다비에서 가장 중요한 시간이다. 고통의 연속인 육신을 불태워 영원한 열반에 들어가는 시작을 알리는 소리다.

"육신을 벗어나소서."

불이 들어간다고 스님을 목청껏 부르는 이유다. 평소 스님을 따랐던 불자와 제자들은 나무아미타불을 외면서 불 주위를 빙빙 돈다.

2012년 '연등회燃燈會'가 국가무형문화재 제122호로 지정된 후, 대한불교조계종은 문화재 차기 등록 후보로 '다비茶毘'를 선정했다. 그런데 그때만 해도 문화유산으로서 다비의 가치를 조명하거나 체계적으로 정리한 자료가 없었다. 마침 2013년 2월 조계종 문화부에서 〈다비 현황 보고서〉를 작성하기 위해 조사단을 발족했는데, 나에게 자문위원을 부탁해왔다. 조사단과 함께 전국 사찰 중 다비를 시행하고 있는 대표적인 사찰 6곳, 해인사, 선암사, 범어사, 백양사, 수덕사, 봉선사를 직접 방문해 다비 담당 스님들을 찾아뵈었다. 주로 노스님이 맡고 계셨는데, 요즘 사찰에 염할 줄 아는 스님도 드물고, 다비하는 법을 배우고자 하는 젊은 스님도 없다고 하시면서 전승이 끊길 것을 염려하고 계셨다. 내가 자진해서 배우겠다고 나서자, 스님들은 흔쾌히 나무 쌓는 법, 불 붙이는 순서, 불길 관리하는 법 등을 자세하게 일러주셨다.

참나무로만 하는 다비는 시간이 오래 걸려 으레 밤을 새우게 된다. 법정스님의 다비는 오후에 시작해서 다음 날 오전까지 거의 20시간 동안 이어졌다. 밤새 추운 데서 벌벌 떨면서 기도하는 분들을 보면 숙연해지면서도, 한편으로는 다비 시간을 단축하면 더 많은 분이 함께하실 수 있지 않을까 하는 아쉬움이 들었다. 스님들이 알려주신 다비 방식을 토대로, 좀 더 시간을 단축할 수 있는 방법을 연구했다. 석 달 동안 궁리를 거듭한 결과, 현재 '연화다비'의 초기 형태를 만들었다. 직원들에게 들으니 그 당시 내가 틈만 나면 사무실 한편에 마련한 다비단 축소 모형을 쳐다보고 있었다고 한다. 결국 3시간 안에 마칠 수 있는 연화다비를 개발했다.

2013년 10월 20일부터 연화다비를 봉행하기 시작했다. 아무래도 당시엔 실전 경험이 부족하다 보니 생각지 못한 상황들이 발생했다. 불이 중간쯤 타올랐을 때 장작이 한쪽으로 기울어지기도 하고 무너지기도 여러 번. 장작더미 일부가 쓰러졌을 때는 내 마음이 타들어가는 것 같았다. 하지만 횟수를 거듭할수록 개선 방안이 떠오르고 나무와 불도 점점 내 의도대로 조절할 수 있게 되었다. 거센 비바람에도 다비를 할 수 있는 가림막도 개발하여 장맛비 속에서도 다비를 무탈히 치를 수 있게 되었다. 연화다비를 시작한 지 8년이 넘었다. 현재 전국의 스님 다비는 거의 연화다비로 봉행하고 있다. 이제 나는 여법한 다비장을 마련하는 데 정보와 설계를 제공하고 있다.

불자들은 다비장에서 영원할 것 같은 이 몸이 순간 재로 변하는 것을 목도한다. 제행諸行이 무상無常함을 일깨우는, 수행자가 육신으로 펼치는 마지막 법문! 이 법석法席을 만들어드릴 수 있다는 것이 얼마나 값진 일인가!

1. 수천 가지 죽음의 얼굴

5 ———— 고
인
의

자
리

마지막 소원

✺

IMF 외환 위기로 유독 더 춥게 느껴지던 1997년 겨울, 절에서 같이 공부하며 알게 된 분에게 연락이 왔다. 위독하신 어머니가 며칠째 곡기를 끊으셨는데, 어떻게 해야 할지 모르겠다며 집에 와줄 수 있냐고 하기에, 나는 서둘러 그분의 집으로 향했다.

40여 년 전 남편을 하늘로 떠나보내고 혼자서 두 아들 기르면서 온갖 고생을 하셨던 어머니는 바라는 것이 하나 있으셨단다. 급하게 망우리 공동묘지에 모셨던 남편의 시신을 양지바른 곳으로 옮기고 그 옆에 자신도 함께 있고 싶다는 것이었다. 그래서 두 아들이 얼마 전에 두 분을 모실 작은 땅을 마련해놓았고, 3주 뒤에 산소를 개장하기로 날을 받아두었다. 하지만 어머니가 저러고 계시니 하루하루가 불안하다고 했다. 그분과 이야기를 나누다가 이 문제를 주지 스님께 논의드려보자고 해서 연락을 드렸다. 스님은 사정을 다 듣더니, 그때까지 어머니에게 여유가 없을 것 같다면서 시일을 앞당겨 12월 30일에 이장을 하라고 하셨다.

대화를 마무리 짓고 나오는데, 그분이 누워 계신 어머니를 한 번만 보고 가라기에 무심코 방에 들어갔다. 맥이라도 짚어보려 했더니, 그분의 어머니가 가느다랗게 눈을 뜨으시며 나를 멍하니 처다보셨다. 그러곤 거실에서 나눈 이야기를 다 들으신 듯 나지막하게 "나, 아직 괜찮어"라고 하신다. 어찌나 민망스럽고 죄송스러웠던지, 그때 이후로 지금까지 돌아가시기 전에 환자분을 한번 봐달라고 하면 죄송하다는 말씀으로 사양해오고 있다.

12월 30일 이른 아침, 망우리 공동묘지를 찾아갔다. 산소를 개장하고 남편의 유골을 수습하여 그 자리에서 바로 화장을 했다. 지금은 그랬다간 경찰서에 잡혀가지만, 그때는 오래된 산소 정리를 대부분 그렇게 했다. 40~50분이 지나자 불길이 잦아들었다.

화장이 거의 끝나가던 오전 11시경 며느리에게 전화가 왔다. 어머니의 부고를 알리는 연락이었다. 40여 년 동안 가슴에 품고 있던 일이 이루어진 것을 알고 마음 편히 돌아가신 것 같았다. 다음 날 그분의 어머니를 염해드리면서 얼굴을 다듬어드리는데, "40년 숙제 잘 해줘서 고맙다"고 하시는 것만 같았다.

우리 아빠 목욕하고 나오시네!

배꽃이 하얗게 만개한 어느 봄날, 동탄에 대규모 아파트 단지가 들어서게 되면서, 그곳에 자리 잡고 있던 어느 교수의 아버지 산소를 이장하게 되었다. 의뢰를 받고 고인이 묻힌 묘소로 찾아가보니, 잡초 하나 없이 가지런한 풀들이 봉분을 에워싸고 있었다. 한눈에 봐도 그동안 가족들이 묘소를 정성껏 가꾸어온 것을 알 수 있었다.

교수의 가족들은 유난히 밝았다. 자식들이 모두 교수인데, 예상외로 개방적이어서 부부관계에 관한 얘기들도 스스럼없이 하는 것이, 모자 관계라기보다 친구 관계에 더 가까웠다.

그득한 배꽃 향기를 맡으면서 30년 된 산소를 개장해보니, 관이 제법 두꺼운 것이 돈 많이 들였을 값비싼 향나무 관이었다. 관 위와 옆의 흙에 약간 습기가 있어 나를 조금 긴장하게 만들었는데, 천판을 열어보니 역시나 관에 물이 반쯤 들어차 있었다.

이장을 하며 이런 경우를 많이 접하다 보니, 고인을 땅에 묻으려면 나무 재질이 연한 오동나무 관이나 값싸고 얇은 소나무 관에 모시라고 권한다. 값비싼 관들은 대개 두껍고 단단하여 땅속에서 아주 오랜 기간이 지나야 흙이 되지만, 얇은 관은 금방 썩게 되고 시신도 그에 맞춰 자연스럽게 분해되기 때문이다. 나무 특성상 습기를 먹으면 불어나서 틈이 없어지게 된다. 그러면 외부에서 물이 스며들었을 때 빠져나갈 수 없게 되어 시신이 물에 잠겨 있게 되는 것이다.

다행스럽게도 이번 경우는 계속 물속에 계신 것이 아니라, 비가 많이 오면 물이 차 있다가 시간이 지나면 서서히 아래로 빠져나갈 수 있는 상태였던 것 같았다. 물이 반쯤 차 있는 관 속을 더듬어보니 유골이 만져졌다. 가족들이 이 상황을 보면 놀랄 것이 분명했다. 그래서 가족들에게 대강 상황을 알려주고 나서 잠깐 자리를 피해 달라고 했다. 하지만 가족들은 험한 모습일지언정 우리 아버지라며 걱정하지 말라고 했다.

물속에서도 육탈[肉脫(매장한 시신의 살이 완전히 썩어 뼈만 남음)은 잘 되어 쉽게 유골을 수습할 수 있었다. 어찌 되었든 이를 본 가족들의 마음이 착잡할 것 같아 걱정되었다. 그런데 이장을 의뢰하신 교수님의 밝은 목소리가 들렸다.

"우리 아빠 목욕하고 나오시네! 아빠, 나오셔서 배꽃 좀 보세요. 이렇게 꽃이 활짝 피었네요!"

그 한마디에 걱정스럽게 지켜보던 가족들의 얼굴에서 어두운 그림자가 단번에 사라졌다. 그러곤 형제들도 저마다 한마디씩 유쾌한 말로 거들었다. 무겁던 분위기가 금세 밝아졌다. 일하던 우리도 마음이 놓이면서, 손가락뼈 발가락뼈 한 개라도 남김없이 다 찾아드리려고 두 번 세 번 확인했다.

　세상사 같은 상황이라도 어떻게 받아들이느냐에 따라 삶의 질이 바뀐다. 그것이 쌓여서 인격이 되는 것이고, 그렇게 되어야 여유 있는 말도 나오리라.

소나무와 두골

지인의 가족 산소 몇 기를 정리할 때다. 정리하는 김에 친척 중 자손 없는 분의 산소도 같이 정리해야겠다고 생각이 들어, 오랫동안 돌보지 않던 산소를 찾았다. 사람의 발길이 끊어진 지 오래인 듯, 사람 키만큼 자란 잡초가 지천이라 산소 찾기가 쉽지 않았다. 어렵게 어렵게 결국 찾기는 했는데, 세상에…. 봉분 위로 소나무가 자라나 있었다. 아마 자란 지 몇 년은 되었던 듯싶다. 질기고 억센 뿌리가 어찌나 깊이 엉겨 있던지, 두 시간 정도를 씨름했던 것 같다. 지면에서 1미터 이상 광중을 파 내려가니 다리 유골이 그 모습을 드러내기 시작했다. 다리부터 머리쪽으로 점차 올라가며 골반, 팔 등 굵은 뼈들을 찾아갔다. 그런데 어떻게 된 일인가? 머리가 있을 곳에는 아무것도 없었다.

잔뼈들은 나무뿌리에 의해 없어지는 경우가 많다. 하지만 다리, 팔 등의 굵은 뼈가 있다면 두골頭骨 역시 꼭 있어야 한다. 그런데 머리는 안 보이고, 대신 나무뿌리만 무성했다. 뿌리를 하나씩 끊어가며 땅굴 파듯 깊이 파보았지만 땅 밑으로 깊게 뻗은 뿌리만 있을 뿐이었다. 시간이 계속 지체되자, 나이 지긋한 어르신 한 분이 나무뿌리 때문에 없어진 거 같으니 그만하라고 하셨다.

그래도 두골인데 꼭 찾아드리고 싶었다. 60cm 남짓 더 파 들어 갔을 때 무언가가 잡혔다. 조심스럽게 주변을 약간 넓히고 잔뿌리를 끊어내니, 그제서야 보인다. 반가운 마음에 조심스레 흙 털어드리고 머리 유골을 위로 올려 보이면서 "여기 찾았습니다!" 외쳤다.

누군가는 '뼈 하나쯤이야' 하고 대수롭지 않게 넘길 수도 있다. 하지만 처음 산소 일을 가르쳐주신 선배들이 뼈 하나하나에도 정성을 다해야 한다고 누누이 말했었다. 하나라도 놓치면 영가가 꿈에 나타나서 "내 다리뼈 내놔라" 한다나? 어차피 땀 흘리며 일하러 간 것인데, 30~40분만 더 힘들면 되는 거다. 자칫 흙에 묻힐 뻔한 유골을 찾을 수 있어서, 고인에게 최선을 다했다는 생각에 마음 한 자락이 뿌듯했다.

삼성가의 유족들

※

2020년 10월 25일, 오대산 월정사 육수암에서 수행정진하셨던 뢰묵스님의 다비를 마무리하고 있는데, 전화가 울렸다. 전화를 받아보니, 다짜고짜 빠른 시간 내로 수원으로 올 수 있냐고 물었다. 누구시냐고 물으니 삼성 직원이라고 하면서, 외부에는 절대 알리지 말고 꼭 필요한 인원만 데리고 오라고 했다. 무슨 일이냐고 묻지는 않았다. 이미 그날 새벽에 삼성 이건희 회장님이 별세하셨다는 소식을 들었기 때문이다. 나머지 뒷정리는 직원들에게 맡기고 바로 수원으로 출발했다.

단풍 관광이 한창일 때라 차가 생각보다 많이 밀렸지만, 다비식이 계획보다 두 시간 앞당겨진 덕에 다행히도 너무 늦지 않게 약속 장소에 도착했다. 삼성 직원들의 안내를 받아 선산으로 들어서니, 결 고운 넓은 잔디밭이 눈에 먼저 들어왔다. 골프장 페어웨이보다 더 정갈하게 관리된 잔디밭이었다. 삼성 측은 이곳에 이건희 회장님 묘소 조성 작업을 해달라고 했다. 그리고 선산 관리자는 고인에 대한 예를 최대한 갖추고 싶다며, 광중을 팔 때 기계를 이용하지 말아달라고 부탁했다.

다음 날, 땅을 파기에 앞서 산신제(개토제, 참파토)를 먼저 지냈다. 유족과 상관없이 인부들을 위해 진행하는 제사다. 매장은 산을 건드리는 일이기에, 산신령에게 앞으로 행할 일에 대해 고하며 양해를 부탁드리는 것이다. 대개 광중을 조성할 때는 포클레인을 이용하는데, 기계의 힘을 빌리지 않고 삽으로 직접 땅을 파내는 것도 정말 오랜만이었다. 다른 일은 제쳐두고 이 일만 하는 것이다 보니 시간에 쫓길 일도 없어, 오로지 고인이 묻힐 땅을 다듬는 데에만 집중할 수 있었다. 광중을 조성한 뒤 흙과 회를 섞어 관을 모실 내광內壙을 준비하기까지 꼬박 이틀이 걸렸다. 그리고 28일에 운구와 하관, 취토(하관 후 광중을 메우기 전에 길방吉方의 흙을 퍼서 광중의 네 모서리에 넣는 의례), 평토(관을 묻은 뒤에 흙을 쳐서 평지같이 평평하게 메우는 의식) 등의 행사가 예정되어 있어서, 틈이 날 때마다 예행 연습을 해보며 시간이 총 얼마나 걸리는지, 유족들에게 어떻게 안내할지 등 세세하게 점검했다.

하지만 규모가 큰 행사에는 늘 변수가 따라다니기 마련. 행사 당일 이른 아침 최종 점검회의를 하는데, 삼성 실무자들이 갑자기 오늘 행사에 스님들이 오시기로 했다며, 우리가 준비한 계획이 스님들의 의식과 잘 조화될 수 있을지 걱정된다고 했다. 어떤 스님이 오시는지는 실무자들도 모르는 듯했다. 전날 삼성의료원 장례식장에서 고인을 입관할 때 어떤 스님들이 다녀갔다는 소식을 이미 들은 바 있어, 혹시나 하고 그 스님에게 연락해서 대뜸 수원에 몇 시에 도착하느냐고 능청스레 여쭤보니, 스님이 어떻게 알았냐며 당황해하셨다. 상황을 말씀드리니, 스님은 준비한 대로 진행토록 하고 자신들은 옆에서 염불만 하겠다고 하셨다. 조금 후에 삼성 실무자들에게 스님들과 조율을 마쳤다고 말하자, 어느 스님이 오시는지도 모르지 않냐며 의아해했다. "우리나라에서는 삼성 정보력이 최고지만, 장례업계 소식은 나도 조금은 알고 있다"고 너스레를 떠니, 웃으면서 안도했다.

정오가 다 되어갈 때쯤, 상주인 이재용 부회장을 비롯하여 유족과 삼성 전·현직 사장단이 도착했다. 계획한 대로 고인을 광중 앞으로 운구하여 스님들의 염불 소리와 함께 하관을 진행했다. 그리고 이어지는 취토에는 유족들만 참여하기로 되어 있었는데, 이 부회장이 아버지에겐 사장단도 소중한 가족이라며 함께할 수 있으면 좋겠다고 제안했다. '맞다. 어쩌면 가족들보다 더 많은 시간을 함께한 사람들이지.' 참여한 모든 사람이 한 명씩 순서대로 참여하느라 예정된 시간을 훌쩍 넘겼지만, 고인에 대한 애틋한 마음을 느낄 수 있어 가슴이 뭉클했다.

　유족과 사장단이 천막 앞에서 대기하는 동안, 나는 직원들과 함께 회를 섞은 흙으로 평평하게 땅을 다진 뒤, 평토제를 준비했다. 유족들과 사장단 대표가 순서대로 잔을 올리고 전부 내려갔는데, 마지막까지 남아 있던 이 부회장이 우리에게 찾아와서 수고 많으셨다고 인사를 했다.

이틀이 지난 30일, 우제虞祭를 지내기 위해 유족들과 함께 다시 선산을 찾았다. 이틀 동안 나는 봉분에 빗물이 고이지 않도록 흙을 경사지게 쌓아 사성莎城(무덤 뒤를 반달 모양으로 두둑하게 쌓은 흙더미)을 만들어 두었는데, 작업이 잘 되었는지 봉분 주변에서 이것저것 다시 한번 살폈다. 그때 이 부회장이 환한 미소를 지으며 다가왔다. 눈을 마주치니, 아버지 산소 일을 맡아주어 다시 한번 감사하다며 고개를 숙였다. 옆에 계시던 홍라희 여사도 이 일이 정리되면 따로 인사드리겠다고 거들었다. 진심 어린 감사의 말을 하는 유족의 모습에서 예상치 못한 겸손함을 느꼈다. 유족에게서 감사 인사를 받는 건 으레 있는 일인데, 나는 왜 그들의 인사에 흠칫 놀란 걸까? 재벌에 대한 막연한 편견을 가지고 있었던 모양이다.

유족들은 조성된 묘에 스님이 전해준 전단향栴檀香(인도에서 나는 향나무의 하나인 전단의 뿌리로 만든 향)을 피우고 광명사光明砂(광명진언光明眞言에 맞춰 108번 정성껏 씻어 말린 모래)를 뿌린 다음, 술을 올리고 절을 했다. 이를 지켜보는데, 문득 삼성 측에서 나를 어떻게 알고 연락했는지 궁금해졌다. 의식을 마친 이재용 부회장에게 다가가, 큰일에 참여하게 되어 영광이었다고 전한 뒤, 어떻게 나를 부르게 되었는지 물었다. 그러자 옆에 있던 전무가 11년 전 노무현 전 대통령 장례 때부터 나를 주목해왔고, 회장님이 쓰러진 직후부터 실무적인 검토를 해왔다고 대답했다. 내색은 하지 않았지만, 정신이 번쩍 들었다. 내가 어떻게 일하는지 지켜보는 사람들이 있었다니….

잘 죽으려면 잘 살아야 한다. 죽음을 대면하며 살아가는 나는 평소에 어떻게 잘 살 것인가를 고민해왔다. 그런데 잘 살아야 하는 또 다른 이유가 생겼다. 누군가가 나를 지켜보고 있다는 것. 나를 지켜보고 있는 사람은 또 있다. 내 자식들. 이 아이들의 첫 세상은 아버지인 나였다. 나를 통해 세상을 배운 아이들이다. 지금은 어엿한 사회인이 되어 굳이 내가 아니더라도 세상에 대해 차고 넘치게 배운다. 그래도 여전히 아버지라는 존재는 자식들에게 삶의 거울과도 같다. '아버지처럼 살아야지' 혹은 '아버지처럼 살지 말아야지'라는 생각을 갖게 하는 가치 척도 같은 존재다.

젊었을 때는 내 생각이 옳다고 여기며 살았다. 하지만 수십 년을 죽음과 대면해오면서 삶에는 정답이 없다는 사실을 깨달았다. 정답 없는 인생에서 잘 살기란 한양에서 김 서방 찾기와 마찬가지다. 그래도 잘 사는 것이라고 할 수 있는 한 가지는 '살아 있는' 사람처럼 사는 것이다. 살아 있음에도 죽은 것처럼 사는 사람도 많다. 생기生氣는 죽은 사람이 아닌 살아 있는 사람에게 쓰는 말이다. 살아 있는데도 생기 없는 사람이 얼마나 많은가. 자신이 좋아하는 일에 열정을 쏟을 때 생기가 돌고 '살아 있는' 사람이 된다. '대통령 염장이'라고 세간에 알려져 있기는 하지만, 이것을 자랑거리로 삼진 않는다. 다만 고인이 어떤 사람이든 죽음을 맞이한 자를 편안하게 보내는 일은 아이러니하게도 나에게 생기를 불어넣는 듯하다.

'장례는 원불교식으로 진행한다' '장지는 용인 에버랜드다' 등등의 추측성 기사들이 무성할 때 장례 당일에서야 장지가 수원 선산으로 알려지게 된 것과 같이, 49재 당일이 되어서야 재가 진관사에 열린다는 소식이 밖으로 알려지게 되었다. 외부에 알려지지 않기를 원하면, 그렇게 해드리는 것이 예의며 도리다.

웰다잉 안내자

2부

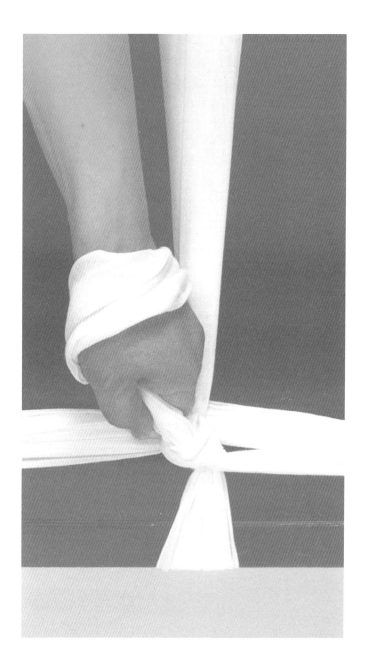

1 —— 장례지도사란 직업

시신이 두려우면 장례지도사가 될 수 없다

✳

고우신 할머니를 염할 때였다. 고인의 몸을 천으로 가린 채 알코올 솜으로 고인을 닦으려는데, 어떤 중년 여성이 빠른 걸음으로 고인 곁에 다가왔다. 그러더니 "엄마!" 하면서 갑자기 고인의 얼굴을 덮은 천을 손으로 확 걷었다. 딸은 엄마의 얼굴을 보더니, 바로 그 자리에서 기절하고 말았다.

이를 본 사람들은 '엄마의 죽음에 충격이 컸구나' 또는 '슬픔을 견디지 못했구나'라고 평했다. 그런데 그게 진짜 이유가 아니었다. 시신에 대한 공포, 두려움 때문이었다. 색깔이 누렇게 변한 고인의 얼굴을 보고 두려움을 느낀 것이다. 옆에 있던 사람들이 기절한 딸을 한쪽에 눕히고 손발을 마사지하자 차츰 정신을 차렸다. 그러고는 넋이 나간 듯 초점 없이 축 늘어진 채 의자에 앉아 있었다. 수의 입히고 얼굴 다듬어드리는 것을 밖에서 보고 있었더라면 그나마 괜찮았을 텐데, 갑자기 보았으니 충격이 컸을 것이다.

많은 사람이 시신을 무서워한다. 물론 가족이나 사랑하는 사람의 죽음을 눈앞에서 겪은 사람은 아니라고 말할 수도 있겠다. 하지만 죽은 사람을 붙잡고 흔들며 껴안는 사람들은 겁이 없어서가 아니다. 죽었다고 느끼지 않기 때문이다. 안타까움과 슬픔이 너무 큰 나머지 죽음을 실감하지 못하는 것이다.

'시체=무섭다'라는 공식은 미디어가 심어준 선입견이다. 많은 사람은 인간을 괴롭히고 해치는 좀비나 강시로 묘사한 공포 영화를 통해 시체를 경험한다. 어렸을 때부터 이를 접해온 사람들은 자연스럽게 시신을 무섭고 두려운 존재로 여기게 된다.

그래서인지 시신을 만지면 무섭지 않으냐는 질문을 많이 받는다. 하지만 시신을 두려워한다면 장례지도사가 될 수 없다. 물론 옛날 장의업을 하던 사람 중에는 돈벌이가 목적이어서 염습을 억지로 하는 이들도 더러 있었다. 예전 영안실에서는 염할 때 늘 소주를 달고 산 사람도 있었다. 겁을 없앨 요량이기도 하고, 술김에 후딱 일을 해치우기 위해서였다. 원치 않은 일을 하면서 살아가니 자연스레 성격이 무뚝뚝하고 표정이 어두운 분들도 많았다.

요즘 장례지도사들은 전혀 그렇지 않다. 광고에도 예를 중시한다고 대놓고 말하는데, 소주가 웬 말이겠는가? 요즘 장례지도사는 전문가다. 자신의 직업에 자부심을 느끼는 장례지도사도 많다. 이런 이들이 시신을 두려워한다면 자부심을 느끼며 이 일을 계속할 수 있을까?

정말 무서운 건 장례지도사가 혼자 있을 때 아무도 자기를 보지 않는다고 생각하는 것이다. 이러한 모습은 장례식장에서도 종종 볼 수 있다. 고인이 더 이상 듣지 못한다고 생각하고 고인에 대해 함부로 말하는 사람들이 있다. 이것은 교만이다. 교만은 실수를 하게 만들고, 죄를 짓게 만든다. 그곳에서 실수하고 죄 짓는 것을 아무도 모른다고 해도, 본인만은 알고 있다. 본인이 안다는 사실이 중요하다. 자책과 죄책감이 자신을 괴롭힌다는 걸 누구보다 잘 알고 있다. 어떻게 보면, 산 사람이 더 무섭다. 앞에서는 웃고 뒤에서 뒤통수치는 게 산 사람 아닌가.

으레 같이 일하는 사람들은 고인 앞에서 말을 조심한다. 그리고 유족이나 조문객에게도 고인이 들으니 웃거나 말실수하지 말라고 주문한다. 물론 고인이 진짜 듣는지는 아무도 알 수 없지만, 이 말은 자기도 모르게 교만해진 마음에 브레이크가 되어준다.

나는 시신에 대한 겁이 처음부터 없었다. 어렸을 때 우리 집은 집안의 어르신이 돌아가시면 가족들이 손수 염습을 하셨다. 나는 자연스레 이 모습을 보면서 자랐고, 그 때문에 시신에 대한 두려움이 없었다. 서른여섯 살에 처음 염습을 배우러 간 날도 그랬다. 고인이 할머니여서 여자 염사가 염을 주관했는데, 나는 옆에서 그분을 따라 했다. 왼팔을 닦으면 나는 오른팔을 닦고, 왼쪽 다리를 닦으면 나는 오른쪽 다리를 닦았다. 할머니의 차가운 살결이 손에 닿을 때마다 왠지 애틋하게 느껴졌고, 우리 할머니의 모습이 생각이 나서 친근한 마음까지 들었다.

장례지도사는 나에게 돈벌이 정도의 단순한 직업이 아니다. 시신에 대한 거부감이 없는 데다, 염습이나 산소 일을 완벽하게 해냈을 때의 뿌듯함이 돈을 만졌을 때의 만족감보다 크다. 유족이 위로받는 모습을 보면 보람을 느낀다. 장례지도사로서의 이 일은 내 삶의 이유이자 사명이다.

요즘은 평생직장 개념이 거의 사라졌다. 하지만 내 사명이라고 느끼는 일을 발견한 순간, 그것은 평생 놓지 못하고 붙드는 직업이 된다.

영혼의 존재를 믿는 사람

"에비! 밤에 안 자면 에비가 잡아간다."

요즘 부모들도 '에비'라는 말을 잘 쓰는지 모르겠다. 내가 아이들을 키울 때까지만 해도 '에비'라는 말을 심심치 않게 썼다. 무서운 존재를 막연하게 '에비'라고 했는데, 내가 진짜 '에비'를 만나게 될 줄이야….

에비의 어원은 다양하다. 알려진 어원 중 가장 그럴듯하면서 또 내가 경험으로 알게 된 바로는, 귀와 코를 의미하는 '이비耳鼻'다. 임진왜란과 정유재란 때 일본은 조선을 침략해 닥치는 대로 민초를 죽이고 집과 세간을 불태웠다. 그들은 죽인 조선인의 수로 자기 공적을 나타냈다. 그 증거인 머리를 다 배에 싣고 갈 수 없으니, 코와 귀만 베어 소금에 절여서 가져갔다.

　배에 가득 실은 귀와 코 더미가 그들의 자랑이었다니, 얼마나 잔인하고 끔찍한가! 바다를 건너는 배에서는 피비린내가 진동하고 날파리가 들끓었을 것이다. 그걸 그들의 나라로 옮겨 수를 세고, 수에

비례해 상을 받았을 걸 떠올리니, 나도 모르게 혀를 내두르게 된다. 그렇게 귀와 코는 우리의 가슴 시린 역사 속에서 무섭고 끔찍한 존재를 이르는 대명사가 되었다. 일본 교토와 후쿠오카, 오카야마 등지에서는 당시 가져간 조선인의 코와 귀를 묻은 무덤을 볼 수 있다. 전쟁 통에 죽은 이들을 제대로 장례 치르기란 쉽지 않았을 것이다. 귀와 코가 없는 사람의 장례라니, 살아남아 이 장례를 이끌어야 했던 사람들도 비참하기는 마찬가지였으리라.

1993년 찬 기운이 그득한 늦가을 어느 날, 한 선배가 일본에 있는 귀와 코 무덤의 일부를 전북 부안군의 호벌치 전적지로 이장하는 행사를 도와달라고 했다. 그리고 한 맺힌 혼을 위로하는 제사도 지낸다고 했다. 물론 매장된 지 오백 년이 훌쩍 넘어 유골이 남아 있을 리 만무했지만, 그들의 원혼은 흙 속에 그대로 남아 있을 듯했다. 살면서 한 맺히는 일은 누구에게나 있다. 하지만 죽어서 당한 치욕만 한 한이 또 있을까. 죽으면 끝인데 죽은 다음에야 무슨 한이 서리겠냐고 반문하는 사람도 있을 것이다. 이렇게 말하는 사람들에게 나는 이날 경험한 기이한 일을 이야기해준다. 귀와 코 무덤을 이장하던 그날, 나는 기묘한 경험을 했다.

일본에 있는 조선인의 귀·코 무덤에서 가지고 온 흙을 호벌치에 묻은 후, 곧바로 그들을 위한 위령제를 지내려고 할 때였다. 우리는 호벌치 행사장을 고인들을 애도하는 만장으로 장엄했다. 그런데 갑자기 광풍이 불기 시작했다. 말 그대로 바람이 미친 듯이 불어젖혔다. 만장이 팽팽하게 펄럭이는가 싶더니 깃대가 꺾일 정도로 바람이 휘몰아쳤다. 제사를 지내는 내내 바람은 그칠 줄 몰랐다. 가지런히 놓인 제사상이 혹여 바람에 날아가기라도 할까 봐 걱정이 이만저만 아니었다.

스님들이 주관하는 제사라서 생선과 육고기는 올리지 않았다. 그런데 이를 지켜보던 마을 사람들이 이런 제사상이 세상에 어디 있냐며 한마디씩 하기 시작했다. 부안은 해안 지역이라 제사상에 반드시 생선을 올리는 전통이 있었다. 결국 마을 사람들은 빛깔 좋고 실한 생선을 가져왔고, 이를 제사상에 올리겠다고 스님들과 실랑이를 벌였다. 결국 상 아래에 생선을 놓는 것으로 조율이 되었다. 바람은 미친 듯이 불지, 사람들 사이에 예상치 못한 옥신각신이 벌어지지, 그 모든 상황이 사람의 혼을 쏙 빼놓았다.

이런 와중에도 제사는 잘 끝났다. 어렵사리 끝내고 보니, 마치 다른 시공간에 들어갔다 나온 것처럼 조금 전의 상황이 까마득하게 느껴졌다. 제사를 마치고 목을 축일 겸 바로 옆에 있는 면사무소에 들렀다. 작은 슈퍼마켓에 모여 있는 주민들에게 물었다.

"아휴, 그런 바람 처음 맞아봤어요. 바람 때문에 피해 없으셨어요?"

그러자 한 분이 눈을 동그랗게 뜨고 말했다.

"무슨 바람이요? 오늘처럼 날씨 좋은 날도 드문데…"

호벌치와 불과 5km도 채 되지 않은 바로 옆 면내였음에도 광풍은커녕 바람 한 점 없었다고 했다. 제사를 지내는 그 순간 호벌치에만 광풍이 몰아친 것일까?

중국 하이난에서 망고 농장을 운영하고 있던 한국인 사장님이 대한불교조계종에 연락하여 천도재를 지내달라고 부탁했다. 2001년 1월 나는 그 행사에 진행보조원으로 참여하게 되어 사연을 들을 수 있었는데, 가슴 아픈 우리 역사가 그곳에도 묻혀 있었다.

그는 우리나라에 망고가 흔하지 않던 시절, 큰 포부를 가지고 중국 정부로부터 하이난에 있는 400만 평의 땅을 임차해 1995년부터 망고와 캐슈너트 농장을 일구어가고 있었다. 그러던 중 인근에 조선인 1,200여 명이 매장된 '천인갱千人坑'이 있는 것을 알게 되었다고 한다. 제2차 세계대전에서 패한 일본군들이 노동자로 끌려온 조선인들을 이곳에 모아놓고 무참하게 살해하고 파묻은 곳이다.

그의 안내를 받으며 찾아가보니, 유골이 가득 담긴 상자들이 눈에 들어왔다. 망고 농장 사장님이 유골을 수습하여 보관한 것이었다. 적지 않은 수의 유골 상자가 창고에 모셔져 있었다. 요즘 같으면 유전자 분석으로 유골의 신원을 확인할 텐데, 당시에는 그렇게 하기 어려웠다. 최선의 방법은 유골을 고향으로 돌려보내고 제대로 장례를 치르는 것이었다.

유골을 가지고 우리나라로 돌아오기 전, 하이난에서 억울하게 목숨을 달리한 혼을 위로하기 위해 천도재를 지냈다. 가만히 있어도 땀이 주르륵 흐르는 더운 땅에서 갑자기 거센 바람이 불기 시작했다. 장엄한 만장들이 이리저리 휘날렸다. 마을 사람들은 한국인이 지내는 천도재를 신기해했지만, 낯선 광풍에 더욱 놀라는 모습이었다. 한 맺힌 혼들이 바쁘게 움직이는 듯, 공중의 바람은 예측할 수 없을 정도로 방향 전환을 수없이 반복하며 그들을 위한 제사를 맞이하는 것처럼 느껴졌다.

30여 년 세월을 장례지도사로 일하면서 수천 건의 장례를 치렀다. 그런데 세월이 흐르면 흐를수록, 경험이 쌓이면 쌓일수록 영혼의 존재를 부정할 수 없게 된다. 죽으면 모든 게 끝이고, 아무것도 없다고 말하는 사람들도 있지만, 죽지 않고서는 모르는 일이다. 다만 죽음을 가까이, 그리고 빈번히 접하는 나로서는 영혼의 존재를 부지기수로 느낀다. 영혼의 무게를 느끼기에 스스로 생을 끊으려는 사람들을 붙잡아주고 싶은 마음도 크다. 한 맺힌 죽음을 위로하는 제사에 더 마음이 쓰이는 이유다.

예를 행하는 사람

장의사, 염장이가 되겠다고 마음먹은 건 36살 때였다. 요즘은 대학에 장례학과가 있고, 사회 초년부터 장례지도사를 직업으로 선택하는 젊은이들이 많아졌지만, 30년 전에는 30대 장의사는 거의 찾아볼 수 없었고 대부분이 50~60대였다.

젊은 나이에 왜 죽음을 마주하는 직업을 택했냐고 묻는 사람이 많았다. 그리고 그 물음 뒤엔 '다른 일 찾아보라' '나중에 딸을 어떻게 시집보내려고 그러느냐' 등의 곱지 않은 시선이 뒤따랐다. 직업에는 귀천이 없다던 말도 다 거짓이었다. 나와 악수하기를 꺼리는 사람들도 더러 있었고, 심지어 지인들의 결혼식에 참석했다가 장의사가 결혼식장 왔다고 부정 탄다는 말까지 들어본 적도 있다. 대놓고 말은 하지 않아도 그런 표정을 읽을 수 있었고, 뒷담화를 하는 게 느껴지니 마음이 많이 불편했다. 시간이 지나면서 꼭 가야 하는 가까운 친척들 결혼식 외에는 가지 않게 되었다.

대통령 몇 분의 장례를 진행한 후로는 다른 상갓집도 피하게 되었다. 지인들이 나한테 장례를 맡기지 않아 미안해하는 것도 불편했고, 장례를 진행하는 사람들이 대부분 후배이거나 제자다 보니 그들과 그렇게 대면하는 것도 어색했다. 하도 남의 경조사에 참석하지 않다 보니, 선·후배, 친구 들에게 오해를 사기도 한다. 참석하지는 않으면서 축의금이나 조위금만 보내는 것이 애매할 때도 많다. 내게도 말 못 할 사연이 있다는 것을 이해해주었으면 좋으련만.

장례지도사에 대한 편견은 여전하지만, 장례지도사란 직업을 대하는 태도는 예전과 비교할 때 많이 달라졌다. 천한 직업이라 여기던 예전과는 다르게 요즘은 전문적인 기술을 가진 직업이라 인정받고 취직도 잘 되다 보니, 이 일에 뛰어드는 젊은 사람들이 많아졌다.

'대통령 염장이'라는 별명이 붙은 후로 나에게 염습을 배우고 싶다고 찾아온 사람이 적잖이 있었다. 그들 중에는 친정과 시댁의 부모님들을 직접 염해드리고 싶어서 배우러 온 사람도 있었다. 그중 한 분은 지금 내가 운영하는 장례문화원에서 연구원으로 일하며 염습과 장례 기획, 장례지도사교육원에서 강의도 한다. 그러나 도중에 다른 일을 찾아 떠난 사람이 더 많다. 장례지도사가 평범한 직업은 아니니, 그들을 이해할 수 있다.

그중에는 무슨 일이든 시키는 대로 다하겠다면서 한여름에도 긴소매 와이셔츠만 입는 사람이 있었다. 입이 무거워 장례업에 딱 맞는 사람이었는데, 나중에 알고 보니 그는 조폭 출신이었다. 온몸에 문신, 칼자국이 있던 그는 조폭 생활을 청산하고 의미 있는 일을 하고 싶어서 찾아왔다고 했다.

당시 나는 어린이 전문 병원과 협업하고 있었다. 그러다 보니 자연스럽게 소아암이나 희귀 불치병으로 일찍 세상을 떠난 아이들의 장례를 그에게 가르치게 되었다. 아이의 고사리 같은 작은 손을 닦을 땐 나도 자식 키우는 사람으로서 마음이 쓰라렸다. 하지만 감정에 휩싸이면 절대 이 일을 제대로 해내지 못한다.

그는 그러지 못한 듯했다. 몇 차례 장례식을 진행하고 나더니, 도망치듯 떠나버렸다. 아이의 시신을 닦을 때 자신의 네 살짜리 아들 얼굴이 떠올라서 도저히 더는 할 수 없을 것 같다는 말을 남겼다. 온몸에 문신을 한 겉모습과는 다르게 마음이 여린 사람이었다.

마음이 여린 사람도 장례지도사가 될 수는 있다. 하지만 쉽지는 않다. 이 일을 하려면 자신의 마음과 생각을 먼저 단속해야 한다. 어떤 상황에서도 흔들리지 않을 수 있어야 한다. 간호사처럼 환자와 일정한 거리두기를 하면서도, 관심과 배려를 적절히 유지하는 자세가 필요하다.

핑계 없는 무덤, 이유 없는 죽음은 없다. 죽음의 사연을 알고 나면 로봇이 아닌 이상 고인에게 마음이 쓰인다. 장례지도사가 마음이 여리면 쉽게 겁을 먹고, 유족이 울면 따라 울기도 한다. 장례지도사에게 장례식장은 일터다. 흔들리는 마음으로는 일을 제대로 할 수 없다.

하지만 고인을 돈으로 보는 사람은 장례지도사가 되어서는 안 된다. 장례지도사는 한 인생의 마무리를 자신의 손으로 대신 해준다는 사명감으로 일하는 사람이다. 한 달에 몇 건의 장례를 치렀는지, 이것으로 얼마나 벌었는지, 목표 수익을 달성하기 위해 어떻게 해야 하는지, 이런 것들을 생각하기 시작하면 더 이상 염장이라 할 수 없다. 돈을 따라가다 보면, '예'는 사라지고 '일'만 좇게 된다. 나는 단순히 '일'을 처리하는 사람이 아닌, '예'를 행하는 사람으로 남고 싶다.

염습하는 것은 몇 가지 기술만 익히면 누구나 할 수 있다. 하지만 사명감이 일보다 앞서지 않으면 아무나 할 수 없고 한 달도 하지 못하는 것이 장례지도사, 염장이의 일이다.

한 인생을 두 손으로 보내주는 사람

✳

나에게 처음 염습을 가르쳐준 스승은 나보다 나이가 한 살 어렸지만, 생각만큼은 어느 누구보다 어른이었다. 나이가 많다고 다 어른은 아니다. 생각이 어른이어야 어른인 법.

1991년 전남 광주에서 장의사를 시작한 그는 청렴하고 올곧은 젊은 염사로 정평이 나 있었다. 그가 여자 시신을 염습할 때면 반드시 여자 염사와 동행했다. 여자 시신은 여자 염사가, 남자 시신은 그가 주도했다. 당시 여느 염사처럼 시신을 완전히 벗겨놓는 일도 절대 없었다. 늘 수시포(시신을 덮는 홑이불)로 시신을 덮어 알몸이 안 보이게 한 상태에서 임종 때 입고 있던 옷을 벗겼고, 몸을 닦을 때도 그 부분만 내놓고 닦았다. 또 정찰제로 운용하여 비용도 정확히 정해진 금액만큼만 받았다. 여자 염사가 거의 없고 장례 비용은 부르는 게 값이었던 당시로서는, 이 모든 것이 파격적인 행보였다.

그에 대한 미담이 퍼지자, 광주에서 오랫동안 공부하며 살아온 한 어르신이 그를 주축으로 한 상조회를 결성했다. 그 어르신은 광주에서 많은 사람에게 베풀며 살아서 이름깨나 알려진 이들과 인

맥을 맺고 있었다. 이로 인해 많은 이가 상조회에 들어왔고, 빠르게 규모가 커져 자금이 상당히 많이 모여들었다. 그 돈으로 4층짜리 건물 전체를 전세로 얻었으니, 그 규모가 어느 정도였을지 충분히 짐작할 수 있을 것이다. 건물 1층에는 자금을 철저하게 관리하기 위해 새마을금고와 불교용품을 판매하는 매장을 두었고, 2층은 장의사, 신도회, 청년회 등의 사무실, 3층은 법당, 4층은 공동생활을 위한 공간으로 사용하였다.

나는 1994년 7월부터 석 달 동안 수시로 광주에 내려갔다. 건물 4층에서 먹고 자면서 염습을 비롯한 장례 업무와 회계, 회원 관리, 장부 정리 등의 사무 업무는 물론, 고인과 유족을 대하는 마음 자세 등을 배워나갔다.

그때 내 스승이 내게 누누이 강조한 것은 세 가지다. 고인과 유족을 돈으로 보지 말 것, 따로 홍보하지 말고 일 잘해서 입소문 나게 할 것, 마지막으로 장례 공부를 계속할 것. 진정성과 실력만 있으면 자본 없이도 장의사는 할 수 있다고 했다. 그의 세 가지 가르침은 현재까지 내 머릿속과 가슴속에서 살아 숨 쉬고 있다.

나의 스승은 몇 년이 지난 뒤, 머리 깎고 스님이 되었다. 그에게 돈이 그렇게 따랐지만, 그는 돈과는 거리가 먼 길을 선택한 것이다. 2019년 여름, 그가 모시던 은사 스님의 장례와 다비를 하러 갔다가 20여 년 만에 그와 다시 만나게 되었다. 그때 나는 그에게 출가한 이유를 물었다. 그는 '죽음이 무엇인가?'에 의문을 품고 있다가 주변 인연으로 장의사를 시작했는데, 상조회원이 많아지면서 장례 일이 초심과 거리가 멀어져가는 것을 느꼈다고 했다. 그래서 결국 출가를 결심하게 되었다고 했다.

석 달 동안 광주에서 장례 일을 배우고 난 후, 나는 가족이 있는 서울로 돌아와 친구 사무실에 전화 두 대만 놓고 내 일을 시작했다. 처음에는 일이 많지 않아 2년 동안 전국을 돌아다니며 지역에서 유명하다는 장의사들을 찾아다녔다. 그때 나는 각 지방의 고유한 장례문화를 배울 수 있었다. 염하는 방식, 결관結棺(고인을 관에 모신 후 운구하기 편하도록 관을 끈으로 묶음)하는 방법 등이 지역마다 조금씩 달라 흥미로웠다. 그때 배운 것들이 현재까지 큰 도움이 되고 있다.

절대 배우고 싶지 않은 것도 있었다. 유족에게 노잣돈을 받아내는 모습이다. 한번은 버드나무 가지로 만든 숟가락으로 쌀을 세 번 떠서 시신의 입에 넣는 반함을 하면서, 염사가 유족에게 만 원짜리 지폐를 가지고 오라고 했다. 그러더니 숟가락 대신 지폐를 접어 쌀을 뜬 후, 시신 입에 넣는 것이었다. 그것도 한 지폐당 한 번씩, 지폐 세 장을 다 쓰고는 3만 원을 자신의 바지주머니로 쓱 밀어 넣었다.

그것 가지고 어느 유족이 뭐라고 하겠는가. 유족들은 행여 그걸 트집 잡았다가 고인의 마지막 길에 작은 말썽이라도 일세라 염사의 행동을 모두 묵인했다. 제일 만만한 게 사위였다. 사위가 누구냐며 묻고 나서, 여러 명이 나오면 경쟁을 붙이듯 고인의 노잣돈을 내라며 사위들의 주머니를 털었다. 장례 마칠 때까지 한두 번이 아니었다. 만난 염사들마다 제각각의 방법으로 유족의 돈을 받아내었다. 나는 각 지방 장례 풍습과 실무적인 기술들을 많이 배우고 싶어서 찾아간 것이었는데, 이 모습이 어찌나 꼴 보기 싫던지… 바로 신발

털고 서울로 올라온 적도 많다. 어떤 이는 상갓집 대문 크기에 따라 견적을 달리 내기도 했다.

염습이 천하게 여겨지게 된 것은 그 일을 하는 사람들이 잘못해왔기 때문이다. 조선 시대에는 왕이나 왕비가 승하하면, 염습은 내관들과 여관女官들의 몫이었다. 한 집안의 어른이 돌아가시면 자식들이 직접 염습했다. 그래서 그때는 아들은 물론 딸에게도 염습을 가르치는 집안이 많았다.

그런데 전염병이 돌아 사람이 갑자기 많이 죽거나 누구인지 알 수 없는 시신을 발견했을 때, 이를 처리하기 위해 다리 밑의 걸인을 불러다가 돈 몇 푼 쥐여주고 염습을 시켰다. 돈 때문에 어쩔 수 없이 하는 것이니, 직업 정신이나 장인 정신은 물론이고 애틋한 마음이 어디 있겠는가. 맨정신으로는 어려우니 술 한 잔 들이켜고 마구잡이로 했을 것이다. 그런 이들을 귀하게 대접하는 사람이 없는 것은 뻔하다. 그래서 그 시절에는 염사를 천하게 여겼고, 염하는 것이 천박한 일로 되어버렸다.

염습은 절대 천한 일이 아니다. 산파가 한 인생을 두 손으로 받아줬다면, 염사는 한 인생을 갈무리하여 두 손으로 보내주는 사람이다. 인생사에 꼭 필요한 일이다. 염습에 예법이 존재하는 것도 그런 이유에서다.

아름다웠던 염습 자원봉사자

장례지도사로 수십 년을 사는 동안, 나는 상반된 두 가지 시선을 동시에 받아왔다. 하나는 사랑하는 부모, 형제의 마지막 모습을 곱게 가다듬어주는 고마운 사람이라는 시선이고, 다른 하나는 시체를 만지는 평범하지 않은 사람이라는 시선이다. 아무래도 후자는 부정적인 느낌이 강하다.

과거에 장의사, 염사를 천한 직업이라고 여긴 것도 불길한 시체를 만진다는 부정적인 선입견 때문이었다. 웰다잉이라는 말이 생길 정도로 '잘 죽는 것'도 성공한 인생의 조건이 된 오늘날에는 장례지도사에 대한 부정적 선입견이 많이 줄어든 게 사실이다. 장례지도사도 전문 직업인으로 인정받고 있다. 이러한 현상은 최근 들어 조금씩 사회 인식이 바뀌면서 생겨났다. 굳이 통계나 수치로 보지 않더라도 현장에서 몸소 느낄 수 있다. 지금은 장례지도사가 전문 직업인으로 인정받아 일의 보람도 그만큼 더 느끼지만, 과거에도 장례를 치르고 난 뒤 느끼는 뿌듯함 때문에 많은 사람의 만류에도 이 일을 그만두지 못했다. 정성을 다해 염습과 장례를 마치고 나면, 사람들이 나를 어떻게 보든 상관없이 그렇게 보람찰 수가 없었다.

사람들의 부정적인 선입견 속에서도 보수를 바라지 않고 염습을 도와주는 사람들이 있었다. 염습 봉사는 특별한 사명감 없이는 쉽게 나설 수 있는 것이 아니다. 1994년 장의사 시작했을 때는 사정이 열악해서 상근 여직원을 둘 수 없었다. 그런 상황에서 여자 염습 자원봉사자들을 만나게 되었다.

사람은 살아생전 스스로 목욕하고 옷을 갈아입는다. 그러나 죽으면 영혼은 육체를 남기고 떠난다. 말 그대로 껍데기인 육체는 누군가의 도움 없이는 씻지도, 입지도 못한다. 껍데기의 주인은 마지막 자신의 모습이 아무렇게나 내버려지는 걸 원하지 않을 것이다. 장례지도사는 이러한 고인을 위해 씻기고 입히는 일을 한다. 이들이 자원봉사에 참여하는 이유도 이것이 고인을 돕는 일이라고 여기기 때문이다. 이들 대부분은 영혼을 믿었다.

1999년 전문대학에 장례학과가 생기고 나서 2년 후에나 여자 장례지도사들이 배출되었으니, 그전엔 여자 염사들은 정말 찾아보기 힘들었다. 그래서 어쩔 수 없이 고인이 여자라도 대개 남자 염사가 목욕시켜드리고 수의를 입혀드렸다. 아무리 죽은 사람이라지만 여자인 고인을 남자가 씻긴다는 건 무례한 일이다. 나는 5촌 아주머니, 둘째 할머니가 돌아가셨을 때 고모가 목욕시켜드리고 옷 입혀드리는 것을 보고 자랐기에, 고인이 여자인 경우 내가 직접 염습을 주관하지 않고 여자분의 손을 빌린다. 이 일을 처음 시작했을 때나 그리고 지금까지 단 한 번도 내가 여자 고인의 염습을 주관한 적은 없었다. 팔과 다리는 함께 닦아드리지만, 몸의 앞쪽과 뒤쪽은 여자분이 주로 맡아서 한다. 나는 자원봉사자가 염습을 하는 동안 천으로 고인의 몸을 가려주고, 고인을 돌려 눕히거나 수의 입힌 시신을 들어 관에 모시는 일을 돕는다.

　장례지도사로 일하면서 여러 명의 여자 염습 자원봉사자를 만났다. 그들은 하나같이 특별한 믿음이 있었다. 보통 자원봉사자는 자신의 봉사를 통해 누군가의 삶이 더 나아지길 바란다. 그런데 염습 자원봉사자들은 누군가의 더 나은 죽음을 위해 봉사한다. 염습 봉사를 하면 고인의 영혼이 위로받고, 평안하게 갈 수 있다는 믿음이 그들에게 있었다. 염습은 그들에게 하나의 수행이었다. 남이 알아주지는 않지만, 영혼을 위해 선한 일을 하며 자신의 마음을 깨끗하게 닦는 수행 말이다.

한번은 한 아주머니가 염습 봉사를 하겠다고 사무실 문을 두드렸다. 언뜻 보기에는 부잣집 사모님이라고 불러야 할 것 같았다. 고급 원피스에 빨간 립스틱을 바른 이분은 손에 물 한 방울 안 묻혀봤을 것 같은 하얀 손으로 내가 내민 메모지에 자기 이름 석 자와 전화번호를 적었다.

　염습이 뭔지는 알고 오셨나 싶어 무슨 일을 하시는지, 왜 오셨는지를 물었다. 그는 자신을 한 국내 항공사 기장의 아내라고 소개했다. 그저 평범한 주부지만 의미 있는 일을 하고 싶다고 했다. 김장 담그기 봉사, 아동센터 봉사, 연탄 나르기 봉사 등 봉사거리가 넘치는데, 왜 굳이 염습 봉사를 선택했냐고도 물었다. 그분은 남들이 몰라 줘도 영혼은 알아주지 않겠느냐고 했다.

　사람은 정말 겉모습만 봐서는 모른다. 힘든 일 한 번 해본 적 없었을 것 같은 그분은 10년 가까이 힘이 닿을 때까지 염습 자원봉사를 하셨다. 그 후 10년 동안 마음공부를 하러 다니신다고 들었는데, 얼마 전에 편안한 표정으로 돌아가셨다.

그분의 유족들을 만나보니, 함께 장례를 준비하러 다니던 옛 시절이 눈에 선했다. 사고사로 훼손이 심한 시신부터 아이, 노인 가리지 않고 묵묵하게 염습하던 그분의 모습이, 마치 어제 본 것처럼 선명하게 뇌리에 남아 있다.

1996년 마포 불교방송사 문화센터에서 천주교의 연령회와 같이 상갓집에 가서 기도해주는 봉사자를 교육하며 '무료 염불 봉사팀'을 운영할 때, 총무를 맡아서 활동한 분이 있었다. 그분은 성격이 급하고 늘 이기려고만 하는 남편 때문에 평소 스트레스가 심했다. 그래서 절에서 공부하고 문화센터의 여러 강좌를 들으며 마음을 다스려왔다. 그러던 중, 그분의 아버지가 위중해지셨다. 그분은 몇 달 동안 고향에 내려가 있으면서 아버지의 대소변 받아내며 극진히 병시중을 들었는데, 막상 본인 무릎에서 아버지가 돌아가시자 무서워지기 시작했다. 아버지를 쳐다볼 수도 없어, 결국 염습하는 것, 하관하는 것도 보지 못했다. 전해 내려오는 말처럼, 마지막 가는 길에 고인이 정을 떼기 위함이었던 것일까? 그 후 그분의 가슴 한편에는 아버지를 끝까지 지켜드리지 못한 죄송함과 죄책감이 남아 있었다.

장례 일이 많아지면서 여자 염사가 필요할 때여서, 나는 그분에게 염습 활동을 해보지 않겠냐고 제안했다. 그분은 아버지에 대한 죄의식을 해소하고, 시신에 대한 막연한 두려움을 이겨내고 싶은 마음으로 흔쾌히 받아주었다.

그렇게 시작된 염습 봉사를 하기 위해 사무실에서 실전 연습을 시작했다. 지금과는 다르게 실습 마네킹이 없던 때였으니, 직원들끼리 돌아가면서 고인이 되어보아야 했다. 한 사람이 고인처럼 누워 있으면 다른 사람들이 몸을 닦고 수의를 입혀보고, 고인의 입장에서 불편했던 점들을 개선해나갔다.

열흘쯤 연습하고 처음으로 염습하러 갔다. 고인은 곱게 돌아가신 할머니셨다. 고인의 몸을 닦아드릴 때까지는 별문제 없이 마무리했지만, 수의를 입혀드리던 과정에서 손이 안 맞기 시작했다. 그분을 쳐다보니 연신 눈물을 훔치고 계셨다. 입관을 마치고 나서 아무리 첫날이라지만 우시면 어떻게 하냐고 한마디 하니, 환갑 정도 되어 보이는 아들들이 너무 서럽게 우는 모습에 자기도 모르게 눈물이 났다고 하면서 또 눈물을 글썽였다. 나보다 열 살 위라 울보 누님이라 놀렸다.

그렇게 1년 정도가 지나고 나서, 그분과 지금까지 해온 염습 활동에 대한 이야기를 나눈 적이 있었다. 그분은 염습 봉사를 할 때만큼은 남편과의 갈등, 아이들 키우면서 겪은 여러 어려움도 어디론가 사라져버리고, 또 염습하고 나서 집으로 돌아가는 길이 구름 위를 걷는 것 같다고도 했다. 그리고 초반에 있었던 심경 변화에 대해 이야기해주었다.

"작년 동대문 이대병원에서 버스 바퀴에 머리를 밟힌 할머니를 염해드릴 때였어요. 으깨진 머리에서 흘러나온 피와 골수를 함께 닦아드린 거 기억하시죠? 그런데 그날은 손을 씻고 또 씻어도 피 냄새가 가시질 않았어요. 그래서 집에 가서도 몇 번이나 씻었는지 몰라요. 밥을 먹다가도 청소하다가도 씻고, 잠자다가도 일어나 씻기를 20번 이상이나 하면서 결국 뜬눈으로 밤을 보내고 말았죠. 피곤했는지 새벽에 세수하려는데 코피가 났어요. 별생각 없이 솜으로 콧구멍을 막고 손 한 번 씻은 뒤, 아침상을 차렸죠. 남편, 애들 다 내보내고 차 한 잔 마시는데, 문득 이런 생각이 들었어요. '아, 어제 묻은 할머니 피는 수십 번이나 씻었는데, 내 피는 한 번으로 끝냈구나. 남의 피를 더러워했었네.' 그때 지금까지 내가 가식적으로 봉사를 해왔다는 반성을 하게 됐어요. 그리고 좀 더 평상심을 갖자고 다짐했어요. 그 후엔 무슨 일이 있어도 염습 봉사가 첫 번째가 되었죠."

편한 삶에 안주하기보다 이타적인 삶, 자신의 내면을 끊임없이 닦는 삶을 살아온 이분들의 모습은 때때로 나에게 나침반이 되어 삶의 방향, 나아갈 길을 알려준다.

염장이와 염쟁이

번듯한 장례식장, 시스템화된 입관실과 빈소, 조문객을 위한 음식 서비스, 제단 꽃장식 등 장례식을 위한 기반 시설과 서비스가 정형화되어 있다. 어느 장례식장을 가도 비슷한 모습이다. 그리고 많은 사람은 이런 문화를 당연하게 받아들인다. 근래에 가족 중 누군가가 돌아가셔서 장례를 치른 경험이 있다면 충분히 공감할 것이다. 장례식장 관계자의 지시에 따라 또는 상조회사의 움직임에 따라 수동적으로 이런저런 절차를 밟다 보면, 사흘이 금방 가고 장례식이 끝나 있다. 고인을 기억하고 애도할 틈이 거의 없다. 정신없이 사흘을 보내버리는 것이다. 그렇게 집으로 돌아가면 고인의 빈자리를 실감한다. 그제야 누구의 위로로도 막을 수 없는 눈물이 터지고 만다.

10여 년 전부터 스몰 웨딩이 유행하고 있다. 그 흐름이 지금까지 계속 이어져, 요즘은 규모는 줄이면서 나름 개성 있고 의미 있는 결혼식을 기획하는 신랑 신부들이 많다. 그런데 장례식은 그대로다. 외려 더 퇴행하는 느낌이다. 공장에서 찍어내듯 모두가 똑같은 장례식을 치르고 있다. 여기에서 진정한 장례의 의미와 가치를 찾아볼 수 있을까? 죽음이 죽음다울 수 있는, 시대에 맞는 현대적인 장례문화가 필요하다.

이 일을 시작할 무렵, 지방을 돌아다니면서 만난 염사들이 하나같이 노잣돈에 눈먼 엉터리는 아니었다. 그들에게서도 지식적인 면과 기술적인 면에서 배울 것이 많았다. 하지만 진정으로 그들에게서 배운 것은 내가 스스로 연구하고 공부해야 한다는 사실이었다.

　이 일을 해나가면서 나는 여러 질문과 맞닥뜨리게 되었다. 여러 절차나 형식을 배운 대로 하고 있자니, 문득 왜 이렇게 해야 하는지, 이것이 꼭 필요한 절차인지, 하나하나 의심하게 된 것이다. 그래서 장례를 관행대로 편한 대로 하는 것이 아니라, 진정한 전통 장례란 무엇인지, 전통에서 되살릴 것과 버릴 것은 무엇인지, 바른 제례 방법은 무엇인지, 어떻게 해야 고인을 위한 마음을 온전히 담을 수 있는지 공부하고 싶었다. 그래서 배움의 길을 다시 찾아나섰다.

어찌 보면 염습은 하나의 기술이다. 오랜 시간 경험을 쌓다 보면 능숙해진다. 염습을 돈벌이로 생각하는 염쟁이에게는 이것만으로도 충분하다. 나는 오직 돈벌이에 치중해서 염하는 사람을 '염장이'가 아닌 '염쟁이'라 칭해왔다. 이 일에 대한 애정과 사명감이 없다면, 잘못된 관행을 고치거나 더 나은 장례문화를 이끌 수 없다.

　요즘은 염사를 '장례지도사'라고 부른다. 이름이 그럴듯하게 바뀌었지만, '정신'이 담기지 않은 그저 그런 기술자처럼 일했다가는

'염쟁이'가 허울 좋게 이름만 바꾼 것과 다름없다. 기술에 정신을 담는 '염장이'가 되어야 한다. 한번 태어나면 모두 죽을 수밖에 없는 게 인생이다. 인생의 마지막 의례를 어떻게 아름답게 마무리할 것인가는 염장이의 손에 달려 있지 않겠나.

조문객이 아닌 고인을 중심으로

염습을 할 때마다 영가가 지켜본다는 생각이 든다. 사연 없는 무덤 없다고, 영가들이 뭔가 저마다의 사연을 갖고 지켜본다고 생각하면 웬만한 사람들은 오싹함을 느낄 수도 있겠다. 특히 그 사연이 억울하고 슬픈 것이라면 더욱 무서울 수도 있겠다.

이 일을 30년 가까이 했지만, 영가가 나를 해친 일은 단 한 번도 없었다. 고인을 정성스럽게 염하는 사람에게 어떤 영가가 해코지할 것인가. 염사 중에는 염을 하고 난 후 영가에 대한 두려움으로 생활에 영향을 받는 사람들도 더러 있다. 이런 마음 약한 사람들은 더는 염을 하지 못한다.

한 번은 자원봉사로 염습을 하고 싶다며 한 아주머니가 나를 찾아왔다. 남편이 국가기관에 근무하는데, 일을 하면서 사람들에게 강압적이거나 어쩔 수 없는 상황에서 죄 없는 사람을 취조하는 일이 더러 있다고 한다. 자신은 그런 남편을 보면서 남모를 죄책감을 느꼈고, 이것을 염습 봉사로 씻어내고 싶다고 했다. 보통 고인의 팔다리를 두세 번 닦아드리면 되는데, 고인에게 더욱 잘해드리고 싶었는지 네다섯 번씩 닦아드리는 바람에 내 흐름과 엇박자가 났던 마음씨 착한 분이셨다.

처음 그 아주머니는 염습할 때마다 매번 빠지지 않고 나왔다. 동창 모임에도 빠져가면서까지 그렇게 열심히 하시더니, 8개월이 지난 뒤부터는 한 번도 볼 수 없었다. 그 뒤 1년 만에 나를 찾아왔는데, 마치 다른 사람인 양 얼굴과 몸이 많이 야위고 해쓱해져 있었다. 무슨 일 있었던 거냐고 물어보니, 언제부터인가 염습을 마치고 집에 가면 잠을 잘 이루지 못했다고 한다. 그러다 겨우 잠이 들면 영가가 나타나는 가위에 눌렸고, 심할 땐 뭔가에 홀린 듯 정신을 못 차리고 온종일 누워만 있기도 했었다고 한다. 주위 분들의 소개로 굿도 여러 번 했고, 퇴마사도 몇 번 찾아다닌 끝에 지금은 많이 나아졌다고 한다. 좋은 뜻으로 시작한 일인데, 정말 안타까웠다.

나도 영가의 기운을 느낀 적이 있었다. 1994년 여름 광주에서 일을 배운 지 얼마 안 되었을 때다. 그날 나는 처음으로 수시부터 마지막 매장까지 전 과정을 지켜봤다. 고인은 사고사로 돌아가신 한 아저씨였다. 고인의 허름한 집에서 염을 하고 있는데, 문득 아저씨의 인생이 저절로 머릿속에 그려졌다. 먹고살기 위해 고달픈 삶을 살다가 급작스레 세상을 떠난 그에게서 허망함을 느꼈던 것 같다.

발인하던 날, 광주 망월동 공원묘지에 도착했는데, 인부들이 아직도 땅을 파고 있었다. 뙤약볕이 내리쬐던 오후, 하관하기를 기다리면서 병풍 앞 작은 제삿상 옆에 섰다. 영정을 바라보고 있자니, 그렇게 안쓰러울 수가 없었다. 그래서 좋은 데 가시라고 30분 정도 눈을 감고 기도를 드렸다.

그날 광주 불교회관에서 자는데, 염습했던 영가가 꿈에 나타나 내 얼굴을 가만히 내려다보고 있었다. 너무 놀라 눈을 번쩍 떴다. 일어나면 없어지고 자면 다시 나타나고…, 그렇게 이틀 동안을 자는 둥 마는 둥 하고 서울로 올라왔다. 개운사에 들러 청년회 지도법사셨던 암도스님(조계종 교육원장과 포교원장을 역임하셨다)에게 이 이야기를 해드렸다. 내 이야기를 다 들은 스님은 내 등을 한 대 딱 치시며 말씀하셨다.

"일만 하면 되지 영가 걱정은 왜 했어? 마음에 집착이 있어 놓지를 못하니까 영가가 주변에 있는 거야. 네가 하는 일에 최선을 다해드렸으면 네 할 일은 다한 것이고, 그 이후는 그분의 업에 맡기면 되는 거야. 잘 살았으면 극락 가고, 잘못 살았으면 지옥 가는 거다."

'그래. 내가 할 일은 고인의 뒷일을 걱정할 게 아니라, 염습하는 내 일에 집중하는 거지.'

그 후로는 어떤 시신을 맞닥뜨려도 염습에만 집중한다. 고인이 어떤 사람이었는지보다 정성껏 염해드리는 것이 나에겐 더 중요하다. 나는 그저 내 일에 최선을 다하면 되는 거다. 그가 살면서 힘들었을 몸을 씻기고 마지막 옷 입혀서 가족들에게 보여드리고 편안하게 관에 모시면 되는 거다. 이 경험으로 인해 고인이 편히 가시라는 일념으로 염을 하게 된 듯하다.

고인을 기억하고 기릴 사람은 조문객과 유족이다. 고인과의 추억을 꺼내 기뻤던 기억 때문에 울고, 슬펐던 기억 때문에 또 우는 것은 조문객과 유족이 서로를 애도하고 마음을 달래며 영가를 기억하는 하나의 방식이다. 영가를 위로하는 나만의 방식은 장례식의 예법을 고인 중심으로 맞추는 것이다.

장례지도사 대부분은 염습 과정에서 고인의 얼굴에 화장을 한다. 남자고 여자고 할 것 없이 입술에 연지를 칠하고 얼굴에 화사한 베이스를 바른다. 고인이 살아 있을 때 어떤 스타일의 화장을 했는지 상관없이 일률적인 화장법으로 화장을 해놓고 보면, 마치 다른 사람 같은 느낌도 든다. 조금 과하면 정말 어색해 보이기도 한다. 물론 화장을 하면 시신에 생기가 돌아, 마치 살아 있는 사람이 자는 것처럼 보일 수는 있다. 하지만 이것이 정말 고인을 위한 것일까 의문이 든다.

장례식장에서 영정 앞에 꽃을 바치는 것도 그렇다. 꽃 머리가 어디를 향하는 게 맞을까? 나는 고인을 향하는 게 맞다고 생각한다. 꽃을 바치는 대상은 고인이 아닌가. 한번은 유족 중 한 명이 조문객들이 영정 앞에 놓아둔 꽃을 들더니 꽃 머리를 모두 바깥쪽으로 향하게 돌려놓는 걸 보았다. 왜 바꾸냐고 물으니, "이렇게 놓으면 예쁘잖아요"라고 했다. 도대체 누구한테 예쁜 꽃이란 말인가. 장례식의 주인공은 고인임을 잊지 말아야 한다.

이 일이 있고 난 뒤, 2006년 최규하 전 대통령 국민장을 진행하면서 꽃봉오리가 영정을 향하게 헌화하도록 정리했다. 참고로 일본은 조문객 방향으로 놓는다. 장례식장, 영결식에서 꽃은 처음에 헌화한 사람이 놓는 대로 따라 하게 된다. 그래서 상주가 첫 번째 꽃을 올릴 때, 나는 꽃봉오리가 영정을 향하게 놓으라고 이야기한다.

지금도 새벽에 일어나면 제일 먼저, 지금까지 나와 인연 맺은 영가님들과 그리고 누구인지는 모르나 앞으로 만나게 될 고인을 위하여 향을 피우고 기도를 드린다. 삼십 년간 지속해온 기도는 나를 단단하게 해주었고, 장례 관련된 일을 하면서 어떠한 상황에서도 흔들리지 않게 버팀목이 되어주고 있다.

우리의 장례문화

✳

처음 장례 일을 배우러 다닐 때는 염습부터 유족이 예를 갖추는 방식, 조문객을 대접하는 방식까지 지역마다 조금씩 차이가 있었다. 장례에도 각 지방의 문화가 담겨 있던 것이다. 이처럼 장례도 하나의 문화인데, 21세기가 되면서 영안실이 장례식장으로 바뀌고 지방에까지 전문 장례식장이 생기면서, 우리나라 장례식은 획일화되어버렸다. 문화는 변화하기 때문에 장례 형식도 얼마든지 바뀔 수 있다. 그런데 요즘 장례식에는 문화가 없다. 획일화된 장례식도 문화라고 치면 문화일 수 있겠지만.

장례문화를 더 공부하고 싶은 마음에 2002년에 미국으로 갔다. 미국은 장례식에서 관을 열고 조문객이 고인에게 다가가서 만지거나 입맞춤하는 풍습이 있기 때문에, 염습 과정에서 시신의 피를 모두 빼내는 엠바밍을 한다. 장례식 동안 시신을 위생적으로 유지하기 위해서다.

미국은 장례식을 교회나 집을 개조한 장례식장에서 치른다. 조문객을 받는 시간이 따로 정해져 있고, 그 시간에 조문객들과 함께 고인을 추모하는 추도사를 읽거나 고인의 모습이 담긴 영상을 보기도 한다. 그 밖에 발인 전날 고인과의 대면의식, 발인 날 영결식, 장지에서의 안장식이 있다.

일본에도 10여 차례 가서 장례문화에 대해 조사했다. 일본에는 남에게 절대 민폐를 끼쳐서는 안 된다는 메이와쿠迷惑 문화가 있다. 그런 맥락에서 일본인들은 죽기 전에 자신의 장례식에 초대할 조문객 목록을 미리 작성한다. 유족은 그 목록에 있는 사람들에게만 부고를 전하고, 그 외의 사람들에게 부고를 전하는 것은 실례라고 여긴다. 고인의 유지를 받들기 위함도 있지만, 별로 친하지 않은 사람에게 부고를 전해 조위금 같은 부담을 지우지 않겠다는 뜻이 아닐까 싶다. 발인 전날 가까운 사람들과 밤을 지새우는 오츠야通夜 의식(요즘은 간소화되어 대개 밤을 새우지 않음)과 다음 날 발인하기 전 사회적으로 연결된 많은 분이 참여하는 영결식이 있다. 일본 역시 발인 전날, 영결식 등 정해진 2~3시간 외에는 조문객을 받지 않는다.

요즘 우리나라 장례식장, 상조회사 중에는 고인의 휴대전화에 저장된 번호로 고인의 부고를 보내는 곳이 많다. 등록된 모든 번호로 알림서비스를 보내니, 어떤 사람은 친하지도 않았던 사람의 부고를 받고 장례식에 가야 하나 말아야 하나 고민에 빠지기도 한다. 이런 풍경을 보면 차라리 일본처럼, 고인이 생전에 자신의 장례식에 왔으면 하는 조문객 목록을 미리 작성해두는 것이 더 좋을 듯하다.

삼일장을 치르다 보면, 조문객이 아무 때나 장례식장을 방문한다.

조문하는 시간은 얼마 걸리지 않는다. 봉투 내고 이름 쓰고 고인과 유족에게 예를 표하고 그냥 지인들과 얘기하면서 준비된 음식과 술을 먹고 마시면 끝이다. 예전에는 밤을 새우는 상주를 위해 친지와 친구들이 곁을 지키며 지루한 시간을 함께해주느라 밤새 카드놀이를 하거나 고스톱을 치는 사람들도 있었다. 요즘은 밤을 지새우는 상주는 없다. 게다가 삼일장이라고는 하지만, 고인이 밤늦은 시간에 돌아가시면 온전히 3일을 보내는 게 아니라, 다음 날 하루 조문받고 그다음 날 아침에 발인한다. 그렇게 되면 조문객이 장례식에 참석할 수 있는 날은 단 하루뿐이다.

그럴 바에는 미국, 일본처럼 날짜, 시간을 정해 조문객을 초대하는 것도 좋을 듯하다. 고인을 떠올리며 사전 기획한 식순에 따라 추도사를 읽고, 고인에게 쓴 편지를 전하거나 고인에 대한 좋은 기억을 사람들과 나누는 시간을 마련하는 것도 좋다. 요컨대 장례식을 고인 위주로 진행하는 것이다. 고인이 많은 사람에게 필요했고 사회적으로 인정받은 분이었다는 걸 확인하는 것은 유족들의 심리적인 측면에서도 의미 있는 일이다.

우리나라 전통 장례문화 중에 '빈상여놀이'가 있다. 넉넉한 집에 어른이 돌아가시면, 출상出喪 전날 밤에 상주의 친한 지인들이 빈 상여를 메고 풍악을 울리고 노래를 부르며 춤을 추면서 마을을 돌아다녔다. 그리고 이들이 마을을 돌아다닐 때 상여 뒤를 따라가던 유족들은 자기 집에 가까워지면 미리 가서 상여를 맞이하고 차려놓은 제물 앞에서 곡을 하고 상여꾼들에게 술을 대접했다. 상여놀이가 끝나고 집에 돌아가면 상여꾼들은 비통해하는 상주를 달래주기 위하여 재담이나 노래, 그리고 우스꽝스러운 춤을 추는 제청놀이를 했다. 이것들은 모두 고인의 명복을 빌고, 유족들의 고통을 덜어주기 위한 문화였다. 마을 사람들의 공동체적 문화가 녹아 있는 의례였다.

그러나 요즘은 장례식에서 문화를 찾아보기 어렵다. 장례가 하나의 제대로 된 문화로 자리 잡으면, 장례는 이제 힘들게 시신을 치러내는 하나의 일이 아니라, 고인을 추억하고 서로를 위로하는 사회적인 이별의 자리가 될 것이다.

장례식에도 기획이 필요하다

❋

옛날 시골에서는 나이 많은 노인이 복을 누리다가 죽으면 슬퍼할 땐 슬퍼하더라도 있는 힘껏 음식을 차리고 마을 사람들과 조문객을 대접했다. 잔치가 열린 것처럼 기름 냄새가 대문 밖까지 진동했다. 주기적으로 들리는 곡소리와 '상중'이라는 등만 없으면, 지나가는 사람도 잔치 준비를 하는 줄로 착각할 정도였다.

요즘은 이런 풍경을 찾아보기 힘들다. 이제는 마당 너른 시골에서도 집에서 장례를 치르는 사람이 거의 없다. 도시, 시골 할 것 없이 장례식장에서 정해진 절차대로 장례를 치르는 일이 보편화되었다. 조문객을 대접할 음식을 하느라 대문 밖으로 기름 냄새를 풍길 일도 없어졌다. 당연히 잔치로 착각할 일도 없다.

장례가 잔치나 축제도 아닌데 군이 기획까지 하려는 이유가 뭐냐고 나에게 묻는 이가 있었다. 그저 정해진 순서대로 절차를 밟아 식을 끝내면 되는 거 아니냐는 것이다. 장례에도 기획이 필요하다고 처음 느낀 건, 2003년 농민운동가 이경해 열사의 장례식을 맡았을 때였다. 공항에서 고인을 서울아산병원에 모셔 엠바밍한 시신에 수의를 입히고 입관을 진행했다. 3일간의 장례를 마치고 나면, 올림픽 공원에서 수많은 사람이 참여하는 영결식이 예정되어 있었다. 장례 행렬을 위해 대형 상여와 수백 개의 만장을 만들고 많은 사람이 볼 수 있게 큰 무대도 설치했다. 그리고 참여한 3만여 명이 어떻게 움직여야 하는지 동선을 짰다. 이렇게 준비를 하는 과정에서 나는 장례에도 기획이 필요하다는 것을 절실히 느꼈다. 이후 역대 대통령의 장례식을 줄줄이 맡으며 장례 기획의 중요성을 다시 한번 실감했다. 분향소 설치와 꽃장식, 영결식에서 의장대의 동선까지도 세심하게 기획해야 했다.

단체장에서는 고인의 삶을 잘 이해하고 있는 장례위원회가 주도적으로 기획하기도 한다. 우봉又峰 이매방 선생님의 장례식을 진행하면서 나는 유족 측에게 애도식을 제안한 바 있다. 이에 우봉 선생의 제자들이 예술인의 기지를 발휘하여 고인에게 맞춘 애도식의 판을 짰다. 발인 전날 저녁, 국민의례와 고인에 대한 묵념, 약력 보고, 조사, 추도사, 생전 영상, 헌화 및 분향, 헌가, 추모굿 등의 순서로 2시간가량 진행됐다. 그 시간 동안은 오로지 고인을 기리는 시간이었다. 눈시울과 코끝이 붉어진 사람, 코를 훌쩍이며 연신 눈물을 찍어내는 사람, 눈물을 삼키는 듯 눈을 지그시 감고 있는 사람 등 각자 인생에서 스승과의 대면을 다시 추억하는 듯했다. 안숙선 명창이 춘향가 중에 〈이별가〉를, 김영임 명창이 회심곡 가운데 〈저승 가는 길〉을 부르고, 진도씻김굿보존회의 추모굿이 이어지면서 애도식은 절정에 다다랐다. 너무도 능숙하고 구성지게 매기고 받는 소리와 조문객들의 추임새, 살긋살긋한 춤사위는 슬픔을 예술로 승화시

키기 충분했다. 감정이 서서히 달아올랐다가 들썩들썩했다가 다시 푹 주저앉았다가 끝에는 하나가 되며, 모두를 위로하고 치유하는 것 같았다. 우봉 선생도 애도식장 어딘가에서 제자들의 마지막 인사를 흐뭇하게 지켜보고 계실 것만 같았다.

유명 인사의 장례식뿐 아니라 모든 사람의 장례식에는 기획이 필요하다. 그냥 장례지도사가 하자는 대로 쫓아갈 일이 아니다. 기획이라고 해서 거창하지 않아도 된다. 장례식의 의미를 살리겠다고 한다면, 어떤 방식으로든 특별한 장례식을 치를 수 있다. 고인을 추모하는 노래를 부르거나 춤을 추거나 시를 낭송해도 좋다. 생전에 찍은 고인의 영상을 조문객에게 보여주는 시간을 갖거나 장례 기간에 애도식을 따로 진행하고 추도사를 읽는 방법도 있다.

장례는 고인이 편하게 마지막 길에 들어설 수 있도록, 살아 있는 사람들이 정성을 쏟는 예식이다. 또한 장례는 살아 있는 사람들을 위한 것이기도 하다. 영영 만나지 못하는 이별은 인생의 덧없음을 느끼게 한다. 가슴 한구석이 텅 빈 것 같다는 말이 그래서 나온다. 고인은 느끼지 못할 감정을 남아 있는 사람들이 고스란히 떠안는다. 이들에게는 애도가 필요하다. 고인을 떠올리며 마음과 사회적 관계를 차근차근 정리하는 일은 장례식에서 시작된다. 각자의 방식으로 장례 기간에 애도의 시간을 갖는다면, 일상으로 돌아갔을 때 기억 속의 고인을 붙들고 늘어지는 마음 아픈 일이 조금은 줄어들 것이다. 그래야 유가족이 다시 이른 시일 안에 정상적인 평소 생활로 돌아올 수 있다.

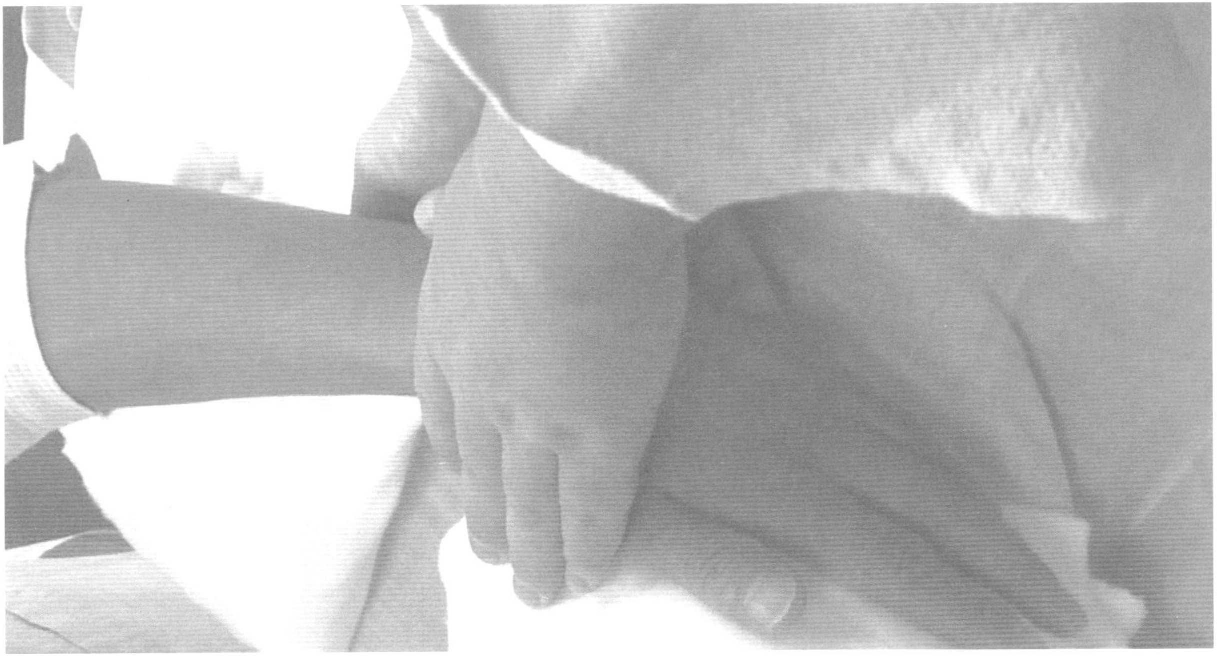

2. 웰다잉 안내자

2 ——— 망자와 대면하는 시간

염할 때의 금기

✺

수의를 한쪽에 정리해놓고, 염습에 필요한 각종 도구와 물건을 가지런히 정리했다. 그리고 안치실의 시신을 입관실로 모셨다. 시신은 얼굴을 포함해 온몸이 금색 이불로 덮여 있었다. 체구가 아담한 할머니였다.

염습 준비를 모두 마치고 유족을 모시러 갔다. 나는 염습 과정을 유족이 처음부터 끝까지 지켜보게 하는데, 유족은 참관하라는 말을 듣고는 당황해했다. 이름만 대면 누구나 알 만한 중견기업을 만들어놓은, 고인의 남편은 이제 노쇠하여 한눈에 봐도 몸도 마음도 연약해 보였다. 그는 아내의 시신을 차마 보지 못하겠다며 애써 고개를 저었다. 아들 딸 내외, 손주마저 주저하자, 염습 과정을 참관하지 않을 거면 장례식장이나 상조회사에 맡기지 나를 왜 불렀느냐고 쓴소리를 내뱉었다. 염습과 고인에 대한 인사가 끝나면 가족들과 함께 입관하고 결관을 하는데, 그 후 더 이상 고인의 얼굴을 볼 수 없기에 염습 과정을 지켜보지 못한 유속 중 열에 아홉은 부적 후회하고 애통해한다. 그러니 염습 과정은 처음부터 꼭 지켜보시길.

유족들이 하나둘 입관실의 유리벽 너머 참관실에 자리를 잡았다. 장손을 불러 고인의 머리를 잡아달라고 했다. 시신을 닦고 옷을 입힐 때 몸을 돌리기도 하는데, 이때 머리가 움직이지 않게 하기 위해서다. 선뜻 큰손주가 나서주자, 바로 여직원과 함께 염습을 시작했다. 유족들은 염습 과정을 처음부터 지켜보면서, 각자 마음속으로 고인을 떠나보내는 예비 시간을 갖게 된다.

아직 선선한 봄이었고 더욱이 입관실은 서늘한 편이었는데도 염습을 한참 하다 보니, 이마에서 땀이 번지고 등도 흥건히 젖었다. 고인을 목욕시키고 수의를 입히고 난 후 시신의 얼굴을 덮고 있던 보자기를 걷자, 고인의 머리를 잡고 있던 손주는 고인의 얼굴을 빤히 내려다보더니 눈물을 떨구기 시작했다. 나는 그의 눈물을 재빨리 닦아주며, 큰손주에게 머리를 잡지 않아도 되니 한쪽에서 마음을 추스르라고 말했다. 유리벽 너머로 유족들의 애끓는 울음소리가 들려왔다.

소리 내어 우는 행위는 마음에 쌓여 요동치는 슬픔의 감정을 해소하는 통로가 된다. 감정을 정리하는 기회이기도 하다. 한바탕 울고 나면 고인에 대한 그리움으로 인한 우울감도 어느 정도 극복이 되고, 비통에 빠진 자신의 마음을 스스로 어루만지며 '괜찮다, 이제는 괜찮다'라고 여기게 된다. 그러하기에 소리 내어 울며 애도하는 것은 필요하다.

고인의 얼굴과 옷의 정돈이 모두 마무리되면, 유족이 고인에게 가까이 와서 마지막 인사를 할 차례가 된다. 말없이 고인의 몸을 계속 매만지는 분, 한평생 수고하셨으니 좋은 곳으로 가시라고 말하는 분, 옆에 서서 계속 눈물만 흘리는 분 등 다양하다.

"수의에 눈물을 떨구지 마세요."

나는 카랑카랑한 목소리로 말했다. 이 말에 정신 놓고 목 놓아 울던 유족이 눈물을 훔친다. 정신을 붙드는 게 보인다. 유족의 눈물이 수의에 묻으면 수의가 무거워 영혼이 떠나지 못한다는 옛말이 있다. 물론 정녕 그렇기야 하겠냐마는 이 말은 남겨진 자를 위한 말로 나는 이해하고 있다. 수의에 눈물을 떨굴 정도면 온몸으로 슬픔을 느낀다는 것인데, 그 무게를 견디지 못하는 이는 몸이 상하기도 한다. 오열하다가 실신하는 유족을 여러 번 보았다. 또 이것이 다른 장례로 이어지는 비극도 더러 있었다. 눈물이 수의에 묻지 않게 하는 것은 유족을 보호하는 일이기도 한 것이다. 그래서 냉정하게 이들을 적절히 제지하고 붙들 사람이 필요하다. 입관실에서는 내가 그 역할을 한다.

그 외에도 중요한 금기 사항들이 더 있다. 시신 위로 물건을 주고받는 것은 해서는 안 된다. 누워 계시는 어른의 얼굴 위로 물컵이나 과일이 담긴 접시를 주고받았다고 생각해보자. 이것만큼 불쾌한 일이 없을 것이다. 물론 나이에 상관없이 누워 있는 사람 위로 건너다닌다든가 물건을 주고받는 것은 예의에 어긋나는 일이다. 마찬가지로 망자를 손숭한다면, 시신 위로 물건을 주고받는 일을 해서는 절대 안 된다.

상주도 아니면서 울상을 짓고 있어도 안 된다. 상주나 유족이 절차나 과정을 물어보지 못하기 때문이다. 표정이 너무 밝아도, 너무 어두워도 예의가 아니다. 그만큼 염장이의 일에는 중용이 중요하다.

시신을 많이 움직여도 안 된다. 최소한의 움직임으로 목욕과 수의를 입혀드려야 한다. 옷고름을 풀리지 않게 매듭지어도 안 된다. 죽고 사는 게 둘이 아니라는 스님들께 배운 염습법이다. 살아 있는 사람의 옷고름을 매준다고 생각해보라. 다시는 풀리지 않게 매듭짓는 사람이 어디 있는가. 염할 때의 금기는 대부분 고인을 존중하는 마음에서 비롯된 것들이다.

고인을 아름답게 기억하는 마지막 순간

사고로 한쪽 다리를 잃고 나머지 남은 한 다리로 열심히 살다가 세상을 등진 어느 분의 시신을 염한 적이 있었다. 그때 유족들이 나에게 조심스럽게 다가오더니, 고인의 잃어버린 한쪽 다리를 만들어줄 수 있느냐고 물었다. 걸어 다니는 다리를 만들 수야 없지만, 있는 것처럼 보이게 만드는 건 어렵지 않다. 수의 입히기 전 종이에 솜을 채워 다리 두께 정도로 만든 다음, 다시 종이로 감싸고 끈으로 묶어 바지 속에 넣어두면 된다.

한쪽 다리로 살아온 세월이 꽤 길었던 것 같다. 그런 삶이 편하지 않았을 거라는 건 상상하지 않아도 알 수 있다. 그런데 그는 의족도 하지 않은 모양이다. 의족을 했었다면 유족들이 그런 부탁을 하지 않았을 테고, 솜으로 수의를 채우지 않아도 되었을 것이다.

마지막 길에 유족은 두 눈 꼭 감고 반듯하게 누운 고인의 온전한 모습을 보고 싶었나 보다. 저승길 갈 때는 두 다리로 걸어가길 바라는 염원이기도 했다. 유족들은 오롯이 뻗은 시신의 두 다리를 보고 눈물을 흘렸다. 한 다리로 버텨온 고인의 삶이 애틋하게 느껴졌으리라. 한편으로는 그렇게 보고 싶던 온전한 모습을 죽은 후에야 보게 된 안타까움, 애잔함, 그리고 미안함 등 여러 생각이 교차했을 것이다. 평소 고인을 위한 염습이어야 한다는 지론을 펼치지만, 이런 경우는 유족을 위한 염습이기도 하다. 유족에게는 고인을 아름답게 기억하는 마지막 순간이지 않은가.

이와는 조금 다른 경우로, 사고사로 인해 신체가 훼손된 시신을 염해야 할 때가 종종 있다. 사고는 언제 어떻게 일어날지 짐작하기 어렵다. 아차 하는 순간 일어난 사고로 사망에 이르면 안타까움이 더 크다. 대형 화재 사건이나 공사 현장에서의 사망은 부실한 안전 관리가 사고의 원인인 경우가 많다. 이런 경우 대부분 안전 불감증이 불러일으킨, 예고된 사고다. 그래서 이러한 사고는 사회문제가 되기도 한다.

사고사는 갑작스러운 죽음뿐만 아니라 시신의 심한 훼손 상태로 인해 유족의 충격이 매우 크다. 유족은 훼손된 모습을 보는 것만으로도 사고 당시의 고통을 고스란히 느낀다. 입관실에서 오열하는 유족을 말릴 길이 없다. 안타까운 고인과 유족을 위해 내가 할 수 있는 일은 사고로 훼손된 시신을 최대한 온전한 모습으로 돌려놓는 것이다. 유족이 기억하는 고인의 마지막 모습이 편안해 보이도록 만드는 것이 나의 일이다.

실제로 사고사를 당한 고인의 얼굴은 공포감과 고통으로 일그러져 있을 것 같지만, 그렇지 않은 경우도 많다. 깊은 잠을 자고 있는 것처럼 입을 굳게 다물고 있는 분도 있고, 눈을 뜨고 있는 고인이라도 눈을 감겨드리고 보면 역시나 편히 잠을 자는 얼굴 같다. 다만 머리가 깨졌거나 얼굴이 움푹 파였거나 팔다리가 골절된 경우에는 유족이 입관실로 들어오기 전에 시신을 깨끗하게 닦고 훼손 부위를 복원한다. 시신에 묻은 피를 깨끗이 닦고 나면, 골절된 곳이나 움푹 파인 곳 등이 눈에 들어온다. 함몰된 부위에는 기구나 솜으로 채워 넣어 고인을 최대한 사고 전의 모습으로 되돌려놓는다.

고인의 몸에 칼을 대야 하는 정서적 거부감으로 인해 우리나라에서는 엠바밍을 거의 하지 않는다. 이와 달리 미국에서는 고인의 얼굴을 가족들이 바라보는 상태에서 장례가 진행되기 때문에 엠바밍 기술이 발달되어 있다. 특히 얼굴과 관련된 화장품과 용품, 보조기기 등 다양하다.

2003년 현대그룹 정몽헌 회장이 추락사했을 때 엠바밍했던 기억이 난다. 2002년 미국 엠바밍 과정 교육연수를 다녀와서 한창 더 배우려고 2년 동안 장례지도학과 김춘식 교수님을 열심히 따라다닐 때다. 추락사였기에 교수님과 함께 고인의 얼굴부터 확인했는데 비교적 깨끗한 편이었다. 그럼에도 고인에게 적정량의 약품을 주입해야 하는 만만치 않은 작업이었다. 3~4시간 정도 걸렸던 것 같다.

우리나라에서는 주로 사고사로 죽은 외국인 시신을 고국으로 송환할 때 엠바밍을 한다. 외국으로 나갈 때는 반드시 시신 보존 위생 처리를 하고 이중으로 관에 넣어야만 하는 국제 규정이 있다. 사고사를 당한 고인의 시신을 많이 염해봤지만, 가장 힘든 건 외국인 불법 체류자의 사고사 시신을 엠바밍하는 경우나. 한국에 유족이 있을 리 만무하고, 고용주는 대부분 나타나지 않는다. 아무도 찾지 않아 시신이 한두 달 안치실에 방치되는 경우도 많다. 시신이 오래 방치되면 복부 부위와 핏줄이 쉽게 부패되어 악취가 진동한다. 이때는 진짜 무식하게도 그냥 살에 약품을 주입할 수밖에 없다.

　고용주는 비교적 적은 월급을 주고 외국인 불법 체류자를 요긴하게 부렸을 것이다. 그런데 이들이 사고로 죽으면 나 몰라라 하는 냉혈한들이 생각보다 많다. 설마 쓰다 버리는 부속품처럼 여기는 건가. 불법 체류자의 고용주도 불법을 저질렀으니 그 책임이 무거워 숨었을 것이라고 애써 짐작해본다. 하지만 자신과 깊은 연을 맺은 한 인생이 황망하고 때로는 억울하게 세상을 떠나는데, 그걸 모른 척했을 때의 죄책감, 그 무게는 더 무겁지 않을까.

이유를 찾는 사람들, 이유를 덮는 사람들

❋

병원에서 죽으면 의사가 사망 이유를 적은 사망진단서를 쓰지만, 돌연사는 죽음의 이유를 분명히 알 수 없기 때문에 대부분 부검을 하게 된다. 부검한 시신은 여러 모습으로 입관실에 옮겨진다. 몸 여러 군데가 꿰맨 자국투성이다. 대개는 목 아래부터 복부를 가르고, 가끔은 머리까지 가른 시신을 염습할 때도 있다.

1994년 장례지도사를 시작한 초반에는 국립과학수사연구소(현 국립과학수사연구원)에 자주 드나들었다. 어떻게 부검이 이루어지는지 배울 겸, 부검 시신에 대한 거부감도 없앨 겸해서였다. 의뢰받은 장례에서 고인이 부검 대상이면 유족들과 함께 부검실을 참관했다. 부검에는 유족과 경찰관이 참관하게 되는데, 유족 대부분은 자리를 끝까지 지키지 못한다. 괴로워하고 안타까워하다가 주저앉기 일쑤다. 그들을 붙들고 지지하는 역할도 내 몫이다. 유족이 참관하지 못하고 밖에 나가 있으면, 대신 내가 들어가 있는다.

오랫동안 병을 앓다가 돌아가신 70대 노인의 장례를 토요일 오전에 의뢰받았다. 다음 날 염습하기 위해 찾아갔더니, 유족들은 부검이 월요일 오전에 잡혀 있어서 오늘 입관을 못 하게 되었다고 말했다. '왜 70대 노인의 배를 군이 가르겠다는 거지?' 의아한 생각이 들었다. 보통 연세가 많으면 웬만해선 부검을 하지 않기 때문이다. 노인이 꽤 돈이 되는 건물을 한 채 가지고 있었던 게 화근이었다. 경찰이 고인의 유산을 노린 범죄를 의심한 것이다. 조문객들이 몰려들면서 어쩔 수 없이 시신을 입관하지 않은 채 장례를 진행했고, 그렇게 일요일 밤이 지났다.

월요일 점심 때 부검 결과가 나왔다. 사인은 심장마비. 조각난 복부를 여기저기 꿰매놓은 노인의 시신이 뒤늦게 입관실로 옮겨졌다. 당장 발인을 앞두고 있어서 서둘러 염습해야 했다. 유족과 차분히 마지막 인사를 나누는 입관식을 진행하지 못한 채, 서둘러 화장장으로 떠났다.

염습과 입관은 장례식의 핵심이다. 유족은 그 시간에 고인에게 마지막으로 하고 싶었던 말을 꺼낸다. 고인에게 작별을 고하고 고인을 편히 보내주는 시간이다. 유족의 마음을 정리하는 데 큰 도움을 준다. 이런 소중한 시간을 갖질 못했으니, 유족뿐 아니라 고인에게는 물론 장례를 진행하는 내게도 너무나 아쉬울 수밖에 없다.

사람들은 잘 먹고 잘사는 것만 복인 줄 알고, '어떻게 하면 더 많이 모을까' '어떻게 하면 더 많이 누릴까'를 고민한다. 물론 이것도 복이지만 잘 떠나는 것도 큰 복이다. 편안히 죽음을 맞는 것, 많은 이의 애도 속에서 세상을 떠나는 것, 물 흐르듯 순탄하게 장례를 마치는 것도 그 사람의 복이다.

때로는 이유 찾기를 거부하는 이들도 있다. 병을 앓다 세상을 떠난 50대 여인이 있었다. 주변 사람들은 산업 재해로 얻은 병 때문이라며 죽음의 원인을 규명하자고 했다. 그의 남편은 이에 동감하면서도 부검은 완강히 거부했다. 부검 결과로 산업 재해를 증명하면 산재 사망 보험금이나 보상금 등을 받을 수 있었지만, 남편은 아내의 고운 모습을 절대 망가뜨릴 수 없다고 고집했다. 사람들 앞에서 아내를 벌거벗긴 채 배를 가를 수 없다며 단호하게 말했다.

"아내가 죽은 마당에 돈은 다 필요 없어요. 아내만 그냥 곱게 보내주세요."

장례지도사를 처음 시작했을 땐 부검한 시신을 염습할 일이 그렇게 많을지 몰랐다. 생각보다 많은 사람이 이유를 모른 채 죽는다. 그리고 부검으로 원인을 찾는다.

유족들이 느끼는 억울함과 답답함도 충분히 이해한다. 그래도 나는 장례지도사다. 유족의 마음도 중요하지만, 고인이 편안하게 세상을 떠나는 데에 더 관심이 많다. 듬성듬성 꿰맨, 조각난 몸뚱아리일지라도 고인의 영혼이 더는 미련을 갖지 않도록, 오늘도 난 더 신경 써서 닦고 입히고 단장한다.

병명을 감추는 유족들

어느 날 느닷없이 나타나 우리 삶을 송두리째 흔들어놓은 코로나 19 바이러스. 직업상 고인과 마주해야 하는 나는 코로나 바이러스로 사망하여 장례도 치르지 못하는 안타까운 일들을 자주 지켜봐야 했다. 거의 매일 연달아 사망자가 발생했고, 유족도 참여하지 못한 채 시신을 처리했다. 영화에서나 나올 법한 광경이 현실에서 일어나고 있었다.

고인을 제대로 예를 갖춰 보내지 못할 때 누구보다 억장이 무너지는 이들은 유족이다. 코로나19로 노모를 떠나보낸 어느 아들은 장례식도 못 치르고 어머니의 손도 만져보지 못했다. 가슴을 치며 이런 상황에 누가 유족의 마음까지 알아주겠냐며 말을 삼키는 그의 모습이 TV 뉴스에 비쳤다. 그렇게 화장한 유골을 모시고 치르는 장례식도 새롭게 생겨났다.

이 일을 시작하고 나서 한 10년 동안은 고인의 병력을 이야기하지 않는 유족들 때문에 참 애를 많이 먹었다. 그때만 해도 통·반장과 지인 등 3인이 서명하는 인우隣友보증서로 사망 처리가 되었기 때문에, 유족이 고인의 사망 원인을 알려주지 않는 일이 다반사였다.

그 당시 어떤 환자를 염한 적이 있다. 피부 상태가 지금까지 봐왔던 시신과는 너무 달랐는데, 유족이 염을 마칠 때까지도 병력을 이야기해주지 않았다. 나중에 그가 에이즈로 사망한 것을 알고는 깜짝 놀랐다. 어떠한 조치나 대비 없이 일반 시신을 염하듯 했기 때문이다. 그 유족들은 사회적 편견을 의식해 고인의 병력을 감추고 싶었겠지만, 이는 장례지도사의 건강과 보건에 대한 배려를 전혀 하지 않은 것이다. 지금은 사망진단서를 의무적으로 보여주게 되어 있어서, 고인의 병력과 사망 원인을 미리 파악하고 그에 적절한 조치를 취할 수 있다. 병사에 대한 사회적 인식도 많이 달라져서, 이제는 유족들이 직접 장례지도사에게 고인의 병명을 알려주는 경우도 많아졌다.

옛날부터 우리는 은연중에 병을 죄로 여기는 마음이 있었던 것 같다. 마치 죄를 지어 병에 걸린 것처럼, 병명을 말하기 수치스러워하곤 했다. 특히 에이즈 같은 전염병은 더욱더 그랬다. 하지만 이제는 병이 죄가 아니라는 인식이 자리 잡아가고 있다. 병은 잘못을 저지르면 벌을 받는 것처럼 내려지는 게 아니다. 병은 누구나 걸릴 수 있으며 그 대상이 나 자신이 될 수도 있다. 우리에게 필요한 것은 혐오가 아닌 측은지심이다. 그리고 염장이 건강도 생각해주시길.

자살한 고인을 염할 때

염을 하다 보면, 자살한 고인을 마주할 때가 생각보다 많다. OECD 국가 중 자살률 1위라는 말을 절절히 실감한다. 보건복지부와 중앙자살예방센터가 공개한 '2020 자살예방백서'에 따르면, 2018년 한 해 동안 우리나라에서 스스로 목숨을 끊은 사람이 1만 3,670명이라고 한다. 하루에 37명, 시간당 1.6명꼴이다.

'날마다 전국에서 37명, 확진자 수가 아닙니다'라는 제목의 기사를 본 적이 있다. 코로나19 감염자가 산발적으로 발생하면서 하루 확진자 수가 30~50명을 왔다 갔다 하던 2020년 여름 문턱을 지날 즈음이다. '도대체 저 숫자는 언제 한 자릿수가 될까? 언제 0이 될까' 하면서 팬데믹이 끝나기만을 기다릴 때였다. 그런데 그 순간에도 스스로 삶을 마감하는 이들이 있었다. 사람들의 관심 밖에서 소리 없이, 쓸쓸히….

매일 많은 사람이 스스로 목숨을 끊는데도, 왜 우리 사회에서는 이 문제가 이슈로 떠오르지 않을까? 고독과 외로움에 갇힌 사람들이 선택한 죽음은 사후에도 고독과 외로움의 울타리를 벗어나지 못하는 모양이다. 관심의 경계 밖에 철저히 방치된 인생이 대부분이다. 코로나19 바이러스 하루 확진자가 30명을 웃돈다며 온종일 TV 뉴스에서 떠드는데, 몇 년째 하루 평균 자살자 수가 30명을 웃돌아도 이 사회는 별로 관심을 가지지 않는다.

스스로 목숨을 끊은 고인을 염하기 위해 시신의 얼굴을 감싼 시트를 걷었다. 혀가 밖으로 나와 있고 목에 끈으로 졸린 흔적이 있다. 목을 매 자살한 시신이었다. 사후 경직이 일어나 입 밖으로 나온 혀가 움직이질 않았다. 이때는 혀를 잡고 힘을 주어 조금씩 밀어넣어야 한다. 그러다 보면, 시간이 조금 걸리긴 해도 결국 입안으로 들어간다. 목에 남은 흔적은 화장을 하거나 솜으로 가린다.

사람들의 사는 모습이 제각각인 것처럼, 죽은 모습도 마찬가지다. 각기 다른 모습으로 죽음을 맞지만, 그 모습 그대로 관에 안치하는 장례는 없다. 장례는 인생에서 마지막으로 지키는 예禮가 아닌가. 정신을 담고 형식을 갖춰 고인을 모시는 중요한 순간이다. 이 사회에서 버림받았다고 느꼈을 망자는, 몸을 정갈히 하고 의관을 갖추는 염습실에 이르러 비로소 주인공이 된다.

자살로 인해 훼손된 시신을 곱게 돌려놓고 나면 왠지 미안한 마음이 든다. 내 살길 살아가느라 바쁘다는 이유로 돌보지 못한 내 친구, 소중한 사람들이 떠올라서다. 그래서 자살로 세상을 떠난 고인을 염하는 날이면, 주변 사람에게 전화를 걸어 따뜻한 안부의 인사 한마디를 하게 된다.

스스로 목숨을 끊은 경우, 대개 목을 매는 교사絞死다. 장례업계에서는 '넥타이 매셨다'고 표현한다. 고인은 자신을 짓누르는 짐이 너무나 무거워 중력의 방향대로 그 무게를 늘어뜨리고 세상을 떠났다. 이제는 짐을 내려놓고 나비처럼 가볍게 날아가기를.

현대인에게 다가온 죽음, 고독사

전에 혼자 사는 사람에게서 이런 이야기를 들었다. 그는 잠들기 전에 자신은 누구인지, 어떤 병이 있는지, 응급 상황에 연락해야 할 가족, 친지 들 전화번호 등을 적어놓은 쪽지를 침대 머리맡에 둔다고 했다. 집에 혼자 있다가 갑자기 세상을 떠날 수도 있기 때문에, 이를 대비한 것이라고 한다. 이때 자신을 발견한 사람이 경찰이든 소방관이든 또는 이웃에 사는 누구든 상관없다. 이 쪽지가 그저 누군가에게 닿기만을 바랄 뿐이다.

통계청 인구 총조사에 의하면, 2020년 우리나라 1인 가구 비율은 31.7%다. 열 집 중 세 집은 1인 가구라는 의미다. 결혼 평균 연령이 높아지고 비혼주의자가 늘어나면서 1인 가구 수는 계속 증가하고 있다. 통계청은 2047년엔 1인 가구 비중이 전체의 37.3% 수준까지 증가할 것이라고 내다봤다. 젊은 층의 1인 가구만 늘어나는 게 아니다. 고령층의 1인 가구도 큰 비중을 차지한다. 1인 가구 중 65세 이상 노년층은 전체의 25.7% 수준이다. 노년층은 병에 취약하고 취업률도 낮을 수밖에 없으며 새로운 인간관계를 형성하기도 어려워, 혼자 사는 경우 우울감에 시달리기 쉽다. 이는 종종 자살로 이어지기도 한다. 그 어떤 죽음보다 쓸쓸하고 외로운 죽음이다.

코로나19 바이러스가 유럽으로 번져나가던 초기에 영국은 유럽에서 코로나19로 인해 가장 큰 인명 피해를 입었다. 당시 런던에서는 자택에서 고독사를 맞은 사람이 수십 명이라는 보도가 나왔다. 주로 코로나19에 걸린 60대 이상의 노년층이었다. 이동 제한을 포함한 봉쇄 조치가 시행되면서 고독사로 사망한 이들은 보통 수일 후에 발견되곤 했다.

우리나라에서도 노년층의 고독사가 사회적인 문제로 떠올랐다. 65세 이상 노년층의 1인 가구가 전체 1인 가구의 4분의 1 수준인데다, 코로나19로 사회적 거리 두기를 진행하면서 쓸쓸히 죽음을 맞이한 1인 가구 노인들이 늘어났다. 사회적 거리 두기 이전에는 지자체나 시민 단체가 독거노인을 돌보는 프로그램을 운영했다. 간간이 집에 들러 잘 계시는지 살피고, 반찬이나 식음료를 전달하곤 했는데, 그마저도 뜸해지고 말았다. 정신없이 여기저기에서 터진 코로나19 사태 때문인지, 고강도 사회적 거리 두기 때문인지, 아니면 자기 한 몸 추스르기도 힘든 전 사회적 우울증 때문인지, 독거노인의 소외감은 더 커진 듯하다.

코로나19가 한창이던 2020년 5월, 부산 서구 한 주택에서 60세인 한 남성이 고독사한 지 두 달 만에 발견되어 뉴스에 보도된 적이 있다. 사건 이틀 뒤에도 부산 기장군 어느 임대주택에서 사망한 지 꽤 오랜 시간이 지난 시신이 발견됐다. 죽은 뒤에도 누구 하나 찾아주는 이 없었던 고독한 노인들이었다. 이러한 죽음은 통계에도 잡히지 않아 무연고 사망 통계를 바탕으로 그 수를 추정한다. 그래서 '통계 없는 죽음'이라고 부르기도 한다.

고독사 시신을 염할 때 장례지도사가 가장 어려움을 토로하는 부분은 냄새다. 고독사 시신은 대부분 누군가에 의해 발견되기까지 오랜 시간 방치되기 때문이다. 날씨가 덥고 습하면 부패도 심하다. 부패 정도가 심하면 시신을 아무리 닦아도 냄새가 가시지 않는다. 냄새가 너무 심하면 염습을 매끄럽게 진행하는 데 상당한 어려움을 겪는다. 이 때문에 예전엔 코 밑에 치약을 바르곤 했다. 물론 지금은 여러 가지 좋은 탈취제들이 있다.

　냄새가 심하다고 염습하면서 불평하거나 불쾌한 티를 내서는 절대 안 된다. 어떠한 내색 없이 염습하는 건 유족이 지켜보고 있기 때문만은 아니다. 고인은 오감 중 청력이, 즉 귀가 가장 늦게 닫힌다는 말이 있다. 고인이 내 말을 듣는다고 생각하면 염습 중 함부로 아무 말이나 내뱉을 수가 없다.

　고독사로 세상을 떠나는 고인은 유족도 많지 않은 경우가 태반이다. 염습을 지켜보는 가족이 한 명도 없는 경우도 있었다. 그들은 삶만 고독한 게 아니라, 세상을 떠나 먼 길을 갈 때도 쓸쓸했다. 현대 사회는 죽어서도 쓸쓸한 이들이 너무 많다. 그래서 한 번 더 손길과 마음이 간다.

즐겁게 사는 1인 가구의 풍경이 TV에 자주 등장한다. 1인 가구가 젊은 세대에게 트렌드로 자리 잡은 것 같다. 1인 가구가 누릴 수 있는 수많은 즐거움 중 가까운 이웃을 돌아보는 즐거움도 포함되면 좋겠다. 혼자라서 좋은 것도 많지만, 함께여서 좋은 것도 분명히 많다.

염하다가 저지른 실수

처음 장의사 시작하여 몇 년 안 된 햇병아리 시절 때다. 염습에는 고인의 손톱, 발톱, 머리카락을 다듬어드린 후, 그것들을 조발낭爪髮囊 또는 오낭五囊이라고 하는 작은 주머니에 넣어드리는 과정이 있다. 그 과정에서 벌어진 해프닝이다.

먼저 고인의 왼쪽 손톱을 다듬고 조발낭에 담아 악수握手를 채워드렸다. 그리고 오른손 손톱을 다듬으려는데, 방금까지 사용하고 있던 칼이 보이지 않는 게 아닌가. 대체 어디로 간 거지?

그 당시에는 참관실이 따로 없었다. 내가 칼을 찾으려고 여기저기 두리번거리니, 염습 과정을 안치실 바로 옆에서 지켜보고 있던 유족들이 무슨 일이 일어났나 하고 의아한 표정을 지었다. 등줄기에서 식은땀이 흘렀다. 함께 일하던 신입 직원은 바로 눈치채고 덩달아 당황해했다. 1~2분 헤매다가 혹시나 하고 왼쪽 악수를 열어 보니 거기에 칼이 들어 있는 게 아닌가. 조발낭에 손톱을 넣어드리면서 함께 넣었나 보다. 얼마나 민망하던지. 그때서야 유족들도 무슨 일인지 파악했는지 마뜩잖은 표정을 지었다.

"아니 아저씨! 제 칼은 왜 가져가시려고 하세요?"

엉겁결에 둘러댄 내 말에 가족들 입가에 어설픈 웃음이 감돈다. 무슨 일을 그렇게 하느냐고 충분히 불평할 수도 있는 상황이었는데, 그렇게 넘어갔다.

삼일장 다 마치고 유족들과 헤어지는데, 상주가 농담 삼아 하는 말,

"다음부터는 칼 잘 챙기세요!"

무겁고 엄숙한 자리에서 실수해서는 안 되지만, 사람이 하는 일이라 완벽할 수는 없다. 실수를 이해하고 넉넉히 받아주는 유족들이 고마웠다.

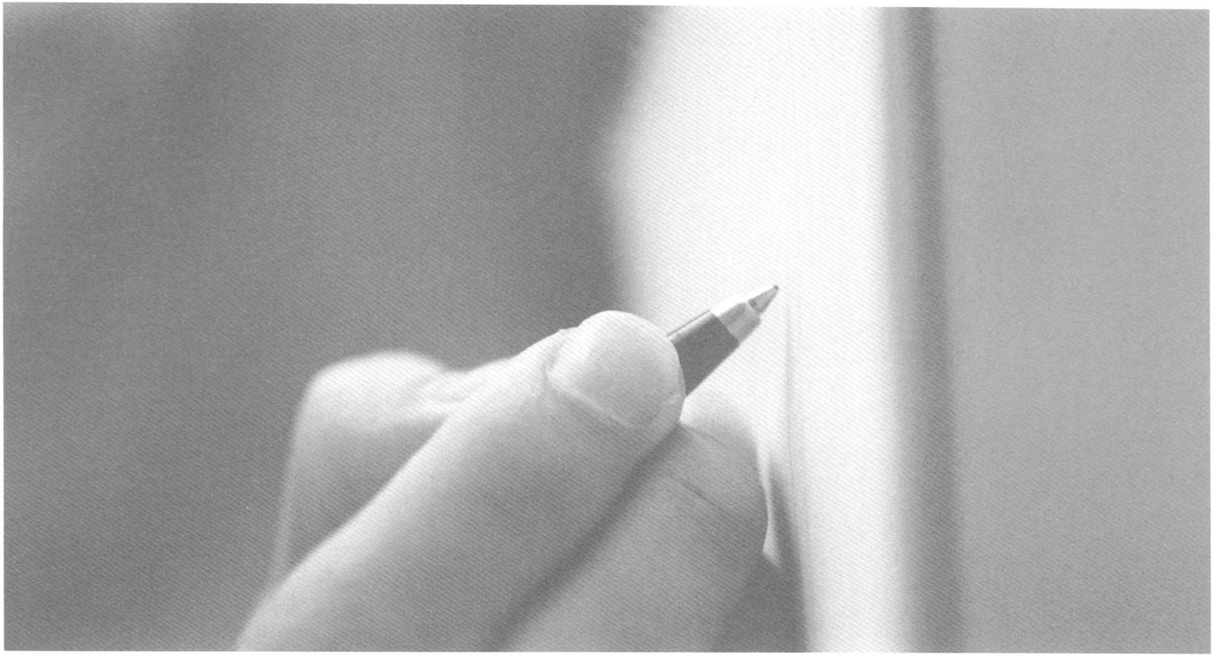

2. 웰다잉 안내자

3———— 준비하는 죽음

유족이 너무 슬퍼하면

건강하게 오래 살다가 자연스럽게 죽음을 맞이한 노인의 장례를 호상好喪이라고들 말한다. 그런데 정말로 '기쁜 장례식'이 있을까. 남들보다 복을 누리다 떠났다고 해도, 반대로 가족을 힘들게 하던 사람이 죽었다고 해도 '죽음' 자체는 기뻐할 일이 아니다. 누군가의 죽음으로 인해 우리는 덧없고 허무한 게 인생임을 다시 한번 돌아보게 된다. 허무한 생을 깨닫는 순간 기쁨이 샘솟는 사람은 없을 것이다. 아무리 호상이라고 해도 영영 보지 못할 이별과 인생의 덧없음 앞에 서면 가벼운 눈물방울에도 무게가 실린다.

발음만 같고 뜻은 다른 호상護喪은 장례와 제사의 모든 절차와 일을 총괄하는 책임자를 말한다. 상주가 다른 일에는 신경을 쓰지 않고 단지 상주로서의 의무만을 제대로 이행할 수 있도록 도와주는 구실을 하기 때문에 호상이라고 불렀다. 호상으로는 고인과 상주의 집안 사정 및 인간관계를 잘 아는 친척이나 친우 가운데, 장례 절차를 잘 알고 그런 일들을 잘 처리할 수 있는 사람을 골라 모신다. 주로 나이가 지긋하거나 사회적 지위가 있던 고인의 장례에 호상을 둔다. 젊은 사람의 장례에서는 호상을 정하지 않는다.

이 이야기를 하는 것은 호상護喪의 의미를 잘 알지 못해 호상好喪과 혼동하는 경우를 많이 보았기 때문이다. 이 글을 읽었다면 앞으로 헷갈리지 마시길.

고인을 마지막으로 마주하는 시간이 되면, 입관실로 들어서는 유족들에게 최대한 눈물을 참고 고인에게 좋은 얘기만 해주라고 말씀드린다. 시신을 붙잡고 오열하는 유족, 고인의 얼굴을 보고 우느라 걸음을 못 떼는 자식을 보면, 고인의 옷에 절대 눈물 떨구지 말라고 말한다. 눈물 젖은 수의가 무거워 고인이 이승을 떠나지 못한다는 옛말을 들려주면, 가지 말라고 외치던 유족들도 애써 눈물을 닦는다. 억장이 무너져도 순리대로 흘러가길 바라는 마음 때문이다. 고인을 사랑했다는 뜻이다.

오열하다 탈수증으로 장례식장 병원에 입원한 유족, 정신을 잃고 응급실로 실려간 유족도 봤다. 고인을 떠나보내면서 유족이 몸과 마음의 병을 얻은 것이다. 누가 나에게 책임을 지우는 것도 아닌데, 장례식에서 유족이 쓰러지거나 정신을 차리지 못하면 마치 내 책임처럼 느껴진다.

가족이 떠나면 슬픈 순간이 오는 법인데, 요즘은 부모의 장례식에서 울지 않는 자식들을 종종 본다. '죽이네 살리네' 하면서 눈만 뜨면 싸운 부모 자식 간에도 미운 정이라는 게 쌓여 입관식에서는 원망의 눈물이라도 쏟기 마련인데, 눈물 한 방울 없이 다음 순서는 뭐냐고 묻는 이들도 있다. 물론 말 못 할 가족사가 있을 수도 있고, 일찍부터 작정하고 남처럼 살아왔을 수도 있다. 입관실에 들어오기 직전까지도 돈 때문에 싸우는 유족도 봤다. 그러고는 막상 입관실에 들어오면 유족들은 서로 말없이 냉기만 뿜는다.

요즘은 유족들에게 눈물 떨구지 말라는 말을 할 기회가 그리 많지 않다. 우는 사람이 별로 없다. 간혹 눈물을 흘리는 유족을 보면 '고인이 참 잘 사셨구나' 하는 생각까지 든다. 무엇이 영영 만날 수 없는 이별 앞에서 눈물을 마르게 했을까?

  요즘 장례는 고인에 대한 애도보다 상주를 위로하는 일로 바뀌어 가고 있는 것 같다.

죽음을 늦추는 사람들

인공호흡기를 떼어 아내를 숨지게 한 남편이 1심 국민 참여 재판에서 살인죄로 유죄 선고를 받았다는 뉴스를 보았다. 원인 불명으로 정신을 잃은 아내는 스스로 호흡이 불가능한 상태였고, 기도에 인공호흡기를 삽관해야만 했다. 그렇게 일주일이 지나자 남편은 자기 손으로 아내의 기도에 삽관된 인공호흡기를 떼어버렸다. 결국 아내는 저산소증으로 사망했다.

남편은 평소 연명치료를 받지 말자는 말을 아내와 주고받았다고 한다. 요양보호사였던 그들은 연명치료로 힘들어하는 사람들을 많이 봐왔기 때문이다. 의식이 없는 상태로 연명 의료 기기에 의존한 환자는 침대에 종일 누워 있으면서 욕창과 싸워야 한다. 사실 욕창과 싸우는 건 환자가 아닌 보호사다. 피부가 무르거나 썩지 않도록 환자를 옆으로 눕히고 씻기며 말려야 한다. 상태가 위중한 환자들은 일주일에서 보름쯤 지나면 가래가 끓기 시작한다. 그러면 기도가 막힐 수도 있기 때문에, 보통 목을 절개하고 그 안에 호스를 집어넣어 호흡 곤란을 예방한다. 그렇게 하면 길게는 2~3개월도 연명할 수 있다고는 하지만, 환자 대부분은 중환자실에서 쓸쓸히 생을 마치기 일쑤다. 연명치료는 환자에게도 안타까운 일이고, 보호자에게도 괴로운 일이다.

남편은 법정에서 아내의 평소 소신을 지켜준 것이라고 주장했다. 또한 보험 적용이 되지 않아 월급보다 많은 치료비를 감당할 수도 없었다고도 말했다. 남편이 1심에서 유죄를 선고받은 이유는 합법적으로 연명 장치를 제거할 수 있는데도 임의로 제거한 점, 치료를 위한 검사가 더 남아 있었던 점 등이었다.

연명치료는 가족들이 원해서 이뤄지는 경우가 대부분이다. 의식이 없는 노부모를 바로 떠나보내는 것이 자식 된 도리가 아닌 것 같아서, 가족이 환자의 죽음을 받아들이는 데 시간이 필요해서 등의 이유로 죽음을 앞둔 이의 생명을 인위적으로 연장한다. 살아 있는 사람 마음 편하자고 죽음을 앞둔 사람의 발목을 붙드는 격이다.

의료 기술이 발달하면서 연명치료를 받는 중환자들이 많아지기도 했다. 개중에는 드물지만 의식이 돌아오는 경우도 있다. 그러나 연로하거나 회생 가능성이 없는 경우, 가족들이 연명을 원하면 의료 장치에 의존해 1년이고 2년이고 살아 있지도 죽지도 않은 모습으로 침대에 가만히 누워 있다가, 결국 장례를 치르는 수순을 밟는다.

그에 따르는 돈도 돈이지만, 그 시간이 환자의 인생에 어떤 의미가 있을까? 연명치료는 환자를 위한 치료가 아닌 살아 있는 사람을 위한 치료다. 가족의 연명치료를 경험하거나 주변에서 본 적이 있는 사람들은 그 과정이 환자에게 얼마나 무의미한지 알기에 자신의 연명치료는 거부하겠다고 미리 밝히는 경우가 많다. 2018년에

'존엄사법'이라고 불리는 '연명의료결정법'이 시행됐다. 존엄사에 대한 사회적 인식이 바뀌면서 법 시행 3년 반 만인 2021년 8월, 전 국민 중 2.2%에 해당하는 100만 명가량이 연명치료 대신 스스로 죽음을 택했다고 한다. 자연스러운 죽음을 스스로 선택하는 이들이 늘고 있는 것이다.

"아버지가 곧 돌아가실 것 같습니다. 장례 준비를 부탁드립니다."

지인에게서 연락이 왔다. 그의 아버지는 지금 돌아가셨다고 해도 전혀 이상하지 않을 정도로 연로하신 데다 오랜 기간 연명 의료 기기에 의존하셨다. 이제 떠나실 때가 됐나 싶어 연락을 받고 장례를 준비했다. 그런데 이내 곧 다시 연락이 와서 아버지의 호흡이 돌아와 장례 준비를 하지 않아도 될 것 같다고 했다. 그리고 며칠이 지나서 다시 연락이 왔다. 그의 아버지가 숨이 곧 멎을 것 같다는 것이다. 서둘러 장례 준비를 하려고 했더니 다시 연락이 와 호흡이 돌아왔다고 했다. 그렇게 한 달가량을 조마조마 가슴 졸이다가, 결국 그분은 돌아가셨다. 장례를 마치고 나서 고인의 아들은 내게 다가와서 이렇게 말했다.

"아버지가 가야 할 길이 있었는데, 그 길을 가지 못하게 자식들이 너무 오래 붙들고 있었던 것 같네요."

죽음에 대한 사람들의 인식이 바뀌고 있다. 죽음을 두려움으로 인식하기보다 순리로 받아들이는 사람들이 늘어나고 있다. 우리가 진짜 거부해야 할 일은 죽음이 아니라, 연명 의료 기기에 의존해 의미 없는 시간을 보내는 것이다. 인위적인 숨만 내쉬는 자신의 육체를 떠올리고 싶지 않은 사람들이 늘고 있음은 '사전연명의료의향서'를 작성하는 사람이 늘어나는 걸 보면 알 수 있다.

유교의 5대 경전인 《서경》에는 오복 五福, 즉 다섯 가지 복이 나온다. 첫 번째 수壽는 천수를 누리는 복을 말하고, 두 번째 부富는 불편하지 않을 만큼의 풍요를 누리는 복을 말하며, 세 번째 강령 康寧은 몸과 마음이 건강하고 편안하게 사는 복을 말하고, 네 번째 유호덕 攸好德은 남에게 많은 것을 베풀고 선행과 덕을 쌓는 복을 말하며, 다섯 번째 고종명 考終命은 일생을 평안하게 살다가 천명을 마치는 복을 말한다. 그중 천수를 다하고 집에서 가족과 가까운 사람들 곁에서 숨을 거두는 고종명이 가장 큰 복이 아닐까 생각한다.

당하는 죽음, 스스로 맞이하는 죽음

✺

스위스에서 죽음을 맞고 싶다고 말한 사람이 있었다. '스위스' 하면 아름다운 자연 풍광이 가장 먼저 떠오른다. 그 얘기를 들었을 때 '스위스 여행이 최종 버킷리스트인가 보군' 하고 생각했다. 그런데 그녀가 '조력사助力死'라는 말을 꺼냈다. '조력자살'이라고도 하는 이 죽음은, 의료진의 도움을 받아 스스로 목숨을 끊는 방식이다. 죽음을 스스로 선택할 인간의 권리를 우선으로 여기는 스위스에서 조력자살은 합법 행위다. 외국인의 의뢰를 받아주는 기관도 있다. 물론 우리나라에서는 불법이고, 우리나라 사람이 스위스 조력자살 클리닉에서 죽음을 맞는 것도 불법이다.

내게 조력자살이라는 말을 꺼낸 그녀는 법을 어기면서까지 스위스로 달려가 죽음을 맞이할 사람은 아니었다. 그렇다고 아무 준비도 없이 죽음을 황망하게 맞을 사람 역시 아니었다. 죽음을 자신의 삶의 일부로 받아들이고, 죽음을 주도적으로 준비하고 맞이할 사람이었다.

그녀는 남들과 다른 특별한 믿음을 가지고 살아왔다. 30대 초반이었던 1995년, 친구들과 함께 삼풍백화점에 갔다가 사고를 당했다.[*] 친구들은 그 자리에서 모두 비명횡사하고 유일하게 혼자 살아 남았다. 자신의 잘못이 아니었는데도 죄책감에 시달렸고, 왜 자신만 살아남았는지 늘 의아해했다. 그 친구들의 장례를 치러주면서 그녀는 직장도 그만두고 인생을 깊게 들여다보기 시작했다. 그 친구들의 부모 장례도 맡으면서 '제사장'이란 별명도 얻게 됐다.

　모든 일에는 이유가 있고, 연결 고리가 있는 법이다. 그녀는 환생을 믿었다. 자신의 전생을 보았고, 다음 생도 보인다고 했다. 그렇기 때문에 현생에 대한 미련이 하나도 없다고 했다. 다만, 한 가지 발목을 잡는 건 사랑하는 가족이었다. 싱글 중년인 그녀는 부모님을 모두 여의었다. 피붙이라고는 오빠 한 명이 남았다. 투병 중인 오빠가 이 세상을 떠나면 자신의 마지막 숙제인 오빠의 장례를 잘 치르고 싶어 했다. 그것만 끝내면 이제는 자신의 죽음을 맞는 일만 남았다고 했다. 오빠의 장례식을 준비하다가 우연히 스치듯 나를 만나, 아니 꼭 필연처럼 만나 그런 대화를 나누게 됐다.

우리나라에서 시행되고 있는 연명의료결정법은 '존엄사법'이라고도 부른다. 이 법은 병이 악화되어 치료조차 무의미한 상황에 놓였을 때 의료 장치에 의존해 연명하지 않고 자연스러운 죽음을 맞을 권리를 보장한다. 국민 누구나 연명 의료 결정을 내릴 수 있다. 반

---

[*] 　당시 매출액 기준 대한민국 업계 제1위를 달리던 초호화 백화점이었지만, 1995년 6월 29일 건물이 붕괴되면서 대참사가 났다. 이 사고로 502명이 죽었고 937명이 다쳤으며 6명이 실종되어 사상자가 총 1,445명이나 생겼다.

면 약물로 목숨을 끊는 안락사는 불법이다.

연명의료결정법이 시행된 건 불과 몇 년 되지 않았다. 이 법이 시행되기 전에는 연명 의료 장치에 의존해 목숨을 이어가는 사람이 많았다. 뇌는 죽었지만 인공호흡기로 숨만 유지한 채 1년이고 2년이고 애꿎은 세월을 보내기 일쑤였다. 유교 사상이 짙은 우리 사회에서 막대한 치료 비용 부담에 허덕이는 가족들은 감히 연명 포기서류에 사인하지 못했다. 주변의 손가락질만 무서운 게 아니라, 스스로 부모의 목숨을 끊었다는 죄책감을 견디지 못했던 것이다.

연명의료결정법이 시행되고 나서는 환자 당사자가 의식이 있을 때 미리 자신의 연명치료를 거부한다는 의사를 표명할 수 있게 되었다. 반송장 취급을 당하며 욕창에 시달리다가 죽지 않겠다는, 또 가족들에게 부담을 주지 않겠다는 의지다. 이는 본인의 죽음을 스스로 준비하는 첫걸음이기도 하다.

죽음을 대하는 사회 분위기가 점점 바뀜에 따라 장례 방식도, 내가 장의사를 시작한 1994년과 비교해 많이 바뀌었다. 당시는 대부분 집에서 장례를 치렀고, 아파트에서는 노인정을 임시 접객실로 활용하여 장례를 진행하기도 했다. 교통사고 등으로 객사한 경우 영안실 장례를 하게 되는데, 불과 전체의 10~15% 정도였다. 특히 그 당시의 화장률은 15%가 채 안되었다. '불구덩이에 고인을 넣을 수 없다' '고인을 두 번 죽일 수 없다'며 화장을 매우 속된 장례 방식으로 취급했다. 그런데 오늘날은 화장이 거의 90%를 차지한다. 지난 1년 동안 내 손으로 치른 장례 중, 집에서 진행한 장례나 산소를 만드는 매장은 손에 꼽을 정도다.

최근에는 수목장樹木葬의 비중도 커졌다. 수목장은 화장 후 유골을 봉안당에 모시는 것이 아니라, 흙과 섞어 나무 아래에 묻는 방식이다. 비용도 봉안당보다 합리적이고 무엇보다 정서적인 부분에서 수목장을 선호하는 사람들이 늘고 있다.

묵묵히 하늘을 향해 뻗은 나무가 어떨 땐 고인 같기도 하고, 어떨 땐 고인과 연결해주는 다리 같기도 하다. 고인이 묻혀 있는 나무는 고인의 부재로 인한 공허한 마음을 달래주기도 한다. 수목장의 나무는 입 밖으로 내뱉은 넋두리를 조용히 다 들어주는 넉넉한 존재, 가끔 한 아름 안기도 하고 쓰다듬을 수 있는 존재다.

그러나 아직 우리나라에 수목장이 보편화되었다고 하기에는 갈 길이 멀다. 나무도 심은 지 얼마 되지 않아 어린 소나무가 줄을 선 수목장도 더러 있다. 공급에 비해 수요가 갑자기 늘면서 한 나무에 여러 명의 고인을 모시는 경우도 많다. 시간이 지나면 수목장도 많아지고 규모도 더 커질 것으로 보인다. 산림이 넓어지는 것은 자연 환경에도 바람직한 방향이다.

"엄마 꿈에 자꾸 아빠가 나온다는데요, 수목장한 유골을 모시고 나올 수 있을까요?"

수목장으로 장례를 마친 한 의뢰인에게서 전화가 왔다. 이미 장례를 진행하며 이장 포기 각서를 썼는데도 말이다. 유족 중 누군가의 고집으로 수목장을 치른 것인지, 아니면 급하게 진행하면서 장례 방식에 대해 제대로 합의를 하지 못한 것인지, 그 가족은 장례를 치르고 나서도 갈팡질팡했다. 수목장은 매장이나 봉안당 안치와는 달라, 한 번 묻으면 다시 파낼 수 없다. 여러 명의 고인이 묻힌 데다가 이미 흙과 섞인 분골을 온전히 골라낼 수 없기 때문이다. 잘못했다가는 다른 고인의 분골을 가져가는 사고가 일어날 수도 있다.

죽은 사람은 말이 없다. 아무런 유지도 남기지 않고 세상을 떠나는 경우도 많다. 고인이 떠나고 나면 유족은 그제야 어떻게 장례를 치를지 고민하기 시작한다. 사흘밖에 안 되는 시간에 중요한 고민의 순간을 몇 번이나 맞이한다. 당하는 죽음이 아닌 준비해서 맞이하는 죽음은 그래서 중요하다.

자신의 죽음이 무의미하지 않기를 바라는 사람들은 살아 있을 때 본인의 장례를 미리 준비한다. 이런 문화가 퍼지면 장례 방식에도 변화가 올 것이다. 수목장을 넘어 빙장氷葬에 대한 관심도 커지지 않을까? 빙장은 유럽의 일부 국가에서 연구되고 있다. 말 그대로 시신을 급속으로 얼리는 장례 방식인데, 얼리는 데서 그치지 않고 언 시신을 아주 곱게 부순다. SF영화에 나오는 한 장면같이 얼음이 된 시신을 한순간에 깨뜨려 고운 가루로 만드는 것이다. 이 가루에서 수분을 제거하고 이물질을 분리해서 매장한 주변에 식물을 심는 친환경 장례 방식인데, 현재는 몇 가지 기술적인 문제로 사업화가 지연되고 있다. 얼려서 부순다는 점 때문에 거부감을 느낄 수도 있지만, 시신을 소각하고 남은 유골을 분쇄하는 화장 과정과 크게 다를 것이 없다면, 유해가스가 발생하는 화장보다 나을 수도 있다.

화장으로 형성된 분골은 나무 아래 묻으면 흙과 잘 섞이지 않는다. 인간의 몸에 지닌 영양소는 이미 불에 다 타고 난 후라 나무에 줄 영양분도 남아 있지 않다. 반면 빙장으로 형성된 조각들은 육신의 영양분이 그대로 남아 있다. 나무 아래 묻었을 때 나무의 성장에 도움을 준다. 아직 우리나라에는 빙장이 잘 알려지지 않은 상태다. 자신의 죽음을 주도적으로 준비하는 문화가 정착되고, 의미 있는 죽음의 방식을 찾는 사람들이 많아지면 빙장에 대한 관심도 커지지 않을까?

죽음을 대하는 문화가 좀 더 열린 방식으로 변화하는 이 흐름대로라면 우리나라에서도 가까운 미래에 빙장으로 장례를 치르는 모습을 볼 수 있을 듯하다. 물론 고정관념과 선입견을 깨기란 쉽지 않다. 문화와 관례는 더욱더 바뀌기 어렵다. 그렇다 해도 새로운 장례 방식에 솔깃하고 흥미를 느끼는 나로서는 빙장의 도입에 찬성하는 바다. 비슷하지만 새롭고 의미 있는 장법葬法이 아닌가.

나의 장례식

김영삼 대통령 대상 大祥(사람이 죽은 지 두 돌 만에 지내는 제사)이 지나고 2017년 말 신문기자가 찾아왔다. 대통령 염장이에게서 뭔가 흥미로운 이야깃거리를 발견하고 싶었던 모양이다. 누구나 다녀갈 수 있는 분향소나 영결식에서 있었던 일이 아닌, 제한된 장소에서 일어난 일을 궁금해하는 사람이 많다.

인터뷰를 하던 중 기자가 나에게 이렇게 물었다.

"유 원장님은 평생을 장례지도사로 사셨는데, 그럼 유 원장님 장례식에서 염은 누가 하나요?"

"후배들이 해주겠죠."

그냥 떠오르는 대로 말해놓고 가만히 생각해보니, 내 장례식을 구체적으로 떠올려본 적이 없었다. 어떤 모습으로 죽고 싶다는 생각은 해보았지만, 장례식을 어떻게 치를지는 구체적으로 생각해본 적이 없었다.

함께 일하는 후배는 처음 일을 배우러 왔을 때 부모님의 장례를 자기 손으로 직접 치르고 싶어서 염습을 배우겠노라 했다. 나도 어릴 때 아버지가 직접 집안 장례를 치르시는 걸 보고 자랐다. 요즘은 자식이 부모를 제 손으로 염하는 일이 없다. 장례식장에 모든 절차를 맡기는데, 안타깝게도 장례문화가 제자리걸음이다. 형식적인 입관식, 의례적으로 찾아오는 조문객들, 육개장 한 그릇 또는 술 몇 잔의 자리, 그렇게 이틀 밤이 지나길 기다리다가 이어지는 발인 등, 모든 장례식 풍경이 똑같다. 조문객 수에 따라 규모만 조금 달라 보일 뿐이다.

획일화된 장례식을 나까지 똑같이 치르고 싶지는 않다. 내게 조금이라도 힘이 남아 있을 때 생전 이별식을 열어, 고마운 사람, 관계를 풀어야 할 사람, 사랑하는 사람, 미안한 사람 모두를 초대해 내 인간관계를 직접 정리하고 싶다.

그리고 임종 순간을 온전히 느끼며 떠나고 싶다. 숨쉬기 힘들어지면 목욕재계하고 좋아하는 옷 입고 마지막 호흡을 느끼면서 떠나고 싶다. 그러기 위해서는 평상시에 건강관리 잘 하고 주변정리도 미리 잘 해놓은 후, 나를 아끼는 사람들 품에서 떠나가야겠지.

임종한 이후에는 남은 가족이 나를 떠올리며 작은 애도식을 열어주길 바란다. 삼일장이니 오일장이니 형식에 얽매이지 말고, 가까운 사람들이 모이기 편한 저녁에 한두 시간, 내가 사람들에게 어떤 사람이었는지, 어떻게 기억되는지 나누며 서로를 위로하고 힘을 얻길 바란다. 시나 내가 즐겨 부르던 이장희 노래들을 곁들이면 더 좋을 것 같다. 문학과 예술은 살아 있는 사람의 마음을 어루만지는 데 도움을 주니까. 그렇게 애도하는 것으로 남은 가족과 지인들이 위로를 받으면 좋겠다.

　그러기 위해서는 좋은 아빠, 든든한 남편, 자랑스러운 형제, 멋진 선배로 남는 것이 살아 있는 동안 내게 남겨진 숙제일 것이다.

엔딩노트를 쓰세요

"우리 딸 참 예쁘다."

2020년 10월 딸과 함께 방송에 출연한 적이 있다. 아무 말 없이 눈을 5분 동안 마주 보고 있다가 서로 대화를 나누는 프로그램이었다. 가만히 딸 얼굴을 보는데 참 예쁘게 느껴졌다. 매일 보는 얼굴인데, 이렇게 자세히 보기는 두세 살 때 배 위에 올려놓고 장난친 이후로 26년 만이었다. 딸아이는 생각지 못한 말을 들었는지 갑자기 눈물을 또르르 흘렸다. 아니면 속으로 '우리 아빠 참 늙었다' 하고 생각하던 참에, 아빠에게서 예쁘다는 말을 들으니 갑자기 짠한 마음이 밀려왔나 싶기도 했다.

죽음을 다루는 직업인을 출연시키고 싶었던 제작진의 기획에 따라 우연히 출연하게 된 프로그램이었는데, 나에게는 장례지도사 아버지를 둔 딸아이의 속마음을 들을 수 있는 기회였다. 이런 말, 평소에는 잘 안 하고 사니까. 딸아이에게 물어본 적도 없고, 딱히 딸도 나에게 그런 말을 한 적이 없다. 방송을 빌려 처음으로 내 직업에 대한 딸아이의 생각을 물었다.

"아빠가 장례지도사라서 친구들에게 놀림받은 적은 없었어?"

딸에게 처음 물어보는 말인데, 하필 여러 대의 카메라가 쳐다보고 있어 심장이 쿵쾅 뛰었다.

"아빠 일은 아빠 일이고, 나는 나지."

사회생활 몇 년 한 20대 후반의 딸이 태연하게 대답했다. 지금은 성인이 되어 속 깊은 소리를 하지만, 어릴 땐 서로 입 밖으로 꺼내지 못한 말들을 끌어안고 살았으리라. 장례지도사를 하기로 마음먹고 준비한 석 달 동안은 아내에게도 말을 하지 않았다. 그리고 10년 동안 부모 형제들이나 주변 사람들에게도 비밀로 했다.

나는 내 직업, 내 일이 좋았지만, 남들은 어떻게 생각할지 뻔했다. 편견이 싫었고, 이 일이 왜 중요한지 하나하나 설명하기도 구차했다. 뭐 하고 돌아다니냐고 물으면 '행사 기획'한다고 말했다. '마지막 이별여행 기획'이다!

나는 장례지도사 일을 시작한 순간부터 그만둘 생각이 없었다. 이런저런 일을 많이 해본 터여서 장례지도사는 내 생의 마지막 직업이라는 걸 확신했다. 한 사람의 생을 마무리해주는 사람으로 이렇게 귀한 직업이 또 있을까 싶다. 하지만 사회의 인식은 그렇지 않았다. '직업에 귀천 없다' '참 좋은 일 한다'라곤 하지만, 그냥 말뿐이라는 걸 살아보면 다 안다. 우리 딸아이의 말처럼, '너의 일은 너의 일'로 내 직업 자체를 인정하는 사회 분위기였다면, 나는 굳이

'행사 기획자'라는 허울을 쓸 필요가 없었다.

　또 다른 한편으로는 무슨 일을 2년 이상 지속적으로 해보질 않아서, '또 다른 일 하냐'는 소리가 듣기 싫기도 했다. 어차피 내 주위 사람들을 대상으로 홍보할 것도 아니지 않은가. 세상살이가 힘들 때 읽었던, 미국 자동차 판매왕의 이야기가 생각난다. "세일즈 오래 하려면, 전혀 모르는 사람한테 먼저 팔아라!"

"아빠는 반평생 다른 사람들 장례를 책임졌어. 당연하겠지만 내 장례는 너에게 부탁한다."

이 말도 방송을 빌려 딸아이에게 처음 꺼냈다.

"왜 벌써 그런 말을 하는데?"

딸은 놀란 듯했다. 건강한 사람은 살면서 자신의 죽음을 떠올릴 일이 거의 없다. 건강해 보이는 아빠의 죽음도 굳이 앞당겨 생각할 필요가 없었을 것이다. 그런데도 나는 내 죽음을 미리 생각해놓고 싶다. 나의 마지막 의식이 나의 뜻대로 되길 바라는 마음에서다. 장례식뿐 아니라 나의 사회적 관계를 정리하는 것 역시 내 뜻대로 하고 싶다. 유족 마음대로 정리되길 바라지 않는다면, 자신의 뜻을 제대로 남겨야 한다. 많은 사람이 유서를 쓰기도 하지만, 곧 죽을 걸 알고 쓰는 유서 말고, 오락가락하는 정신으로 쓰는 유서 말고, 살날이 많을 때, 건강할 때 자신의 죽음을 들여다보는 엔딩노트를 써보길 권한다.

대학원 졸업 여행으로 일본에 다녀왔다. 장례문화학과의 졸업여행 답게 일본의 장례문화에 관련된 것들을 많이 찾아다녔다. 그러던 중 장례박람회에서 엔딩노트를 발견했는데, 삶과 죽음을 대하는 태도가 참 신선하게 느껴졌다. 이거다 싶어서 몇 권 사 왔다. 나는 이걸 우리 정서에 맞게 재구성해, 40페이지 남짓의 작은 책자를 만들었다. 그 후, 노인대학이나 호스피스 시설 등에서 강의 요청을 받을 때마다 이 엔딩노트를 들고 다니면서, 참석자들에게 자신의 엔딩노트를 작성해보게 하고 있다.

삶의 환경에 따라, 살아온 삶의 여정에 따라, 반응은 다양하다. 자신이 키우는 반려동물이 홀로 남겨질 걸 걱정하며 눈물을 떨구는 사람, 재산을 누구에게 줄지 고민하는 사람도 있었다. 엔딩노트를 앞에 두고 살아온 인생을 뒤돌아보던 한 노인은 길지도 짧지도 않은 인생이었다며 눈시울을 붉히더니, 끝내 아무것도 쓰지 못했다. 텅 빈 엔딩노트처럼 그 노인이 돌아본 한평생도 텅 비어 보여 마음이 편치만은 않았다.

누군들 자신 있게 자신의 인생이 완벽했다고 말할 수 있을까? 완성을 향해 고군분투하지만, 결국 미완성으로 끝나는 게 우리 인생이다. 엔딩노트가 인생을 완벽하게 마무리 지어주는 것은 아니지만, 마지막까지 주체적인 삶을 사는 데 도움을 준다. 자기 삶을 자기 손으로 마무리하는 것만큼 잘 산 인생이 있을까?

이제는 나의 엔딩노트를 쓸 시간이다. 고치고 또 고치더라도 정신 말짱할 때, 사지 건강할 때, 나의 죽음을 똑바로 바라보며 한 자 한 자 적어 내려가보길 바란다.

다음 해에, 아니면 몇 년 후에 보고 다시 작성할 수도 있다. 주위 사람들과의 관계도 새롭게 정립해볼 수 있는 계기도 될 것이다.

죽음의 문턱에서

정작 염을 할 땐 일에 몰두하느라 영가의 존재나 그 존재의 두려움을 잊곤 한다. 그런데 내가 죽음의 기로에 섰을 때, 영가의 존재를 강하게 느낀 적이 있다. 내가 정성스럽게 보내드렸던 영가들이 나의 사지를 잡고 끌어다가 생의 길목으로 집어 던진 것으로 생각하고 있다. 남들은 어떻게 생각할지 모르지만.

2015년 5월 경북 청도 운문사에서 3일 동안 장례와 다비를 마치고 해 질 무렵 서울로 올라가려는 나와 우리 직원들을 스님이 붙잡았다. 숙소와 식당에 예약을 다 해놓았으니 충분히 먹고 쉬었다가 가라고 했다. 무척 피곤했던 차라 거절하지 않고 성의를 감사하게 받았다. 말 그대로 정말 잘 먹고 잘 자고 나서, 다음 날 이른 아침, 맑고 개운한 정신으로 출발했다. 생명의 기운이 약동하는 시기라 그 모든 것이 푸르고 상쾌했다. 한창 기분 좋게 상주 고속도로를 달리는데, 갑자기 뭔가가 튀어나와 앞 범퍼를 그대로 들이받았다. 충격으로 차가 중앙분리대를 받고 팅겨 나가더니 가드레일에 부딪치고 뒤집어지면서 1차로에서 멈췄다.

순식간에 벌어진 일이라 사실 차가 돌았는지 뒤집혔는지 제대로 인식하지도 못했다. 눈앞에 펼쳐진 풍경이 잘라낸 필름 조각처럼 띄엄띄엄 들어왔다. 지금 생각해보면, 새벽 공기 마시려고 창문 열어두길 정말 잘했다는 생각이 든다. 차는 뒤집히고 찌그러져 문이 열리지 않았다. 잘 기억나지는 않는데 열린 창문으로 겨우 나온 것 같다. 뚜렷하게 기억나는 한 가지는 내 의지로 기어 나오지는 않았다는 것이다. 알 수 없는 존재들이 나의 팔과 다리를 붙잡고 차 밖으로 집어 던지는 느낌이었다.

　나는 그렇게 쑥 빠져나왔다. 뒤집힌 차 천장에 휴대전화가 떨어져 있는 게 보였다. 휴대전화를 집으려고 손을 집어넣으려는 순간 뒤에서 달려오던 차가 전복된 내 차를 그대로 들이박고 멈춰 섰다. 그리고 운전자는 움직임이 없었다.

　계속 차가 지나가는 고속도로에서 또 충돌이 일어나면 안 되겠다는 생각뿐이었다. 나는 중앙분리대 뒤쪽으로 걸어 가면서 정신없이 양손을 흔들며 차들에게 사인을 보냈다. 충격 때문인지 입 밖으로 소리가 나오지 않아 마음으로 외쳤다.

'사고 났어요, 사고!'

누군가 119에 신고했는지 얼마 지나지 않아 구급차가 도착했다. 뒤차 운전자가 보호자석에 타고, 나는 들것에 뉜 채 병원으로 옮겨졌다. 뒤통수부터 팔, 다리 등 찢어진 피부 사이로 피가 흘러 떡이 져 있었다. 뒤 차 운전자는 멀쩡해 보였는데, 팔이 부러졌다는 걸 뒤늦게 알았다. 뼈가 부러졌으니 얼마나 아팠을까. 큰일을 당하면 혼이 나간다더니, 그 사람도 얼마나 놀랐는지 병원에 와서야 통증을 느꼈다고 한다.

먼저 출발한 우리 직원들이 사고 소식을 듣고 돌아왔다. 경찰서에 갔더니 2차 충돌이 있어서 폐차 진행까지 하고 왔다고 했다. 차 범퍼에 부딪혔던 뭔가는 고라니였다. 순식간에 차로 뛰어들어 뭔지도 몰랐고, 사고가 난 후에도 부딪힌 존재를 도로에서 찾아볼 수 없었는데, 길옆으로 튕겨 나갔는지 꽤 시간이 지난 후에야 고라니 사체를 발견했다고 했다.

찢어진 뒤통수를 스테이플러 5방으로 봉합하고, 피가 눌어붙은 옷은 잘라내 버렸다. 다행스럽게 얼굴에는 상처 하나 없었다. 여기저기 깊은 상처가 아물 때까지 3주 정도 병원에 입원했다. 이만한 게 얼마나 다행스러웠는지 모른다. 모든 게 감사했다. 같이 일하는 우리 직원들에게 내 성질머리대로 언성 높이고 윽박질렀던 것을, 늘 죽음 옆에서 주검을 처리하면서 나만 힘든 것같이 주변 사람들에게 편하게 대하지 못했던 것들을 후회하고 반성했다.

언제 어떻게 죽을지 모르는 인생인데 우리는 '내일'이 당연할 줄 알고 살아간다. 나는 사고의 순간 까딱하면 '내일'을 맞지 못할 뻔했다. 후회 없이 산 인생이 잘 산 인생이라는데, 우리는 매일 후회할 일을 하며 산다. 죽기 전에는 후회할 일을 청산할 수 있을 거라고 생각한다. 그런데 막상 죽음의 기로에 서보니, 매일 후회할 일을 반성하지 않으면 죽기 전에 그 일을 청산하지 못한다는 사실을 깨달았다.

'내가 교만했구나! 내가 어리석었구나!'

'전복된 차 밖으로 빠져나오지 못했다면, 휴대전화 꺼낸다고 머리까지 집어넣었다면 어떻게 되었을까', 생각하는 순간 온몸에 소름이 끼쳤다. 나는 지금 여기에 없을지도 모른다. 찰나의 순간, 아주 작은 행동의 차이로 살고 죽는 게 결정된다. 그 순간 내가 산 건 운이었을까?

지금도 드문드문 떠오르는 그날의 기억에서 나를 살린 영가님들만큼은 또렷하게 기억한다. 하루하루 바쁘게 달려가느라 차마 보지 못한 것을 보게 하려고, 아직은 들어올 때가 아니라고 나를 들어 차 밖으로 던진 것이리라. 깨닫기 전에는 죽지 않게 하려고 나를 돌본 것이리라.

몇 년이 지난 지금, 정신없이 사느라 교만의 잡초가 무성해진 걸 외면하고 사는 나를 발견하면, 삶과 죽음의 기로에 섰던 그날을 의식적으로 떠올린다. 그리고 제초기를 윙 돌려 교만의 잡초를 모두 깎아버린다. 그 뿌리까지 뽑아버리면 얼마나 좋을까 싶지만, 죽기 전까지 내 마음을 관리하는 선 인생의 숙제인 듯하다.

사고를 뒤늦게 아시고 병원비를 보내주신 스님은 사고 지점을 지날 때 고라니를 위해 기도해주라고 했다. 그러고 보니 고라니가 나 대신 죽은 걸까 하는 생각이 들었다. 지방 출장 때 많이 다니는 도로인데, 오갈 때마다 CD를 틀고 기도해서인지 지나갈 때 두려움을 느끼게 되는 사고 트라우마는 없다.

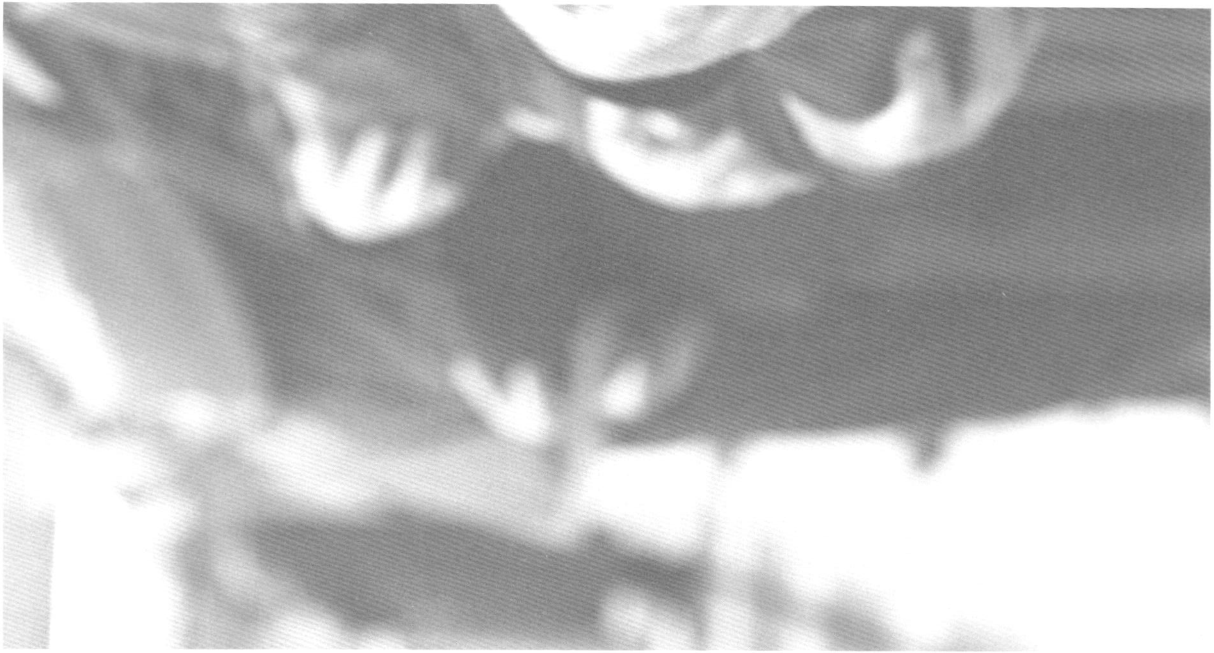

2. 웰다잉 안내자

4 ——— 죽음은 산 자들의 일이다

현대인에게 죽음은 남의 일

코로나19 팬데믹이 인류에게 가져다준 변화는 엄청나다. 관계의 형태, 일하는 방식, 여가활동의 유형, 다양한 분야의 트렌드 흐름이 한순간에 달라졌다. 어떤 역사학자는 20세기의 진정한 시작은 1914년에 발발한 '제1차 세계 대전'이고, 21세기의 진정한 시작은 2019년에 일어난 '코로나19 팬데믹'이라고 규정하기도 했다.

코로나19의 강한 전염성과 위험성으로 우리 정부는 전 국민적인 사회적 거리두기를 시행했다. 이탈리아나 프랑스 같은 나라는 정부가 발급한 허가증 없이 집 밖에 나다니지 못하게 하는 봉쇄령까지 내렸다. 영국 BBC 다큐멘터리를 통해 코로나19 사태로 직격탄을 맞은 이탈리아 모습을 보았다. 걷잡을 수 없을 정도로 코로나19 환자가 급증해서, 의료 체계가 붕괴되고 많은 사람이 목숨을 잃었다. 코로나로 숨진 수많은 환자 수를 감당할 수 없어, 성당에까지 시신이 가득 들어찼을 정도라고 한다.

우리나라는 코로나19와 같이 전염성이 강한 질병으로 사망한 고인은 장례식을 치를 수 없도록 법으로 규정하고 있다. 이탈리아 역시 마찬가지였다. 고인의 유품도 관에 넣을 수 없게 법으로 정해놓았다. 예전 같았으면 장례지도사는 유족에게 다양한 선택지를 제시하고 어떤 방식의 장례를 할지 고르라고 했을 것이다. 하지만 지금은 사정이 완전히 다르다. 할 수 없는 사항을 유족에게 미리 알려주어어야 한다.

"고인의 머리를 빗겨드릴 수 없습니다."
"고인의 얼굴에 화장을 해드릴 수 없습니다."
"원하는 옷을 입혀드릴 수 없습니다."

입관한 고인의 얼굴을 어루만지거나 볼에 키스를 하는 건, 장례를 가톨릭식으로 치르는 이탈리아인에게는 관례였다. 그러나 눈에 보이지도 않는 바이러스가 그토록 당연한 의식도 할 수 없도록 모든 형식과 방법을 바꿔놓았다. 유족은 집에서 또는 벽을 사이에 두고 고인을 추모하며 눈물을 흘렸다. 공원 묘지에는 하관하는 인부들밖에 보이지 않았다. 공원 묘지마저도 꽉 차서 군용 차량으로 관을 다른 도시로 옮기는데, 긴 차량의 행렬이 참으로 참담하게 보였다. 이탈리아의 한 장례지도사는 다큐멘터리에서 "회사에 쌓아둔 일회용 방호 장비가 이제 거의 바닥났다. 앞으로 몇 번이나 장례를 더 치를 수 있을지 알 수 없다"고 말했다.

우리나라에서도 많은 사람이 코로나19로 안타까운 죽음을 맞았다. 유족들은 멀리 세워 둔 자동차 안에서 사랑하는 사람의 관이 옮겨지는 것을 지켜보는 것밖에 할 수 있는 게 없었다. 염습도 할 수 없어서 죽음을 맞은 당시 모습 그대로 시신용 위생백을 이중으로 감싸고 그대로 관에 모셔 화장했다. 유족이 자동차에 앉아 어머니의 장례를 제대로 치르지 못했다며 눈물을 흘리는 모습이 뉴스에 나온 적이 있었다.

하지만 여전히 주말마다 수많은 인파로 북적이는 거리, 피서객이 빼곡한 해수욕장을 보면, 많은 사람이 그 심각성을 체감하지 못하는 듯하다. 코로나로 인한 죽음은 안타깝지만 자신과는 크게 상관 없는 일처럼 느껴지는가 보다.

　요즘은 웬만한 병은 조기에 발견하고 치료할 수 있게 되었다. 병을 진단하는 의학 기술과 치료법이 계속해서 발전하고 진화하고 있다. 이로 인해 사람들의 평균 수명이 길어졌다. 2020년에는 '5060 신중년층의 소비 패턴'이 주목받았다. 이들의 소비가 경제 활동에 중요한 역할을 하게 된 것이다. 가까운 과거만 해도 이들을 노인네라고 했지만, 이제는 신중년층이라고 부른다. 그래서인지 현대인들은 죽음을 우리와 그리 가깝지 않게 느낀다. 젊은 사람뿐 아니라 어느 정도 나이가 있는 사람들마저도 점점 죽음에 대한 체감도가 떨어지는 듯하다.

　이러한 점은 장례식 풍경에서도 실감할 수 있다. 삶을 고찰하려면 연회장이 아닌 장례식장을 가라는 말이 있다. 슬픔과 눈물이 있는 장례식장에서는 묵묵히 고인의 삶과 자신의 삶을 돌아보고 어떻게 살아갈 것인지를 고민하게 된다. 그런데 요즘 장례식에서는 삶에 대한 깊은 고민을 엿보기 어렵다. 고인을 정성껏 모셔 마지막 길을 배웅하겠다는 마음도 찾아보기 쉽지 않다. 조문객들에게 장례식은 흔한 경조사 중 하나가 된 듯하다. 일본에서는 드라이브스루 장례식장이 등장해 화제가 된 적이 있다. 조위금은 전달해야겠는데 장례식장에 보내는 시간은 아까운 것이다. 또 아주 가깝지 않은 사람의 장례식장에 얼굴은 비쳐야겠는데, 막상 인사를 나누기에는 어색한 것이다. 죽음이 내 일처럼 느껴진다면 형식 맞추기에 급급한 장례식에 억지로 참석하는 일은 없지 않을까.

100년 인생

가수 이애란 씨의 〈100세 인생〉이라는 노래가 있다. '100세에 저세상에서 또 데리러 오거든, 좋은 날 좋은 시를 찾고 있다 전해라'라는 가사가 나온다. 100세라 하면, 보통 장수했다고 말한다. 예전에는 100세를 넘은 사람이 TV에 종종 나와 장수의 비결을 알려주곤 했다. 그리 오래전 일이 아니다. 그런데 이제는 100세 이상 사는 시대가 점점 다가오고 있다. 유엔 인구 통계에 따르면, 2015년에 전 세계 100세 이상의 인구는 43만 명을 기록했다. 2020년 통계청 자료에 따르면, 우리나라 기대수명은 83.3세다. 기대수명은 0세 출생자가 앞으로 생존할 것으로 기대되는 평균 생존 연수를 의미한다.

1980년만 해도 기대수명이 66.1세였다. 그리고 2009년에는 기대수명이 80.0세로 높아졌다. 기대수명의 증가세가 멈추지 않고 계속된다면, 머지않아 더 많은 사람이 100세 인생을 맞을지 모른다. 노랫말처럼 "좋은 날 좋은 시에 저세상 알아시 갈 테니 죽음아 재촉하지 말아라"고 말하는 시대가 올 듯하다.

오래 사는 것도 좋지만, 어떻게 사느냐가 더 중요하다. 100세 시대 고령층에게 최대의 적은 치매라고 한다. 자신이 걸어온 인생의 길을 잃어버리고 다시 어린아이로 돌아가 다른 누군가의 돌봄을 받아야만 하는 존재가 되는 것이 치매다. 자신이 어떻게 살아왔는가만 잊어버리는 게 아니다. 어떻게 죽음을 맞아야 할지도 인식하지 못한다.

모든 고령층이 치매에 걸리는 건 아니지만, 아무리 의료가 발달했다 해도 사람은 나이가 들면 여기저기 기능을 상실하고 망가지기 마련이다. 한두 가지 크고 작은 병을 안고 살 수밖에 없다. 100세 시대를 원하는 갈망은 크지만, 인간은 모두 죽음을 맞이한다. 100세까지 살기를 노래하는 요즘 사회에서 언젠가는 반드시 맞이할 죽음에 대해서는 얼마나 진지하게 고찰하는지 궁금해진다.

"만약에 네가 죽는다면, 물론 생각도 하기 싫지만….”
"죽기는 누가 죽어?”

사람들은 죽음이란 단어를 입에 담기 꺼려한다. 머릿속에서 떠올리기조차 거부한다. 말이 씨가 된다는 속담 때문일까? 죽음이란 말을 올리면 정말 그렇게 될까 봐 무서운 걸까? 부정적인 이미지에 갇힌 '죽음'은 살아 있는 사람들 사이에서는 뒷전이 되었다. 막상 죽음의 순간에는 생각해보지 않은 죽음에 당황해한다. '죽음'은 살아 있을 때 진지하게 고민해야 할 주제다. 나는 어떤 죽음을 맞고 싶은지,

나의 마지막 모습은 어떻길 바라는지, 죽음 직전까지 어떻게 살아야 편하게 눈을 감을 수 있을지 지금 당장 생각해보길 바란다. 이것은 살아 있는 사람에게만 주어진 특권이다.

준비 안 된 죽음, 준비 안 된 장례

※

많은 사람은 100세를 살 생각으로 보험을 들고, 치매 예방 운동을 하며, 노후 생활을 대비해 투자도 한다. 그런데 인생의 끝에 맞이할 죽음을 대비하는 사람은 많지 않다. 준비되지 않은 죽음의 뒷일은 남겨진 자의 몫이다. 장례식장을 마련하고, 모든 절차를 확정하며, 장례에 드는 경비를 처리하는 것은 가족들의 책임이다. 어떤 관에 모실지, 어떤 수의를 입혀드릴지, 매장을 할지, 화장을 할지 등 장례식의 주인인 고인의 의사와 상관없이 대부분 가족의 결정으로 이뤄진다. 그럴 수밖에 없는 것이, 고인이 자신의 장례식을 준비해놓지 않았기 때문이다. 갑작스러운 사고사나 예기치 못한 죽음을 맞았다면 어쩔 수 없지만, 100세 인생을 준비할 정도의 여유라면 자신의 죽음도 충분히 준비할 수 있어야 한다. 자신의 장례식을 자신이 직접 기획하고 준비한다면 인생의 마침표를 제대로 찍을 수 있을 것이다.

자신의 장례식을 직접 준비하는 것은 생각보다 어렵지 않다. 다만 마음을 단단히 하는 준비는 필요하다. 대개 자신의 성장에 대한 기대, 자기 발전을 위한 계획은 진취적으로 느끼지만, 인생의 끝을 생각하면 삶의 유한성과 상실감, 허무함이 현실적으로 다가온다. 평소 심각하거나 우울한 사람이라면 자신의 죽음을 대하는 마음이 더 무거울 수 있겠다.

우리는 누구나 평화롭고 품위 있는 죽음을 맞이할 권리가 있다. 인간은 병약한 상태라도 위대한 선택을 내릴 수 있다. 죽을병에 걸렸다면, 그 상황을 어떻게 받아들이고 보내느냐에 따라 그 시간이 축복이 될 수도 있고 불행이 될 수도 있다. 앞으로 언제 어디서 어떠한 일이 나에게 닥칠 수 있다는 사실을 인지하고, 평상시에 습관적으로 자신의 죽음에 대해 고민해봐야 한다. 한 번도 그런 생각을 해보지 않은 상태에서 시한부 선고를 받기라도 하면, 그 순간 우리는 죽음에 대한 두려움에 지배당하고 만다.

병에 걸려서 자신의 죽음에 대해 생각해보는 시간을 가질 수 있다는 것은 어쩌면 축복이라고도 할 수 있다. 그런데 어떤 환자의 가족들은 환자가 혹시 정신적으로 충격받을까 봐, 삶의 의지를 잃어버릴까 봐 사실대로 말하지 않고, 병명을 감추기도 한다. 환자를 위한답시고 하는 일이겠지만, 그건 진짜 위하는 일이 아니다. 환자가 자신의 죽음을 준비할 시간을 멋대로 빼앗는 셈이다. 그렇기 때문에 불치병 환자에게도 본인의 상황을 사실대로 알려줌으로써, 시간과 기운이 있을 때 주변을 정리할 수 있도록 도와주어야 한다.

자신의 장례식을 미리 생각해보고 죽음을 준비하라는 뜻은 비관적으로 죽음을 바라보라는 뜻이 결코 아니다. 장례식의 주인은 자신이지 남겨진 가족이나 주변 사람들이 아니다. 장례식의 주인으로서 자신의 장례식을 준비하고 기획해놓으라는 의미다. 그래야만 결코 피할 수 없는 죽음을 보다 침착하고 두려움 없이 받아들이는 지혜를 배울 수 있다.

일본에서는 자신의 장례식에 초대할 사람을 미리 선정해놓는 관습이 있다. 어떤 엔딩노트에는 연락할 필요가 없는 사람들의 명단을 적어놓기도 한다. 일본 문화를 우리가 굳이 따라 할 필요는 없지만, 상조회사에서 고인이나 상주의 휴대전화 연락처를 가져가 한 번 만난 사람, 초대하고 싶지 않은 사람에게까지 한꺼번에 부고를 보내는 일을 막고 싶다면, 진심으로 애도하고 위로해줄 사람을 초대하고 싶다면, 죽기 전에 미리 조문객 명단을 작성해보길 권한다.

몇 년 전 어느 드라마에서 죽음을 앞둔 한 여인이 살아 있을 때 장례식을 열어 아끼는 사람, 용서를 빌고 싶었던 사람, 사랑을 표현하지 못했던 사람들에게 부고를 보내는 장면이 나왔다. 부고를 받은 사람들은 무거운 마음으로 장례식장에 달려갔다. 그런데 영정 속에 있어야 할 사람이 조문객을 맞이하고 있었다. 초청자는 자신의 장례식에서 조문객들에게 감사와 사랑을 표현하고 그동안 자신의 부족했던 면을 부디 용서해달라고 말했다. 화해와 감동이 있는 장례식이었다.

　드라마에서만 있는 일은 아니다. 실제로 병중에 있던 한 기업의 회장이 호텔을 빌려 자신의 장례식을 미리 치른 적이 있다. 장례식을 가족에게 맡기지 않고 본인이 직접 기획하고 초대하여 조문객

한 사람 한 사람에게 작별 인사를 건넨 것이다. 그동안 관계 맺었던 사람들과 공식적으로 이별을 고하는 자리였던 셈이다. 살아 있을 때 하는 장례식이기에, '생전 이별식'이라 부르기도 한다. 대부분의 장례식에서는 유족과 조문객이 세상을 떠난 고인을 기억 속에서 소환해 각자의 기억만으로 고인을 추모한다. 물론 이것도 의미가 없다고 할 순 없지만, 곰곰이 생각해보면 이는 사회적 관계 정리가 일방적으로 이뤄지는 것이다.

사회적 관계 정리를 살아 있을 때 본인이 직접 한다면, 죽음을 맞이하는 사람은 좀 더 의연하게 죽음을 준비할 수 있을 것이다. 또 남겨진 사람들은 고인의 영정 앞에서 후회할 일이 줄어들 것이다. 그러면 고인이 세상을 뜬 후 치러지는 장례식에서는 '살아 있을 때 더 잘할걸, 따뜻하게 말할걸, 용서하고 사과할걸' 하는 회한의 눈물 대신, 감사와 사랑과 존경과 그리움을 담은 추모가 이어지지 않을까.

준비 안 된 죽음, 준비 안 된 장례는 결국 유족의 몫으로 남는다. 고인이 자신의 장례에 대해 아무런 뜻도 남기지 않고 죽는다면, 더 이상 장례에 대한 선택권은 고인에게 있지 않다.

물처럼 바람처럼 살다가 가라 하네

❋

사람이 죽으면 여러 절차를 거쳐 장례를 치르게 된다. 그런데 염습, 입관, 하관 등을 하는 데 좋은 시간이 따로 있다면서, 지관地官(풍수설에 따라 집터나 묏자리 따위의 좋고 나쁨을 가려내는 사람)이나 철학관 등에서 시간을 받아서 하는 경우가 종종 있다. 모두가 남겨진 자들의 복을 위해서 하는 일이다. 그럴 때마다 무척 당황스럽다. 새벽 1시나 3시가 좋다고 하면, 온 가족이 새우잠을 자면서 입관식을 기다리다가 고인의 마지막 얼굴을 보게 된다. 기다리는 건 가족만이 아니다. 말이 없는 고인은 산 자를 위해 그 시간 동안 방치되고 만다. 거기까지만 해도 다행인데, "○○띠인 사람에게는 안 좋으니 고인을 보지 마시오" 하면, 고인이 부모님이라도 피하는 경우도 여러 번 봤다. 한번은 산에서 자기 아버지를 하관하다가 그 소리를 듣고는 갑자기 산 밑으로 전속력으로 뛰어내려간 맏상주도 있었다. 그러다 나뭇등걸에 걸려 넘어져 죽을 뻔하기도 했다. 얼마나 잘되고 잘 살려고 그러는 건지….

무한한 시간 여행을 떠나가는 망자 앞에서 입관, 하관 시간을 가지고 다투는 사람들도 있었다. 유족에게 의뢰받은 풍수가와 마을 지관이 고인의 임종 시간과 장남의 사주 등을 따져 입관과 하관 시간을 정하는 문제로 서로 언성을 높이며 다툰 일도 있었다. 상중에 장례를 진행하지 못할 정도로 싸울 만큼 그렇게 시간이 중요한 걸까? 역시나 그 와중에도 고인은 말이 없다.

입관식이 끝나고 천판을 닫으려는 순간, 정적을 깨고 나서는 사람도 더러 있다. 대개는 가까운 친척 중 나이 드신 아주머니다. 한 명 한 명의 이름을 대면서 누구의 아픈 병 가져가라 하고, 누구의 사업 잘되게 해달라 하고, 누구에게는 취직하게 해달라 하고, 누구는 시집가게 해달라 하며 고인에게 여러 소원을 빈다.

　사랑하는 가족들을 남겨두고 차마 떨어지지 않는 발걸음을 떼는 분에게, 그 순간만이라도 온 마음을 다해 좋은 곳으로 가라고 기도나 해드리면 좋으련만. 망인이 편안하게 길 떠나시게 도와드리면 좋으련만.

종교든 사주명리든 또 미신이든, 그것 자체에 얽매여 사는 사람들을 볼 때마다 나옹 선사의 선시가 떠오른다.

　물처럼 바람처럼 살다가 가라 하네.

유족의 종교, 고인의 종교

30년 가까이 장례지도사로 일하면서 수많은 유족을 만났다. 고인을 보내는 마음가짐이 유족마다 같을 수는 없다. 살아온 환경과 살아가는 모습과 사고방식 등에 따라 저마다 고유한 분위기와 그들만의 문화가 있기 때문이리라. 이처럼 각양각색의 유족을 만나지만, 이 때문에 곤란한 적은 거의 없었다. 이런 나에게도 장례를 진행할 때 괴로운 순간이 있다. 그것은 형제간에 종교 싸움이 벌어질 때다.

형제간에 종교가 달라 장례 방식을 두고 싸움이 일어나는 경우가 종종 있다. 자기 종교 방식대로 장례를 치르겠다고 서로 고집을 꺾지 않는다. 그럴 땐 이러지도 저러지도 못하고 장례지도사인 나만 가운데 끼여 여간 피곤한 게 아니다. 마음 편하자고 찾는 게 종교일 텐데, 그들을 보면 전혀 마음이 편해 보이지 않는다. 고인을 위한 장례에서 고인을 위하는 마음은 보이지 않는다. 그들에겐 신앙 아닌 신념만 있을 뿐이다.

입관식의 절차와 형식은 종교마다 조금씩 다르기 때문에, 대체로 유족이 원하는 방식을 말해주면 그에 맞춰 입관 절차를 준비한다.

그런데 유족이 어떤 종교 형식으로 입관식을 치를지 결정하지 못하고 서로 싸우게 되면, 염습할 시간은 줄어들고 입관 시간은 점점 뒤로 밀려난다. 입관실을 쓸 때는 장례식장에 이용료를 지불하고 사용하는데, 시간당 값을 치른다. 장례식이 많은 날에는 입관실 예약이 한 시간 반마다 잡혀 있다. 정해진 시간 내에 준비해서 염습과 입관을 마쳐야 하는 사정은 생각지도 않고, 자신의 종교 방식만 고집하며 양보하지 않는 유족들을 보면 속이 탄다. 웬만하면 남의 가족 문제에 끼어들지 않지만, 이럴 땐 유족에게 고인의 종교가 무엇이었는지 묻고, 나는 이렇게 말한다.

"유족들의 종교가 무엇이든, 고인의 종교 방식대로 합시다!"

장례는 살아 있는 사람이 해결해야 할 문제지만, 장례식의 주인공은 어쨌거나 고인이다. 고인의 종교 방식대로 하겠다는 내 말에 토를 다는 사람은 거의 없었다. 그들의 마음에 앙금은 남았을지 모르지만, 길어질 것 같은 싸움도 이 한마디면 어느 정도 정리가 된다.

정말로 고인을 편안히 모시고 싶다면 장례지도사를 괴롭게 하지 마시길. 장례지도사의 마음이 편안해야 입관 준비가 순조롭고 신속하게 진행된다는 것은 다년간의 경험이 말해준다. 장례지도사의 마음을 편안하게 하는 건 돈이나 좋은 시설 및 장비가 아니다. 고인을 기억하고 애도하는 유족의 진심 어린 마음, 그 분위기 하나만으로도 나는 고인에게 최선을 다하게 된다.

장례의 품격

유족이 고인을 마지막으로 떠나보내는 곳은 장례식장의 입관실이다. 염습이 끝나고 천판을 덮기 전, 유족은 마지막으로 고인의 얼굴을 마주한다. 이 시간에 참석한 유족은 아쉬움과 그리움, 미련 등의 감정을 어떤 식으로든 표출하고 만다. 눈물은 흔하면서도 가장 가슴 아픈 표현 수단이다. 눈물을 쏟고 나면 어느 정도 답답한 마음이 해소되기도 한다.

그러나 준비 없는 이별 앞에서는 아무리 눈물을 쏟아내어도 쉽사리 답답함이 해결되지 않는다. 그럴 땐 왜 벌써 가느냐는 원망 어린 말과 함께 통곡과 오열로 이어지기도 한다. 사고사나 자살로 삶을 마친 고인의 장례식에서 자주 목격되는 모습이다. 가슴 아프지만, 장례지도사가 할 수 있는 최선의 일은 죽음의 흔적이 남은 고인의 시신을 깨끗하게 닦아드리고 편안해 보이도록 단장하는 것이다. 이것은 고인에 대한 예의이자, 유족을 위한 위로. 단정한 고인의 모습은 유족들에게 '저세상으로 잘 떠나겠구나' 하는 안심을 준다.

원망에서 위안으로 흘러가는 감정의 변화는 고인을 애도하는 자연스러운 과정이다. 그런데 이와 달리 원망이 더 증폭되어 입관실 분위기를 막장으로 끌고 가는 경우도 있다. 누군가가 부정적인 말들을 내뱉으면 그것을 마뜩잖게 생각하는 다른 누군가가 말을 되받아친다. 가는 말이 곱지는 않았지만, 그렇다고 그걸 다 받아치는 사람의 말은 분위기를 더 험하게 만든다. 누워 있는 고인을 사이에 두고 침 튀기는 고성과 삿대질이 오가기도 한다. 얼굴이 벌겋게 되어 달려들 듯한 사람들과 그들을 말리는 사람들 사이에서 침묵하는 이는 오로지 고인밖에 없다.

장례를 진행하다 보면 어쩔 수 없이 유족들이 주고받는 말을 듣게 된다. 신경 쓰지 않으려고 해도 서로에게 화를 돋우는 말, 이간질하는 말이 유족 사이에 오가면 앞으로 다가올 입관실 풍경이 눈앞에 그려진다. 남의 집안일에 참견할 수도 없는 노릇이라 보고도 못 본 척 듣고도 못 들은 척하지만, 몸 둘 바를 모를 정도로 민망하고 난감할 때가 많다. 이럴 땐 나 혼자 아무리 예를 갖춰 고인을 씻기고 단장해드리면 뭐 하나, 거금을 들여 장례를 성대하게 치르면 뭐 하나 싶다.

　막장이 한번 펼쳐지면 입관실에서 그치지 않고 빈소로 이어진다. 조위금 봉투도 각자 챙기고, 서로 멀찌감치 떨어져 식사하며 눈도 마주치지 않는다. 삼일장을 치르는 내내 하락세와 상승세를 오가며 불쑥불쑥 싸움이 터진다.

대체로 싸움의 주원인은 '돈'이다. 아무리 우애가 좋아 보이는 형제간이라도 각자의 가정이 있으면, 한두 다리 건너는 사이가 되어 돈 때문에 서운해하고 돈 때문에 돌아서는 모습을 많이 봐왔다. 물론 인생사에서 돈이 중요한 것도 사실이다. 그러나 가족의 죽음 앞에서 가장 먼저 돌보고 챙겨야 할 것이 돈은 아니지 않을까.

결혼한 남녀가 서로 뜻이 달라 헤어지는 것은 남남이니 그럴 수 있다고 해도, 같은 배에서 나온 자식들이 부모님 장례식에서 어찌 저리 싸울까. 장례의 품격은 비싼 장례 상품으로 결정되는 게 절대 아니다. 집안 분위기가 곧 장례의 품격이다.

5 ——— 인
　　　　연

당신을 응원해요

군에서 제대하고 사회 경험도 없을 때 사업을 하겠다고 나섰다가 크게 망했다. 창피하고 분해서 거의 백 일 동안 집 밖에 나가지 않았다. 아니, 어떻게 시간이 가는 줄도 몰랐다. 무기력에 빠져서 아무것도 할 수 없었고, 딱히 하고 싶은 것도 없어서 몇 달간을 그렇게 보냈다.

다시 정신을 차리고 이것저것 해보았는데, 다 오래가지 못했다. 그러다가 서른 살에 컴퓨터학원을 운영하면서 지혜로운 사람을 만나게 되어 백년가약을 맺었다. 하지만 학원 운영도 오래가지 못했다. 2년 만에 학원을 정리하고, 형이 하는 무역회사에 들어가서 직장 생활을 했다. 이 또한 나와 잘 맞지 않았다.

그러다 어느 날, 서른여섯 살에 우연히 젊은 염사를 만나게 되었다. 그가 염습하는 모습을 지켜보는데, 지금까지 느끼지 못했던 묘한 매력을 느꼈다. 그래서 그를 쫓아다니며 열심히 염습을 배웠다. 염습을 배우면 배울수록 나는 이 일이 내 천직임을 느꼈고, 그 이후로 다른 일에 눈을 돌린 적이 없다.

30년 가까이 장례지도사로 일하면서 장사꾼은 되지 말자는 마음의 말을 곱씹었다. 장례를 치르는 횟수가 늘면 늘수록 절대 돈 때문에 하는 일이 되어서는 안 된다는 생각이 굳어졌다. 영가를 위로하는 일은 나에겐 일종의 사명이다. 유족이 더 얹어 주는 돈도 마다하고 장례에 든 돈만 정확히 계산해 받는 것이 영가에 대한 도리라고 여기며 살아왔다. 대통령을 염한 장례지도사는 아무래도 장례 비용을 비싸게 부르지 않겠냐고 말하는 사람도 많다. 그건 오해다. 그동안 나는 어린아이, 노인, 스님, 대통령, 외국인 불법 체류자 등 온갖 부류의 사회적 지위를 지닌 사람들의 장례를 치러왔고, 또 현재에도 그러고 있다.

물론 사회적 지위에 따라 장례 규모는 분명 다르다. 하지만 차가운 철제 침대에 누워 염습을 기다리는 고인은 지위를 막론하고 누구나 똑같이 죽음 앞에 무력할 수밖에 없는 나약한 인간이었다. 나 역시 죽으면 똑같은 모습이리라. 모든 사람이 마찬가지다. 여기에 어떻게 더하고 덜한 가격을 매길 수 있겠는가.

그래도 이 일터는 나에게 직장이고, 나는 가정을 책임져야 하는 가장이다. 일과 돈에 대한 내 고집 때문에 우리 가족이, 특히 아내가 마음을 졸이며 살아야 했다. 회사 규모가 커지고 직원이 늘면서 회사 운영자금이 많이 필요할 때, 금융계에 종사했던 아내가 돈 관리를 맡았다. 가정 경제도, 회사 자금 운용도 자연스럽게 아내 몫이 되었다. 돈 문제는 아내가 더 야무지게 잘 관리한다는 믿음 때문이었지만, 돈 문제에 관여하고 싶지 않은 내 마음이 알게 모르게 깔려 있었다. 돈에 얽매이면 영가에 대한 도리를 다하지 못할 것만 같은 중압감이 들었다.

염습을 배우겠다며 우리 회사에 들어왔다가 거래처, 고객 리스트를 빼돌려 다른 회사에 들어간 직원들도 있었다. 그땐 속이 너무 상해서 다 그만두고 싶었다. 그러다가도 '내가 회사를 키우려고 이 일을 시작한 건 아니지 않나?' 하는 생각에 마음을 가라앉히고 다시 일에 매달렸다. 장례를 치르고 나면, 고인을 편안하게 잘 모셨다는 뿌듯함에 다시 일할 힘을 얻었다.

어떻게 하면 장례와 다비를 더 잘 치를 수 있을까를 고민하면서 장비도 개발하고, 설비도 직접 만들었다. 아이디어가 떠오르면 곧장 실험해보지 않고는 견딜 수가 없었다. 이리저리 시도하고 실패를 거듭하다가 결국 완성하면 실전에서 활용할 생각에 잠을 설친 적도 많았다. 새롭게 뭔가를 시도할 때마다 설비에 드는 돈도 만만치 않았다. 이 모든 과정을 아내는 묵묵히 지켜봐주었다. 거의 30년을 말이다. 나는 이걸 당연한 줄 알고 살았다.

2019년 이른 봄, 아내가 빗길에 미끄러져 고관절 수술을 받았다. 몇 개월 동안 꼼짝 못 한 채 병원 신세를 져야 했다. 아내가 비운 집 안은 순식간에 엉망이 되었다. 장성한 두 자녀도 각자 생활에 바빠 집안을 돌보기는 역부족이었다. 집은 원래 가만히 있어도 정리정돈이 잘 되는 곳인 줄 알았다. 그런데 아내의 부재를 겪어보니, 그의 손길이 머물지 않은 곳이 없었다.

회사도 마찬가지였다. 회사의 살림살이도 아내가 없으니 삐거덕거렸다. 아내는 내게 얼마나 든든한 지지대였는가!

그해 가을 전라도의 한 사찰에서 다비 의뢰가 들어왔다. 일정이 아내의 생일과 겹쳐 다비를 마치고 아내와 함께 근처로 이틀간 여행을 갔다. 함께 숲속을 거닐며 오랜만에 아내와 이런저런 이야기를 나눴다. 아내는 그동안 한길만 곧게 달려온 내가 존경스럽다고 했다. 돈은 많이 벌지 못했어도, 새로운 장비를 마련하겠다고 빠듯한 회사 자금을 가져다가 써도, 아내는 내가 열심히 사는 모습을 응원해왔다고 했다. 아내가 없으면 엉망이 된다는 걸 알아버렸을 시점에 아내의 응원이 그렇게 고마울 수가 없었다.

두 자녀와 남편의 뒤치다꺼리만 해온 아내는 이제 자신의 내면을 들여다보고 싶다고 했다. 그럴 만도 했다. 자신의 이름 석 자가 어색할 정도로 누구의 엄마, 누구의 아내로 살아온 세월이 이제 30년이 넘어간다. 아내는 작은 암자로 들어가 생활하고 싶다고 말했다.

아내가 수술로 누워 있는 동안 우리 가족은 아내의 부재, 엄마의 부재를 처음 겪었다. 그 시기는 앞날을 위한 예방 주사였나 보다. 아내가 아파 집안 꼴이 엉망이었을 땐 이렇게까지 될 거라곤 예상하지 못했다. 한 번 겪어본 이상, 이젠 아내의 손에서 벗어난 집안 살림이 어떨지 대충 견적을 낼 수 있다. 예상이 되니 대비도 가능하다. 이제는 아내가 원하는 대로 해줘야 할 때가 온 것 같다. 그동안 내 곁에서 나를 위해 살아온 세월을 보상해줘야 할 때다.

암자에 들어가려면 보증금과 매월 방 사용료를 내야 한다. 지금부터 버는 돈은 아내를 위한 거다. 요즘은 백세 시대라서 60도 청춘이다. 앞으로 살날이 많다마는 가는 날은 순서 없고 그날이 언제인지는 아무도 모른다. 남은 생을 어떻게 보낼지 준비하기에 절대 이르지 않다. 장례지도사로 매일 죽음을 맞은 사람들을 보내는 일을 해오며 어떻게 죽을지, 죽기 전에 어떤 준비를 해야 할지 강의도 했다. 가르쳤던 제자들에게 그렇게 했듯, 아내의 남은 생도 후회 없이 준비하길 응원한다.

돈보다는 사명감과 보람으로 일해왔다. 이제는 사명감과 보람에, 아내를 위해 돈을 번다는 마음 하나를 더했다.

영가님이 이어준 인연

인연이 따로 있는 것일까? 우연한 만남이 필연적인 관계로 승화되는 것은 어떤 인연일까? 동방문화대학원대학교 서예가 정상옥 총장님과의 만남을 돌아보면 여러 생각이 떠오른다.

21세기가 되면서 우리나라 장례문화도 많이 달라졌다. 시신을 매장하고 분묘를 설치하는 장례법은 우리나라의 일반적인 장례문화로 자리 잡아왔다. 하지만 작은 국토를 효율적으로 활용해야 하는 우리나라에서 매장은 부적합한 방식일뿐더러, 자연 및 경관 훼손 등의 각종 사회적 문제를 초래해왔다. 그래서 각 지방정부에서는 매장보다 화장을 권장하기 위하여 봉안당(당시에는 납골당)을 직접 설립하기도 하고, 사설 봉안당 설립을 지원하는 등 큰 노력을 해왔다. 그 결과 이젠 많은 사람이 화장을 선호하게 되었고, 비용 역시 많이 저렴해졌다.

　그런데 문제도 생겼다. 갑자기 시설이 우후죽순처럼 많이 들어서고 이용자도 급격하게 늘어나다 보니, 관리가 되지 않았다. 그뿐만 아니라 운영·홍보·영업에 관한 전문가도 턱없이 부족했다. 결국 장례업계와 다양한 인연을 맺고 있던 나는 자천타천으로, 2002년에 서울, 경기, 충청에 있는 봉안당과 봉안탑들을 모아 한국납골시설 협의회를 조직했다.

그렇게 한창 열심히 활동할 때인 2004년 윤2월,* 산소 이장, 개장 등으로 수도권에서만 하루 다섯 군데 이상의 현장을 정신없이 뛰어 다니던 어느 날, 정 총장님에게 연락이 왔다. 경남 남해에 있는 아버지의 묘소를 서울 근교로 이장하고 싶다고 하셨다. 풍수가들이 아버지 산소 아래로 수맥이 지나간다고 하고, 봉분에 잔디도 잘 자라지 않아 이번 기회에 이장하기로 했다고 한다. 또 명절마다 오가는 자식들에게 짐을 덜어주기 위함도 있다고 했다.

왕복 10시간에 작업만 3시간 정도 걸리는 힘든 일정이었다. 새벽 2시에 총장님을 모시고 출발하여 남해대교를 건너가니 동이 트고 있었다. 어스름한 빛 속에서 살랑대는 바람에 해끗한 벚꽃잎이 흩날렸다. 마치 우리를 반겨주는 것 같아 고단했던 몸과 마음이 한결 상쾌해졌다.

이끼가 군데군데 나 있고 잔디도 듬성듬성한 산소를 파 내려가니, 물이 흘렀는지 유골과 진흙이 서로 뒤엉겨 있었다. 이 상황에서

---

* 양력과 음력에 날짜를 맞추기 위하여 19년 동안 7번 윤달을 끼워 넣게 되는데, 윤달은 2년 또는 3년 만에 오게 된다. 1, 10, 12월을 제외한 2, 3, 4, 5, 6, 7, 8, 9, 11월은 '윤○월'로 불렸다. 이런 윤달을 공달[空月], 덤달, 여벌달, 남은 달이라고도 한다. 옛날에는 평상시에 할 수 없었던 담장, 아궁이, 굴뚝, 장독대를 수리하거나, 산소 가꾸는 일들을 윤달에 많이 했다.

유골만 구분해내기가 어려워서 손에 잡히는 대로 위로 건져 올렸다. 그렇게 해서 다 모은 유골을 정성껏 물로 몇 번 씻은 후, 소주를 넣은 통에 담갔다가 말리니 깨끗한 황골이 드러났다. 진흙 묻은 아버지의 유골을 보는 내내 표정이 어두웠던 총장님은 그제야 얼굴이 밝아지셨다.

총장님은 올라오는 차에서 거듭 감사 인사를 하셨다. 일하는 것을 보니 많이 힘들겠다고 하시기에, "일찍 일어나 공기 좋은 곳에서 운동시켜주시고 용돈도 주시고 이렇게 진정 어린 인사도 들으니 좋기만 합니다"라고 하자, 웃으면서 나중에 꼭 술 한잔하자고 하셨다.

그렇게 해서 총장님과 나는 몇 번의 술자리를 가지게 되었다. 이것이 귀한 인연으로 이어져, 노무현 전 대통령의 장례식에서 명정銘旌 (죽은 사람의 관직, 성씨 등을 기록하여 상여 앞에 들고 가는 기다란 깃발)과 800장의 만장에 들어갈 글씨를 부탁드릴 수 있었다. 당시 행안부에서 받은 명정 서예비를 드리려고 가져가니, 대통령 명정을 쓴 건 오히려 본인에게 영광이라며, 이 돈으로 우리 직원들과 함께 회식하자고 하셨다.

예상했던 대로 그 회식 자리에서는 노 전 대통령의 장례식 이야기가 꽃을 피웠다. 비통에 젖어 엄숙하기만 했던 장례식 분위기에서 벗어나 각자가 겪었던 에피소드들을 왁자지껄하게 쏟아냈다. 오랜만에 화기애애한 자리였다. 그러던 중 옆에 앉아 계셨던 이홍경 선생님이 내게 한 말씀 하셨다.

"유 대표는 앞으로 뜻을 펼치려면 박사 공부를 해야 해. 그래야 대통령 장례를 진행한 경력에 날개가 달린다.”

“우리나라에 장례 전공이 어디 있어요? 있으면 벌써 공부했죠.”

이를 가만히 듣고 계시던 총장님이 대뜸 말씀하셨다.

“유 대표, 우리 학교로 와요, 상·장례 전공을 만들어줄 테니.”

그렇게 해서, 나는 세상일이 원한다고 다 이루어지지 않는 것을 아는, 나이 오십이 넘어 다시 공부를 시작하게 되었다. 일과 병행하며 밤낮으로 열심히 학업에 매진한 결과, 3년 후 상·장례 전공으로 박사학위를 받게 되었다. 그러고 보니 석사·박사 모두 영가님들이 연결해준 인연 덕분이다.

우리의 영웅을 그렇게 보내다니!

요즘 아이들은 '박치기왕'을 모른다. 박치기왕은 박치기를 잘한다고 해서 아무에게나 주는 타이틀이 아니다. 1960년대, 가난했던 대한민국은 박치기왕 덕분에 웃고 울었다. 박치기왕은 많은 사람의 희망이었고 위안이었다. 대중의 마음을 들었다 놨다 하는 그는 진정한 왕이었다. 그는 프로레슬러 김일 선수다.

김일 선수는 아시아를 넘어 세계 대회에서도 챔피언을 여러 번 거머쥐었다. 그의 주특기인 박치기 한 방이면 상대도 어쩔 줄 모르고 쓰러졌다. 흑백 텔레비전에 비친 김일 선수의 경기 모습은 그 어떤 드라마보다 더 드라마 같았다. 경기가 있는 날이면 동네 사람들이 텔레비전 앞에 모여 앉아 숨을 죽였고, 마침내 김일 선수가 등장하면 온 동네가 들썩일 정도로 환호성을 질렀다. 그 순간만큼은 배고픔과 가난을 잊었다. 김일 선수가 마침내 챔피언 벨트를 들어 올리면, 사람들은 마치 자신의 손에 벨트가 들린 양 승리감에 도취되었다.
　다음 날 학교에 가면 온통 김일 선수 이야기뿐이었다. 박치기를 따라 하는 아이들이 한둘이 아니었다. 나도 반 대항 기마전에서 이기려고 아픈 걸 참으면서 박치기 많이 했다. 못 먹던 시절에 김일 선수는 키 180cm에 몸무게 100kg이었다. 다부진 몸과 이기고야 말겠다는 정신력, 그리고 단단한 머리를 앞세워 상대를 쓰러뜨리는 매력적인 특기 때문에 김일 선수는 아이들의 롤모델이자, 최고의 영웅이었다.

그런 김일 선수가 2006년, 77세의 나이로 세상을 떠났다. 10월 26일 최규하 전 대통령 대전 현충원 안장식을 마치고 올라오는 버스에서 뉴스로 이 소식을 접했다. 마음속에 고이 접어놓은 내 어린 시절 추억이 무너지는 느낌이었다. 나의 어린 시절 영웅이 숨을 거뒀다는 소식만큼 허무하고 허탈한 순간이 또 있을까? TV에서는 김일 선수의 특집 방송이 여러 차례 나오고 있었다.

처음으로 5일간 진행한 국민장이라 너무 힘들어서 다음 날까지 쉬고 있다가, 김일 선수 영결식이 있는 날, 그를 모신 노원구 을지병원 장례식장으로 갔다. 지하에 있는 좁은 영결식장 앞쪽에는 많은 기자가 이미 한가득 자리를 잡고 있었고, 그들은 시도 때도 없이 플래시를 터뜨렸다. 진짜 조문객은 기자들 사이를 비집고 들어갈 엄두를 내지 못했다. 뒤에서 들어갈 틈만 보고 있던 레슬링 관계자들과 안토니오 이노키 등 일본 조문객들도 사회자가 길을 터주어서 헌화만 간신히 했다.

어수선한 영결식을 지켜본 나는 누구에게 말도 못 하고 애가 끓었다. "어이쿠" "어휴" 소리가 절로 나왔다. '우리의 영웅을 이런 시장통 같은 분위기에서 떠나보내다니⋯.' 장례 기획을 하는 나로서는 너무나 어처구니없는 영결식 풍경에 기가 차고 화가 났다.

누군가는 "기자들이 이렇게 많이 온 걸 보니 유명인은 유명인이구나!"라고 말하기도 했다. 하지만 우리는 영웅을 이렇게 보내면 안 되는 것이었다. 기자들의 플래시 세례만으로 단순히 영웅의 인생을 평가할 수는 없다. 나라면 영웅을 이렇게 보내지 않았을 것이다. 머릿속에서 내 영웅의 영결식이 그려진다. 그가 많은 경기를 치렀던 장충체육관. 구름 떼 같은 사람들이 체육관으로 입장했던 기억이 생생하다. 김일 선수는 2000년에 이 장충체육관에서 은퇴식을 했다. 장충체육관은 김일 선수와 그의 팬들에게 의미가 크다.

그 장충체육관에서 그의 마지막을 장식했다면 어땠을까? 지금도 장례식장 앞을 서성이는 수많은 조문객이 병원 뒷골목이 아닌 장충체육관 의자에 앉아 흑백으로 비치는 김일 선수의 전성기 때 활약상과 생전 인터뷰 영상을 보며 그를 추모했더라면 어땠을까? 김일 선수의 팬으로 남아 있는 가수가 있을지도 모른다. 그가 고인을 위해 노래를 불러도 좋았을 것이다. 선수가 좋아했던 노래를 조문객들이 함께 부르며 그를 떠나보내는 것도 의미 있었을 것이다.

나는 나의 영웅을 마음으로 그렇게 보내드렸다. 요즘 세대는 잘 모르겠지만, 영웅을 마음에 간직한 우리 세대가 건재하다는 걸 깨닫게 됐다. 함께 가난을 극복했던 우리 세대, 요즘 아이들의 '꼰대'인 우리 세대는 정치색이 다르고 사회적 위치도 제각각이지만, 김일 선수의 죽음 앞에서 또 한 번 같은 마음을 품게 된다.

나오며

다도의 세계에는 '일기일회 一期一會'란 말이 있다. 일생에 단 한 번 만나는 인연이란 뜻이다. 차를 우리는 사람이 차탁 앞에 앉아 온 정성을 다해 손님을 대접하는 그 시간은 유일하며 다시 오지 않음을 알기 때문이다.

장례지도사도 그러하다. 고인에게는 단 한 번뿐인 장례다. 주어진 삶을 충실히 사셨을 고인께 이생의 마지막 성장盛裝을 해드림으로써, 소중한 사람을 먼저 보낸 가족에게는 일상으로 무사히 회귀할 수 있도록 돕는 것으로써 나의 몫을 다한다.

다양한 죽음과 삶의 얼굴들을 만나고, 뜻하지 않은 변수가 생기는 것이 장례다. 그래서 의례 중 가장 어렵고도 큰일이 장례다. 남들은 나를 위기 대처 능력이 뛰어난 사람으로 보지만, 나 역시 큰 행사를 할 때면 온 신경이 곤두서서 안쪽 허벅지가 마비되는 경험을 종종 한다. 쥐가 나서 손발 끝에서 피를 빼주는 사혈을 하면서 진행하는 것을 남들은 잘 모르리라. 상례는 두 번 다시 할 수 없고, 절대로 실수하면 안 되는 일 아닌가.

내게 주어진 몫을 온전히 해내기 위해서는 나름의 비법이 필요

대통령의 염장이

하다. 새벽마다 하는 기도와 명상은 흐트러진 마음을 다잡아주었다. 늘 궁리하는 습관은 잠을 설치게도 하지만, 한 발 더 새로운 길을 내딛게 해주었다. 그래서 29년 곁눈질하지 않고 묵묵히 이 길을 걸어올 수 있었던 것 같다. 그동안 앞만 보고 달려왔는데, 한 갑자甲子를 돌아서야 내가 걸어온 길을 돌아볼 마음의 여유가 생겼다. 나와 같은 길을 걷고 있는 동료들과 앞으로 걷게 될 예비 동료에게 어떻게 하면 나의 장례 경험들이 도움이 될 수 있을까 고민도 하게 된다. 그리고 죽음이나 장례에 대해 고민을 해본 일반 사람들에게도 공감할 수 있는 이야기를 전할 수 있지는 않을까 생각도 해본다. 지난 경험들을 돌아보며 한 권의 책으로 엮는 작업이 그 시작이 될 것 같다.

사실 몸으로만 기억하고 있던 그동안의 경험들을 글로 풀어내는 작업은 큰 장례를 치르는 것만큼이나 힘겨운 과정이었다. 그와 동시에 지금의 내가 있을 수 있도록 그동안 든든하게 버팀목이 되어주었던 인연들을 떠올리는, 더없이 감사한 시간이기도 했다.

염장이의 마음가짐을 가르쳐주고 지금은 스님이 된 첫 스승, 햇병아리 시절 막걸리 한 잔에 자신의 노하우를 아낌없이 내어준 전국의 장의사 고수들, 호된 꾸지람 뒤에 배움을 청했을 때 살갑게 산중의 법도를 가르쳐주신 큰스님들, 어려운 국가장에 전통 예법을 자문해주셨던 풍수 대가 이홍경 선생님과 국가무형문화재 이건웅 선생님, 국가장 체계를 잡는 데 지혜를 모아준 예지원의 순남숙 원장님과 대한민국역사박물관의 김시덕 박사님께 감사를 전한다. 또 16년 동안 내 옆에서 일하며 특유의 부드러움으로 어떤 상황도 잘 마무리해준 김형수 본부장, 10년 전에 양가 부모님을 위해 염을 배우러 왔다가 아예 전업해서 장례 기획과 기록을 맡아주는 이진선 기획연구부장, 큰일이 있을 때마다 달려와 어긋남이 없도록 도와주는 황근식 박사, 연화 다비를 완성하는 데 아이디어를 제공하며 함께하는 이상호 부장, 남부 지역에서 스님 다비와 큰 행사를 함께 진행하는 서라벌대학교 이민형·임영숙 교수, 창의적인 꽃장엄 연출로 감동을 선사하는 진서현 부장, 그리고 나의 길을 응원하고 지지해주는 선·후배 친구들과 가족들, 특히 늘 내 곁에서 큰 힘이 되어주는 지혜로운 아내 이종림에게 고마움을 전한다. 마지막으로, 묻힐 뻔했던 원고를 한 권의 책으로 만들어 세상 빛을 보게 해준, 소중한 인연 태호 차장과 김영사 식구들에게도 두 손 모아 인사드린다.

대통령의 염장이